Verlag Landhege

Gerhard Raff

Eiserne Ration
für furchtlose und treue
Württembergerinnen und Württemberger

Verlag Landhege

Dem Andenken meiner Großmutter
LUISE RAFF
1887 - 1980

Die Deutsche Bibliothek – CIP-Einheitsaufnahme
Ein Titeldatensatz für diese Publikation ist bei der
Deutschen Bibliothek erhältlich.

5. Auflage 2012

www.Landhege-Verlag.de

Satz und Gestaltung: XantaX networX, Ute Brüggemann, Alt Jassewitz
Druck: Grafische Werkstätte der BruderhausDiakonie, Reutlingen
Bindung: Lachenmaier, Reutlingen

Printed in Germany
ISBN 978-3-943066-16-6

Die einzelnen Kapitel

Der geneigte Leser muß vor allen Dingen wissen,
daß es zwei gelobte Länder in der Welt gibt,
das eine ist das Land Canaan oder Palästina,
das andere ist Württemberg.

Christian Gottlob Barth (1799–1862)
Vorwort zu seiner „Geschichte von Württemberg, neu erzählt für den Bürger und Landmann", Calw und Stuttgart 1843

Mutter der Redlichen! Suevia!
Du stille! dir jauchzen Äonen zu,
Du erzogst Männer des Lichts ohne Zahl,
Des Geschlechts Mund, das da kommt, huldiget dir.

Friedrich Hölderlin (1770–1843)

Die schwäbischen Häftlinge verbindet die gemeinsame Heimat. Wir betonen unsere Herkunft aus Württemberg und reden kräftig schwäbisch, wenn wir einander begegnen. Ein Stuttgarter Rechtsanwalt, Erich Dessauer, der in der Gaskammer von Auschwitz endete, grüßt sogar einmal: „Hie gut Württemberg allewege!"

Maria Zelzer,
Weg und Schicksal der Stuttgarter Juden, Stuttgart 1965

Was wäre ein Staat ohne Gerechtigkeit
anderes als eine Räuberbande?

Aurelius Augustinus (354–430)

Vorwort

Unser geliebtes und gelobtes Land Württemberg
- von Friedrich Hölderlin als „glückselig Suevien“ besungen –
- von Ferdinand von Steinbeis als „das Land der hellen Köpfe und der geschickten Hände“ gepriesen –
- von Thaddäus Troll als „Gelehrtenrepublik Schwaben“ gerühmt –
- von Hansmartin Decker-Hauff als „Sonderanfertigung des lieben Gottes“ wissenschaftlich ausgewiesen –

ist dank der weltweit einzigartigen progressiven Bildungspolitik seiner zu Recht mit einer Marmorbüste in der Walhalla vertretenen Herzöge Eberhard im Bart und Christoph und auch des so vielseitig fruchtbaren Carl Eugen Jahrhunderte lang die intellektuelle Speerspitze im gesamten Heiligen Römischen Reich Deutscher Nation gewesen. Ausländische Reiseschriftsteller der Barockzeit berichten ebenso neidvoll wie verwundert, hier seien die Bauern belesener und gebildeter denn anderswo in Europa der Adel. Und nirgendwo sonst auf Gottes ganzem Erdboden sind auf so engem Raum so viele Genies, Superhirne, Intelligenzbolzen, Obergscheitle, Käpsele, Tüftler, Brettlesbohrer, Erfinder, Weltverbesserer im besten Sinne des Wortes hervorgesprossen wie hierzuländle. Tu felix Suevia! Hie gut Wirtemberg allewege!

Aber – dem Herrgott und der Kultusministerkonferenz sei's geklagt – 's isch nemme dees! Se lobet's afange nemme so ...

Die Pisa-Studie brachte es für teures Geld an den Tag und zu Papier, was ein kostenloser flüchtiger Blick in unsere Parlamente, Universitäten, Straßenbahnen, Fußballstadien oder auf die Stuttgarter Königstraße längst vor Augen führt, es geht abersche mit diesem Ländle und Völkle.
Die guten alten Wirtemberger, „geschult an Brenzens Katechismus, Bengels Moral, Schillers Ästhetik, Mozarts Musik, Hegels Philosophie, Hölderlins Poesie, Silchers Liedern und Lists Ökonomie“ werden augenscheinlich immer rarer und drohen gar auszusterben.
Statt dessen wächst massenhaft eine globalisierte McDonalds-Degeneration von Discodackeln und Kulturproleten, eine Ellenbogengesellschaft von Konsumidioten mit Mickymaushirnchen heran, deren menschliche und kulturelle Bedürfnisse mit Cebapp und Cola für den Bauch, Cowgummi und Comicheftchen für den Kopf, dem scheußlichen

Schwachsinn des werbefinanzierten Doofelesfernsehens für die Glotzböbbel und der Kakaphonie kretinistischer Krakeeler für die Ohrläpple vollständig abgedeckt sind.

So sehen wir tränenden Auges und betrübten Herzens das Elend:
Die Kirchen werden immer leerer und die Zuchthäuser immer voller, die Habgierigen immer gieriger und brutaler, die Dummen immer dümmer und mehr. Mit erschröcklichen dämographischen Folgen für Politik, Kultur, Wirtschaft und Gesellschaft. Man lese doch mal wieder den VII. Band des weitsichtigen Standardwerkes „Der Untergang des Schwabenlandes" aus der Feder des berühmten, aber schwäbischen Kulturphilosophen Prof. Dr. Carl Friedrich Freiherr von Fröschle!

In dieser Stunde höchsten intellektuellen Notstands und brachialer Bedrohung unseres vom Rohstoff Grips in den Hirnen seiner Landeskinder doch so existentiell abhängigen wirtembergischen Vaterländles erinnert sich der schon fast verzweifelte Verfasser der weisen Worte unseres Freunds und Landsmanns Friedrich Freiherr von Schiller:
„Ans Vaterland, ans theure, schließ dich an. Das halte fest mit deinem ganzen Herzen. Hier sind die starken Wurzeln deiner Kraft."

Und er denkt an seine der Sielminger Schultheißenfamilie eines Philipp Matthäus Hahn entstammende liebe, gute und gscheite Großmutter Luise Raff (1887–1980), die als einfache Bauernfrau mit ihren sechs Jahren württembergischer Volksschule im hohen Alter noch mehr Verse von obgenanntem Dichterfürsten Schiller, von Hölderlin, Mörike, Uhland, Kerner und aus Lutherbibel und Evangelischem Gesangbuch auswendig hersagen konnte als alle Abiturienten im Lande mitnander. Und er denkt an die Großmutter unseres Freunds und Landsmanns Bertolt Brecht, die fromme Friederike Gamerdinger, ein Bauernmädle aus Weil im Schönbuch, die ihrem Enkele mit biblischen Geschichten das Erzählen beigebracht hat, so daß er später auf die Frage nach seiner Lieblingslektüre antwortet: „Sie werden lachen, die Bibel!"

Und diese drei und obendrein Hermann Hesse mit seiner in Kriegstagen verfaßten Anthologie „Hie gut Wirtemberg allewege!" bringen ihn im „Jahr der Bibel" auf den Gedanken einer papiernen Arche Noah, in der all jene Herz, Hirn und Seele erfrischenden und stärkenden literarischen Kostbarkeiten aus Bibel und Gesangbuch, Literatur und Geschichte aufgenommen sind, die die hie und da noch verstreut vorhandenen aufrichtigen und klugen Landeskinder beiderlei Geschlechts in diesem einst „Edelstein tragenden Lande“ als intellektuelle Grundausstattung noch im Kopf oder wenigstens auf dem Nachttischle haben sollten. Und er hofft, mit diesem aus Platzgründen keineswegs vollkommenen „Schwäbischen Schatzkästlein“ einen bescheidenen Beitrag zur Rechristianisierung und Reintelligenzifizierung des deutschen Südwestens leisten und den nahenden „Fall and decline of the swabian empire“ noch eine Weile aufhalten zu können. Brauchet’s ond bleibet xond!

Und so fangen wir am besten gleich an mit dem Gleichnis aus dem 8.Kapitel des Lukasevangeliums, den Versen 5 bis 8:

Es ging ein Säemann aus, zu säen seinen Samen.
Und indem er säte, fiel etliches an den Weg und ward zertreten,
Und die Vögel unter dem Himmel fraßen’s auf.
Und etliches fiel auf den Fels, und da es aufging,
Verdorrte es darum, daß es nicht Saft hatte.
Und etliches fiel mitten unter die Dornen;
Und die Dornen gingen mit auf und erstickten’s.
Und etliches fiel auf ein gutes Land
Und es ging auf und trug hundertfältige Frucht.
Da er das sagte, rief er: Wer Ohren hat, zu hören, der höre!

Degerloch auf den Fildern,
am 735.Todestag Konradins von Schwaben
Gerhard Raff

DEGERLOCH

Ich komm, weiß nit woher,
Ich bin und weiß nit wer,
Ich leb, weiß nit wie lang,
Ich sterb und weiß nit wann,
Ich fahr, weiß nit wohin:
Mich wundert's, daß ich fröhlich bin.

Da mir mein Sein so unbekannt
Geb ich es ganz in Gottes Hand,
Die führt es wohl, so her wie hin:
Mich wundert's, wenn ich noch traurig bin.

Hans Thoma (1839–1924)

Vice versa

Ein Hase sitzt auf einer Wiese,
Des Glaubens, niemand sähe diese.
Doch, im Besitze eines Zeißes,
Betrachtet voll gehaltnen Fleißes
Vom vis-à-vis gelegnen Berg
Ein Mensch den kleinen Löffelzwerg.
Ihn aber blickt hinwiederum
Ein Gott von fern an, mild und stumm.

Christian Morgenstern (1871–1914)

Credo

Credo ergo cogito
Cogito ergo sum
Sum ergo credo
Credo ergo beatus sum

Philipp Matthäus Hahn (1739–1790)

Das Apostolische Glaubensbekenntnis

Ich glaube an Gott,
Den Vater, den Allmächtigen,
Den Schöpfer des Himmels und der Erde.

Und an Jesus Christus,
Seinen eingeborenen Sohn, unsern Herrn,
Empfangen durch den Heiligen Geist,
Geboren von der Jungfrau Maria,
Gelitten unter Pontius Pilatus,
Gekreuzigt, gestorben und begraben,
Hinabgestiegen in das Reich des Todes,
Am dritten Tage auferstanden von den Toten,
Aufgefahren in den Himmel;
Er sitzt zur Rechten Gottes,
Des allmächtigen Vaters;
Von dort wird er kommen,
Zu richten die Lebenden und die Toten.

Ich glaube an den Heiligen Geist,
Die heilige christliche Kirche,
Gemeinschaft der Heiligen,
Vergebung der Sünden,
Auferstehung der Toten
Und das ewige Leben.
Amen.

ALPIRSBACH

Ich bekenne, daß ich, nachdem ich 60 Jahre Erde und Menschen studiert habe, keinen anderen Ausweg aus dem Elend der Welt sehe als den von Christus gewiesenen Weg.
Es ist unmöglich, daß die Erde ohne Gott auskommt.

George Bernard Shaw (1856–1950)

Das Vaterunser

HIRSAU

SCHWÄBISCH HALL

Vater unser im Himmel.
Geheiligt werde dein Name.
Dein Reich komme.
Dein Wille geschehe,
Wie im Himmel, so auf Erden.
Unser tägliches Brot gib uns heute.
Und vergib uns unsere Schuld,
Wie auch wir vergeben unsern Schuldigern.
Und führe uns nicht in Versuchung,
Sondern erlöse uns von dem Bösen.
Denn dein ist das Reich und die Kraft
Und die Herrlichkeit in Ewigkeit.
Amen.

Gebet

Gott, gib uns
die Gnade,
mit Gelassenheit Dinge hinzunehmen,
die sich nicht ändern lassen,
den Mut,
Dinge zu ändern, die geändert werden sollten,
und die Weisheit,
das eine vom anderen zu unterscheiden.

Reinhold Niebuhr (1892–1971)

Ich will dich segnen und du sollst ein Segen sein

Der Herr segne uns und behüte uns.
Der Herr lasse sein Angesicht leuchten über uns
Und sei uns gnädig.
Der Herr erhebe sein Angesicht auf uns
Und schenke uns seinen Frieden.
Amen.

Die Schöpfungsgeschichte

Erstes Buch Mose 1,1–31 u. 2,1–25 u. 3,1–24

Die Erschaffung der Welt
Am Anfang schuf Gott Himmel und Erde.
Und die Erde war wüst und leer, und es war finster auf der Tiefe;
und der Geist Gottes schwebte auf dem Wasser.
Und Gott sprach: Es werde Licht! und es ward Licht.
Und Gott sah, daß das Licht gut war.
Da schied Gott das Licht von der Finsternis
Und nannte das Licht Tag und die Finsternis Nacht.
Da ward aus Abend und Morgen der erste Tag.
Und Gott sprach: Es werde eine Feste zwischen den Wassern,
und die sei ein Unterschied zwischen den Wassern.
Da machte Gott die Feste und schied das Wasser unter der Feste
von dem Wasser über der Feste. Und es geschah also.
Und Gott nannte die Feste Himmel.
Da ward aus Abend und Morgen der andere Tag.
Und Gott sprach: Es sammle sich das Wasser unter dem Himmel
an besondere Örter, daß man das Trockene sehe.
Und es geschah also.
Und Gott nannte das Trockene Erde,
und die Sammlung der Wasser nannte er Meer.
Und Gott sah, daß es gut war.
Und Gott sprach: Es lasse die Erde aufgehen Gras und Kraut,
das sich besame, und fruchtbare Bäume, da ein jeglicher nach
seiner Art Frucht trage und habe seinen eigenen Samen bei sich
selbst auf Erden.
Und es geschah also.
Und die Erde ließ aufgehen Gras und Kraut, das sich besamte,
ein jegliches nach seiner Art, und Bäume, die da Frucht trugen und
ihren eigenen Samen bei sich selbst hatten, ein jeglicher
nach seiner Art.
Und Gott sah, daß es gut war.
Da ward aus Abend und Morgen der dritte Tag.

Und Gott sprach: Es werden Lichter an der Feste des Himmels, die da scheiden Tag und Nacht und geben Zeichen, Zeiten, Tage und Jahre und seien Lichter an der Feste des Himmels, daß sie scheinen auf Erden. Und es geschah also.
Und Gott machte zwei große Lichter: ein großes Licht, das den Tag regiere, und ein kleines Licht, das die Nacht regiere, dazu auch Sterne.
Und Gott setzte sie an die Feste des Himmels, daß sie schienen auf die Erde und den Tag und die Nacht regierten und schieden Licht und Finsternis. Und Gott sah, daß es gut war.
Da ward aus Abend und Morgen der vierte Tag.
Und Gott sprach: Es errege sich das Wasser mit webenden und lebendigen Tieren, und Gevögel fliege auf Erden unter der Feste des Himmels.
Und Gott schuf große Walfische und allerlei Getier, das da lebt und webt, davon das Wasser sich erregte, ein jegliches nach seiner Art, und allerlei gefiedertes Gevögel, ein Jegliches nach seiner Art. Und Gott sah, daß es gut war.
Und Gott segnete sie und sprach:
Seid fruchtbar und mehret euch und erfüllet das Wasser im Meer; und das Gefieder mehre sich auf Erden.
Da ward aus Abend und Morgen der fünfte Tag.
Und Gott sprach: Die Erde bringe hervor lebendige Tiere, ein jegliches nach seiner Art: Vieh, Gewürm und Tiere auf Erden, ein jegliches nach seiner Art. Und es geschah also.
Und Gott machte die Tiere auf Erden, ein jegliches nach seiner Art, und das Vieh nach seiner Art, und allerlei Gewürm auf Erden nach seiner Art. Und Gott sah, daß es gut war.

Der Mensch ein Bild Gottes

Und Gott sprach: Lasset uns Menschen machen, ein Bild, das uns gleich sei, die da herrschen über die Fische im Meer und über die Vögel unter dem Himmel und über das Vieh und über die ganze Erde und über alles Gewürm, das auf Erden kriecht.
Und Gott schuf den Menschen ihm zum Bilde, zum Bilde Gottes schuf er ihn; und schuf sie einen Mann und ein Weib.
Und Gott segnete sie und sprach zu ihnen: Seid fruchtbar und mehret euch, und füllet die Erde und machet sie euch untertan und herrschet über die Fische im Meer und über die Vögel unter dem Himmel und über alles Getier, das auf Erden kriecht.

Und Gott sprach: Sehet da, ich habe euch gegeben allerlei Kraut, das sich besamt, auf der ganzen Erde, und allerlei fruchtbare Bäume, die sich besamen, zu eurer Speise,
Und allem Getier auf Erden und allen Vögeln unter dem Himmel und allem Gewürm, das da lebt auf Erden,
daß sie allerlei grünes Kraut essen. Und es geschah also.
Und Gott sah an alles, was er gemacht hatte; und siehe da, es war sehr gut. Da ward aus Abend und Morgen der sechste Tag.

Die Stiftung des Sabbats

Also ward vollendet Himmel und Erde mit ihrem ganzen Heer.
Und also vollendete Gott am siebenten Tage seine Werke, die er machte, und ruhte am siebenten Tage von allen seinen Werken, die er machte.
Und Gott segnete den siebenten Tag, und heiligte ihn,
darum daß er an demselben geruht hatte von allen seinen Werken, die Gott schuf und machte.

Der Mensch im Paradies

Also ist Himmel und Erde geworden, da sie geschaffen sind,
zu der Zeit, da Gott der Herr Erde und Himmel machte.
Und allerlei Bäume auf dem Felde waren noch nicht auf Erden,
und allerlei Kraut auf dem Felde war noch nicht gewachsen;
denn Gott der Herr hatte noch nicht regnen lassen auf Erden,
und es war kein Mensch, der das Land baute.
Aber ein Nebel ging auf von der Erde und feuchtete alles Land.
Und Gott der Herr machte den Menschen aus einem Erdenkloß,
und er blies ihm ein den lebendigen Odem in seine Nase.
Und also ward der Mensch eine lebendige Seele.
Und Gott der Herr pflanzte einen Garten in Eden gegen Morgen,
und setzte den Menschen hinein, den er gemacht hatte.
Und Gott der Herr ließ aufwachsen aus der Erde allerlei Bäume,
lustig anzusehen und gut zu essen, und den Baum des Lebens mitten im Garten und den Baum der Erkenntnis des Guten und Bösen.

Und es ging aus von Eden ein Strom, zu wässern den Garten,
und teilte sich von da in vier Hauptwasser.
Das erste heißt Pison, das fließt um das ganze Land Hevila;
und daselbst findet man Gold.

Und das Gold des Landes ist köstlich; und da findet man Bedellion und den Edelstein Onyx.
Das andere Wasser heißt Gihon,
das fließt um das ganze Mohrenland.
Das dritte Wasser heißt Hiddekel (Tigris), das fließt vor Assyrien.
Das vierte Wasser ist der Euphrat.
Und Gott der Herr nahm den Menschen,
und setzte ihn in den Garten Eden, daß er ihn baute und bewahrte.

Gottes Gebot

Und Gott der Herr gebot dem Menschen und sprach:
Du sollst essen von allerlei Bäumen im Garten.
Aber von dem Baum der Erkenntnis des Guten und Bösen
sollst du nicht essen, denn welches Tages du davon issest,
wirst du des Todes sterben.

Die Erschaffung des Weibes

Und Gott der Herr sprach: Es ist nicht gut, daß der Mensch allein sei; ich will ihm eine Gehilfin machen, die um ihn sei.
Denn als Gott der Herr gemacht hatte von der Erde allerlei Tiere auf dem Felde und allerlei Vögel unter dem Himmel, brachte er sie zu dem Menschen, daß er sähe, wie er sie nennte; denn wie der Mensch allerlei lebendige Tiere nennen würde,
so sollten sie heißen.
Und der Mensch gab einem jeglichen Vieh und Vogel unter dem Himmel und Tier auf dem Felde seinen Namen; aber für den Menschen ward keine Gehilfin gefunden, die um ihn wäre.
Da ließ Gott der Herr einen tiefen Schlaf fallen auf den Menschen, und er schlief ein. Und er nahm seiner Rippen eine,
und schloß die Stätte zu mit Fleisch.
Und Gott der Herr baute ein Weib aus der Rippe,
die er von dem Menschen nahm, und brachte sie zu ihm.
Da sprach der Mensch: Das ist doch Bein von meinem Bein und Fleisch von meinem Fleisch; man wird sie Männin heißen,
darum daß sie vom Manne genommen ist.
Darum wird ein Mann Vater und Mutter verlassen
und an seinem Weibe hangen, und sie werden sein ein Fleisch.

Und sie waren beide nackt, der Mensch und sein Weib,
und schämeten sich nicht.

Der Sündenfall

Und die Schlange war listiger denn alle Tiere auf dem Felde, die
Gott der Herr gemacht hatte, und sprach zu dem Weibe:
Ja, sollte Gott gesagt haben: Ihr sollt nicht essen
von allerlei Bäumen im Garten?
Da sprach das Weib zu der Schlange:
Wir essen von den Früchten der Bäume im Garten.
Aber von den Früchten des Baumes mitten im Garten
hat Gott gesagt: Esset nicht davon, rühret's auch nicht an,
daß ihr nicht sterbet.
Da sprach die Schlange zum Weibe:
Ihr werdet mitnichten des Todes sterben;
Sondern Gott weiß, daß, welches Tages ihr davon esset,
so werden eure Augen aufgetan, und werdet sein wie Gott,
und wissen, was gut und böse ist.
Und das Weib schaute an, daß von dem Baum gut zu essen wäre,
und daß er lieblich anzusehen und ein lustiger Baum wäre,
weil er klug machte; und sie nahm von der Frucht
und aß und gab ihrem Mann auch davon; und er aß.
Da wurden ihrer beider Augen aufgetan, und sie wurden gewahr,
daß sie nackt waren; und flochten Feigenblätter zusammen,
und machen sich Schürze.

Das Verhör

Und sie hörten die Stimme Gottes des Herrn, der im Garten ging,
da der Tag kühl geworden war. Und Adam versteckte sich
mit seinem Weibe vor dem Angesicht Gottes des Herrn
unter die Bäume im Garten.
Und Gott der Herr rief Adam, und sprach zu ihm: Wo bist du?
Und er sprach: Ich hörte deine Stimme im Garten, und fürchtete
mich; denn ich bin nackt, darum versteckte ich mich.
Und er sprach: Wer hat dir's gesagt, daß du nackt bist?
Hast du nicht gegessen von dem Baum, davon ich dir gebot,
du solltest nicht davon essen?
Da sprach Adam: Das Weib, das du mir zugesellt hast,
gab mir von dem Baum, und ich aß.

Da sprach Gott der Herr zum Weibe: Warum hast du das getan?
Das Weib sprach: Die Schlange betrog mich also, daß ich aß.

Fluch und erste Verheißung

Da sprach Gott der Herr zu der Schlange: Weil du solches getan hast, seist du verflucht vor allem Vieh und vor allen Tieren auf dem Felde. Auf deinem Bauche sollst du gehen,
und Erde essen dein Leben lang.
Und ich will Feindschaft setzen zwischen dir und dem Weibe, und zwischen deinem Samen und ihrem Samen. Derselbe soll dir den Kopf zertreten, und du wirst ihn in die Ferse stechen.
Und zum Weibe sprach er: Ich will dir viel Schmerzen schaffen, wenn du schwanger wirst; du sollst mit Schmerzen Kinder gebären; und dein Verlangen soll nach deinem Manne sein;
und er soll dein Herr sein.
Und zu Adam sprach er: Dieweil du hast gehorcht der Stimme deines Weibes und gegessen von dem Baum,
davon ich dir gebot und sprach:
Du sollst nicht davon essen, – verflucht sei der Acker
um deinetwillen; mit Kummer sollst du dich darauf nähren
dein Leben lang.
Dornen und Disteln soll er dir tragen,
und sollst das Kraut auf dem Felde essen.
Im Schweiße deines Angesichts sollst du dein Brot essen, bis daß du wieder zu Erde werdest, davon du genommen bist.
Denn du bist Erde und sollst zu Erde werden.

Austreibung aus dem Paradies

Und Adam hieß sein Weib Eva,
darum daß sie eine Mutter ist aller Lebendigen.
Und Gott der Herr machte Adam und seinem Weibe Röcke von Fellen, und kleidete sie.
Und Gott der Herr sprach: Siehe, Adam ist geworden wie unsereiner und weiß, was gut und böse ist. Nun aber, daß er nicht ausstrecke seine Hand, und breche auch von dem Baum des Lebens, und esse, und lebe ewiglich!
Da wies ihn Gott der Herr aus dem Garten Eden,
daß er das Feld baute, davon er genommen ist;
Und trieb Adam aus und lagerte vor den Garten Eden
die Cherubim mit dem bloßen, hauenden Schwert,
zu bewahren den Weg zu dem Baum des Lebens.

Die Schöpfung der ersten Menschen

Gott Vater:
Nuits ischt Nuits und weat Nuits weara,
drum haun i wölla a Wealt gebäara,
grad um dui Zeit,
wo's nimma vil schneit
und bessare Lüftla geit.
I bi schau längscht mit deam Weasa umganga,
do denk i endli, will's gau nu im Früehling afanga,
wenn d' Lercha singat und kummat dia Schwalma,
wenn dar Schnai vergoht und blühat dia Palma.

Nohdeam i g'schlofa wenig Nächt, haun i dächt:
jetz will i gau dra, weil's an mar ischt,
im Nama des gekreuzigta Hearra Jesu Chrischt.

I ka's wohl saga,
i hau schau gar oft da Kolender aufg'schlaga
und guggat, wenns Zoicha am beschta;
in was für am Maunat, in was für a Zeit,
und endli dar hoilig Goischt dös mir eigeit:
im Früehling gang dra, im Früehling fang a,
da kascht si hearschtella mit wenigi Köschta ...

So ischt's darbei blieba, und eaba im Meeza,
daß i's reacht sag, am feifazwanzgasta Tag
haun i azunda Sonn, Mau, Planeita und älle himmlische Keeza.
Faif Täg darnoh, aischt huir,
haun i verschaffa Holz, Stoi, Metal, Luft, Wasser, Erda und Fuir.
Beim Sappermeant!
sieba wunderscheane Elameant.
Allerloi Tier mit Flügel und Füeßa
haud mar ussam stockfaischtera Nuits raus müessa.
Und dös ällz, bei meiner Trui!
in oim Otem, in oim Hui.
G'schwind wi dar Wind ...

Sebastian Sailer (1714–1777)

O Heimatland

Zletzscht hot dr Herrgott s Schwobaland gschaffa ond sich drbei no amol gottsallmächtich miah gä. em Allgai a paar berg uffbeigt drvor a schtickle meer da Bodasee nagschittet dem liaba jengferle dr Donau zur mitgift gä a traulichs tal. da Schwarzwald gschaffa dockelich ond kiahl ond tiaf ond schtill mit tanna schträuch moor berg ond seea wia aus-m schächtele ond obegreiflich giatig wia r isch an toil drvo au no de Badenser gschenkt.

wär s net dr Herrgott hieß mer s lomperei.

r hot da Necker en da letta graba hot wengert an sei Ufer ghängt d Rauh Alb mit heehla woida holder schof ond felsa bosselt fir da Albverei. daß r dees liablich ländle om da Kocher ond om d Jagscht so oifach de Franka iberläßt dees hätt etzt freilich au net grad miassa sei. aber so isch r eba.

drfir hot r des Schwobaland mit burga kircha kleeschter schlesser gschprenkelt zom possa grad do wo mer katholisch isch an haufa humus nakarrt. drfir hot dr deifel schtoiner de evangelische uff d felder gschmissa. hot do a Freia Reichsschtadt dort hoimelige neschter derfer hefter flecka nagschtreit äckerla wiesla burra hecka bächla gompa ond grad gnuag wald fir fuchs reh wiesel marder dachs ond has. hot s ganze na recht bucklet gmacht daß henter jedem buckel an andera landschaft aug ond gmiat ond herz ond seel erfrischa ka. mo er na fertich gwä isch hot r d händ am schaffschurz abgwischt ond hot gsagt
– i moin dees sei fei gar net schlecht –.

na send dia andere schtämm ond velker mo koi so scheene hoimet kriagt hent neidisch worda. se hent delegazione gwählt hent se zom Herrgott gschickt ge proteschtiera.
dees verschtoße gega s naturrecht von dr chancegleichheit dr oi häb älles ond dr ander nex.

dodruffna hot halt onser Herrgott zom ausgleich d architekta gschickt. ond weil em Schwobaland von alters her de mendere meh hent z saga wia de gscheite hot mer de liadriche meh ärbet gä wia dene mo ihr gschäft verschtanda hent.

se send ans werk. de kloikarierte hent kloikarierte siedlonga baut. heisla ois wia s andere wenn d an balle hosch fendsch nemme wo de wohnsch. verwachsene heisledubbel mit blende fenschteraigla ohne wempera ond braua ond s kappadach wi-a schtompets hiatle uff-m-a uffblosena meckel. wem-mer s sieht kennt mer grad moina dene derfer sei s schlecht worda ond se hättet dia siedlonga breckelesweis en s land neikotzt.

de ander art von architekta hot sich verkauft an handel ond gewerbe. se hent dia alte schtroßa mit paläscht aus glas ond beto fir banka ond fir schparkassa versaut. se protzet zwischa de fachwerkheiser wia wenn a schießbud en dr lotterie
s groß los hätt gwonna.

en Schtuagert hent se aus de alte plätz verkehrsvertoiler gmacht. zwoi tiafe schluchta durch da schtadtkern gschlaga mo koi autofahrer woiß wia neikomma wia nauskomma ond koi passant wia durchkomma ond so isch etzet älles so verkomma daß d Schtuagerter hoimetvertrieba gern aus Schtuagert flichtet.

andre hent s land mit maschta iberzoga mo s am schenschte isch menschter ond dom fir kraftwerk ond fir d millverbrennong baut ond aus-m Neckerwasser hent se a reachte saichbriah gmacht. hent en da Bodasee neigschissa daß mer dia bäch ond fliss ond seea bald voll ens schpital to miaßt uff d intensif schtazio zur kinschtlicha beatmong.

dia freche wolkakratzer mo de bickela ond bergla da hals zuadrucket an Rems Murr ond em Neckertal. hochhaus silo betokubus mo d schtadtsilwett verschneidet
ond kircha daß-s m deifel drvor graust.

dees älles hot dr Herrgott miassa macha lassa aus seim paradiesgärtle dem Schwobaland daß dia mo moinet se häbet net gnuag kriagt ihr goscha haltet ond da neid verhebet.

so hent mir etzt a bißle schteppe wiaschte a schtick Mänhättn ond
au mir send en onserm ländle vor-m hemmel hussa mer sieht halt
iberall wia s menschelet.

ond wenn mir Schwoba onsere kender etzt zoiga mechtet
wia schee des ländle amol gwä isch vor dr hoimsuachong durch
d architekta schultes kreisbaumeischter ond au gmoiderät durch
banka ond durch eikaufs-center no miasset mer halt ens Elsaß
niber drweilsch s von Schwoba no net uffkauft isch.

Thaddäus Troll alias Hans Wilhelm Bayer (1914–1980)

Die Verheißung – Gottes Bund mit Noah

1.Mose 8,22 u. 9,1 u. 8–13 u. 16

Solange die Erde stehet, soll nicht aufhören Saat und Ernte,
Frost und Hitze, Sommer und Winter, Tag und Nacht.
Und Gott segnete Noah und seine Söhne und sprach:
Seid fruchtbar und mehret euch, und erfüllet die Erde.
Und Gott sagte zu Noah und seinen Söhnen mit ihm: Siehe, ich richte mit euch einen Bund auf und mit eurem Samen nach euch und mit allem lebendigen Getier bei euch, an Vögeln, an Vieh und an allen Tieren auf Erden bei euch, von allem, was aus dem Kasten gegangen ist, was für Tiere es sind auf Erden. Und ich richte meinen Bund also mit euch auf, daß hinfort nicht mehr alles Fleisch verderbt soll werden mit dem Wasser der Sintflut, und soll hinfort keine Sintflut mehr kommen, die die Erde verderbe. Und Gott sprach: Das ist das Zeichen des Bundes, den ich gemacht habe zwischen mir und euch und allen lebendigen Seelen bei euch hinfort ewiglich: Meinen Bogen habe ich gesetzt in die Wolken, der soll das Zeichen sein des Bundes zwischen mir und der Erde. Darum soll mein Bogen in den Wolken sein, daß ich ihn ansehe, und gedenke an den ewigen Bund zwischen Gott und allen lebendigen Seelen in allem Fleisch, das auf Erden ist.

Die Zehn Gebote

1. Ich bin der Herr, dein Gott.
Du sollst keine anderen Götter neben mir haben.

Was ist das?
Wir sollen Gott über alle Dinge fürchten, lieben und vertrauen.

2. Du sollst den Namen des Herrn, deines Gottes,
nicht vergeblich führen.

Was ist das?
Wir sollen Gott fürchten und lieben, daß wir bei seinem Namen nicht fluchen, schwören, zaubern, lügen oder trügen, sondern ihn in allen Nöten anrufen, beten, loben und danken.

3. Du sollst den Feiertag heiligen.

Was ist das?
Wir sollen Gott fürchten und lieben,
daß wir die Predigt und sein Wort nicht verachten,
sondern es heilig halten, gerne hören und lernen.

4. Du sollst deinen Vater und deine Mutter ehren, auf daß du lange lebest in dem Lande, das dir der Herr, dein Gott geben wird.

Was ist das?
Wir sollen Gott fürchten und lieben, daß wir unsere Eltern und Herren nicht verachten noch erzürnen, sondern sie in Ehren halten, ihnen dienen, gehorchen, sie lieb und wert haben.

5. Du sollst nicht töten.

Was ist das?
Wir sollen Gott fürchten und lieben, daß wir unserm Nächsten
an seinem Leibe keinen Schaden noch Leid tun,
sondern ihm helfen und beistehen in allen Nöten.

6. Du sollst nicht ehebrechen.

Was ist das?
Wir sollen Gott fürchten und lieben,
daß wir keusch und zuchtvoll leben in Worten und Werken
und in der Ehe einander lieben und ehren.

7. Du sollst nicht stehlen.

Was ist das?
Wir sollen Gott fürchten und lieben,
daß wir unsers Nächsten Geld oder Gut nicht nehmen
noch mit falscher Ware oder Handel an uns bringen,
sondern ihm sein Gut und Nahrung helfen bessern und behüten.

8. Du sollst nicht falsch Zeugnis reden wider deinen Nächsten.

Was ist das?
Wir sollen Gott fürchten und lieben,
daß wir unsern Nächsten nicht belügen, verraten, verleumden
oder seinen Ruf verderben, sondern sollen ihn entschuldigen,
Gutes von ihm reden und alles zum besten kehren.

9. Du sollst dich nicht lassen gelüsten deines Nächsten Hauses.

Was ist das?
Wir sollen Gott fürchten und lieben,
daß wir unserm Nächsten nicht mit List nach seinem Erbe oder
Hause trachten und mit einem Schein des Rechts an uns bringen,
sondern ihm dasselbe zu behalten förderlich und dienlich sein.

10. Du sollst dich nicht lassen gelüsten deines Nächsten Weibes,
noch seines Knechtes, noch seiner Magd, noch seines Ochsen,
noch seines Esels, noch alles, was dein Nächster hat.

Was ist das?
Wir sollen Gott fürchten und lieben,
daß wir unserm Nächsten nicht seine Frau, Gehilfen oder Vieh
ausspannen, abwerben oder abspenstig machen, sondern dieselben
anhalten, daß sie bleiben und tun, was sie schuldig sind.

Psalmen

Psalm 23

Der Herr ist mein Hirte, mir wird nichts mangeln.
Er weidet mich auf einer grünen Aue
Und führet mich zum frischen Wasser.
Er erquicket meine Seele.
Er führet mich auf rechter Straße um seines Namens willen.
Und ob ich schon wanderte im finstern Tal,
Fürchte ich kein Unglück;
Denn du bist bei mir, dein Stecken und Stab trösten mich.
Du bereitest vor mir einen Tisch im Angesicht meiner Feinde.
Du salbest mein Haupt mit Öl und schenkest mir voll ein.
Gutes und Barmherzigkeit werden mir folgen mein Leben lang,
Und ich werde bleiben im Hause des Herrn immerdar.

Psalm 39

Herr, lehre mich doch, daß es ein Ende mit mir haben muß
Und mein Leben ein Ziel hat und ich davon muß.
Siehe, meine Tage sind eine Handbreit bei dir,
Und mein Leben ist wie nichts vor dir.
Wie gar nichts sind alle Menschen, die doch so sicher leben!
Sie gehen daher wie ein Schatten
Und machen sich viel vergebliche Unruhe;
Sie sammeln und wissen nicht, wer es einbringen wird.
Nun, Herr, wessen soll ich mich trösten?
Ich hoffe auf dich. Höre mein Gebet, Herr,
Und vernimm mein Schreien, schweige nicht zu meinen Tränen;
Denn ich bin ein Gast bei dir, ein Fremdling wie alle meine Väter.
Laß ab von mir, daß ich mich erquicke,
Ehe ich dahinfahre und nicht mehr bin.

DENKENDORF

Psalm 73

Dennoch bleibe ich stets an dir;
Denn du hältst mich bei meiner rechten Hand,
Du leitest mich nach deinem Rat
Und nimmst mich am Ende mit Ehren an.
Wenn ich nur dich habe,
So frage ich nichts nach Himmel und Erde.
Wenn mir gleich Leib und Seele verschmachtet, so bist du doch,
Gott, allezeit meines Herzens Trost und mein Teil.
Aber das ist meine Freude, daß ich mich zu Gott halte
Und meine Zuversicht setze auf Gott den Herrn,
Daß ich verkündige all dein Tun.

Psalm 90

Herr, du bist unsre Zuflucht für und für.
Ehe denn die Berge wurden und die Erde
Und die Welt geschaffen wurden,
Bist du, Gott, von Ewigkeit zu Ewigkeit.
Der du die Menschen lässest sterben und sprichst:
Kommt wieder, Menschenkinder!
Denn tausend Jahre sind vor dir wie der Tag,
Der gestern vergangen ist, und wie eine Nachtwache.
Du lässest sie dahinfahren wie einen Strom, sie sind wie ein Schlaf,
Wie ein Gras, das am Morgen noch sproßt
Und des Abends welkt und verdorrt.
Das macht dein Zorn, daß wir so vergehen,
Und dein Grimm, daß wir so plötzlich dahin müssen.
Denn unsre Missetaten stellst du vor dich,
Unsre unerkannte Sünde ins Licht vor deinem Angesicht.
Darum fahren alle unsre Tage dahin durch deinen Zorn.
Wir bringen unsre Jahre zu wie ein Geschwätz.
Unser Leben währet siebzig Jahre,
Und wenn's hoch kommt, so sind's achtzig Jahre,
Und was daran köstlich scheint, ist doch nur vergebliche Mühe,
Denn es fähret schnell dahin, als flögen wir davon.
Lehre uns bedenken, daß wir sterben müssen,
Auf daß wir klug werden.
Fülle uns frühe mit deiner Gnade,
So wollen wir rühmen und fröhlich sein unser Leben lang.

Psalm 103

Lobe den Herrn, meine Seele,
Und was in mir ist, seinen heiligen Namen!
Lobe den Herrn, meine Seele,
und vergiß nicht, was er dir Gutes getan hat:
Der dir alle deine Sünde vergibt und heilet alle deine Gebrechen,
Der dein Leben vom Verderben erlöst,
Der dich krönet mit Gnade und Barmherzigkeit,
Der deinen Mund fröhlich macht,
Und du wieder jung wirst wie ein Adler.
Der Herr schafft Gerechtigkeit und Recht allen,
Die Unrecht leiden.
Er hat seine Wege Mose wissen lassen, die Kinder Israel sein Tun.
Barmherzig und gnädig ist der Herr,
Geduldig und von großer Güte.
Er wird nicht für immer hadern noch ewig zornig bleiben.
Er handelt nicht mit uns nach unsern Sünden
Und vergilt uns nicht nach unsrer Missetat.
Denn so hoch der Himmel über der Erde ist,
Läßt er seine Gnade walten über denen, die ihn fürchten.
So fern der Morgen ist vom Abend,
Läßt er unsre Übertretungen von uns sein.
Wie sich ein Vater über Kinder erbarmt,
So erbarmt sich der Herr über die, die ihn fürchten.
Denn er weiß, was für ein Gebilde wir sind;
Er gedenkt daran, daß wir Staub sind.
Ein Mensch ist in seinem Leben wie Gras,
Er blüht wie eine Blume auf dem Felde;
Wenn der Wind darüber geht, so ist sie nimmer da,
Und ihre Stätte kennet sie nicht mehr.
Die Gnade aber des Herrn währt von Ewigkeit zu Ewigkeit
Über denen, die ihn fürchten,
Und seine Gerechtigkeit auf Kindeskind bei denen,
Die seinen Bund halten
Und gedenken an seine Gebote, daß sie danach tun.
Lobet den Herrn, alle seine Werke,
An allen Orten seiner Herrschaft!
Lobe den Herrn, meine Seele!

Psalm 104

Lobe den Herrn, meine Seele!
Herr, mein Gott, du bist sehr herrlich;
Du bist schön und prächtig geschmückt.
Licht ist dein Kleid, das du anhast.
Du breitest aus den Himmel wie einen Teppich;
Der du das Erdreich gegründet hast auf festen Boden,
Daß es bleibt immer und ewiglich.
Du feuchtest die Berge von oben her,
Du machst das Land voll Früchte, die du schaffest.
Du lässest Gras wachsen für das Vieh
Und Saat zu Nutz den Menschen,
Daß du Brot aus der Erde bringest,
Und daß der Wein erfreue des Menschen Herz
Daß seine Gestalt schön werde vom Öl
Und das Brot des Menschen Herz stärke.
Herr, wie sind deine Werke so groß und viel!
Da hast sie alle weise geordnet, und die Erde ist voll deiner Güter.
Es wartet alles auf dich, daß du ihnen Speise gebest zu seiner Zeit.
Wenn du ihnen gibst, so sammeln sie;
Wenn du deine Hand auftust, so werden sie mit Gutem gesättiget.
Die Ehre des Herrn ist ewig;
Der Herr hat Wohlgefallen an seinen Werken.
Ich will dem Herrn singen mein Leben lang
Und meinen Gott loben, solange ich bin.
Lobe den Herrn, meine Seele! Halleluja!

Psalm 121

Ich hebe meine Augen auf zu den Bergen, von welchen mir Hilfe kommt.
Meine Hilfe kommt von dem Herrn, der Himmel und Erde gemacht hat.
Er wird deinen Fuß nicht gleiten lassen,
Und der dich behütet, schläft nicht.
Siehe, der Hüter Israels schläft noch schlummert nicht.
Der Herr behütet dich;
Der Herr ist dein Schatten über deiner rechten Hand,
Daß dich des Tages die Sonne nicht steche noch der Mond des Nachts.
Der Herr behüte dich vor allem Übel, er behüte deine Seele.
Der Herr behüte deinen Ausgang und Eingang
von nun an bis in Ewigkeit!

Psalm 126

Wenn der Herr die Gefangenen Zions erlösen wird,
So werden wir sein wie die Träumenden.
Dann wird unser Mund voll Lachens
Und unsre Zunge voll Rühmens sein.
Dann wird man sagen unter den Heiden:
Der Herr hat Großes an ihnen getan!
Der Herr hat Großes an uns getan; des sind wir fröhlich.
Herr, bringe wieder unsre Gefangenen,
Wie du die Bäche wiederbringst im Mittagslande.
Die mit Tränen säen, werden mit Freuden ernten.
Sie gehen hin und weinen und tragen edlen Samen
Und kommen mit Freuden und bringen ihre Garben.

Psalm 139

Herr, du erforschest mich und kennest mich.
Ich sitze oder stehe auf, so weißt du es;
Du verstehest meine Gedanken von ferne.
Ich gehe oder liege, so bist du um mich
Und siehest alle meine Wege.
Denn siehe, es ist kein Wort auf meiner Zunge,
Das du, Herr, nicht alles wissest.
Von allen Seiten umgibst du mich und hältst deine Hand über mir.
Solche Erkenntnis ist mir zu wunderbar und zu hoch,
Ich kann sie nicht begreifen.
Wo soll ich hin gehen vor deinem Geist,
Und wo soll ich hin fliehen vor deinem Angesicht?
Führe ich gen Himmel, so bist du da.
Bettete ich mir in die Hölle, siehe, so bist du auch da.
Nähme ich Flügel der Morgenröte und bliebe am äußersten Meer,
So würde mich doch deine Hand daselbst führen
Und deine Rechte mich halten.
Spräche ich: Finsternis möge mich decken!
So muß die Nacht auch Licht um mich sein.
Ich danke dir dafür, daß ich wunderbar gemacht bin;
wunderbar sind deine Werke; und das erkennet meine Seele wohl.

Advent

Die Verheißung des Friedefürsten

Jesaja 9,5–6

Uns ist ein Kind geboren, ein Sohn ist uns gegeben,
Und die Herrschaft ist auf seiner Schulter;
Und er heißt Wunderbar, Rat, Kraft, Held,
Ewig-Vater, Friedefürst;
Auf daß seine Herrschaft groß werde
und des Friedens kein Ende sei.

Das Wort ward Fleisch

Johannes 1,1–5 u. 11–12 u. 14 u. 16

Im Anfang war das Wort, und das Wort war bei Gott,
Und Gott war das Wort.
Dasselbe war im Anfang bei Gott.
Alle Dinge sind durch dasselbe gemacht,
Und ohne dasselbe ist nichts gemacht, was gemacht ist.
In ihm war das Leben,
Und das Leben war das Licht der Menschen.
Und das Licht scheint in der Finsternis,
Und die Finsternis hat's nicht ergriffen.
Er kam in sein Eigentum; und die Seinen nahmen ihn nicht auf.
Wie viele ihn aber aufnahmen, denen gab er Macht,
Gottes Kinder zu werden, die an seinen Namen glauben,
Und das Wort ward Fleisch und wohnte unter uns,
Und wir sahen seine Herrlichkeit,
Eine Herrlichkeit als des eingebornen Sohnes vom Vater,
Voller Gnade und Wahrheit.
Und von seiner Fülle haben wir alle genommen Gnade um Gnade.

Macht hoch die Tür

Macht hoch die Tür, die Tor macht weit,
Es kommt der Herr der Herrlichkeit,
Ein König aller Königreich,
ein Heiland aller Welt zugleich,
Der Heil und Leben mit sich bringt,
derhalben jauchzt, mit Freuden singt.
Gelobet sei mein Gott, mein Schöpfer reich von Rat.

Er ist gerecht, ein Helfer wert;
Sanftmütigkeit ist sein Gefährt,
Sein Königskron ist Heiligkeit,
sein Zepter ist Barmherzigkeit;
All unsre Not zum End er bringt,
derhalben jauchzt, mit Freuden singt:
Gelobet sei mein Gott, mein Heiland groß von Tat.

O wohl dem Land, o wohl der Stadt,
so diesen König bei sich hat.
Wohl allen Herzen insgemein,
da dieser König ziehet ein.
Er ist die rechte Freudensonn,
bringt mit sich lauter Freud und Wonn.
Gelobet sei mein Gott, mein Tröster früh und spat.

Macht hoch die Tür, die Tor macht weit,
eur Herz zum Tempel zubereit;
Die Zweiglein der Gottseligkeit
steckt auf mit Andacht, Lust und Freud;
So kommt der König auch zu euch, ja,
Heil und Leben mit zugleich.
Gelobet sei mein Gott, voll Rat, voll Tat, voll Gnad!

Komm, o mein Heiland Jesu Christ,
meins Herzens Tür dir offen ist.
Ach zeuch mit deiner Gnade ein,
dein Freundlichkeit auch uns erschein.
Dein heil'ger Geist uns führ und leit
den Weg zur ew'gen Seligkeit.
Dem Namen dein, o Herr, sei ewig Preis und Ehr!

Georg Weissel (1590–1635)

Die Nacht ist vorgedrungen

Die Nacht ist vorgedrungen, der Tag ist nicht mehr fern.
So sei nun Lob gesungen dem hellen Morgenstern!
Auch wer zur Nacht geweinet, der stimme froh mit ein.
Der Morgenstern bescheinet auch deine Angst und Pein.

Dem alle Engel dienen, wird nun ein Kind und Knecht.
Gott selber ist erschienen zur Sühne für sein Recht.
Wer schuldig ist auf Erden, verhüll nicht mehr sein Haupt.
Er soll errettet werden, wenn er dem Kinde glaubt.

Die Nacht ist schon im Schwinden, macht euch zum Stalle auf!
Ihr sollt das Heil dort finden, das aller Zeiten Lauf
Von Anfang an verkündet, seit eure Schuld geschah.
Nun hat sich euch verbündet, den Gott selbst ausersah.

Noch manche Nacht wird fallen auf Menschenleid und -schuld.
Doch wandert nun mit allen der Stern der Gotteshuld.
Beglänzt von seinem Lichte, hält euch kein Dunkel mehr,
Von Gottes Angesichte kam euch die Rettung her.

Gott will im Dunkel wohnen und hat es doch erhellt.
Als wollte er belohnen, so richtet er die Welt.
Der sich den Erdkreis baute, der läßt den Sünder nicht.
Wer hier dem Sohn vertraute, kommt dort aus dem Gericht.

Jochen Klepper (1903–1942)

Weihnachten

Jesu Geburt

Lukas 2,1–20

Es begab sich aber zu der Zeit,
Daß ein Gebot von dem Kaiser Augustus ausging,
Daß alle Welt geschätzet würde.
Und diese Schätzung war die allererste und geschah zu der Zeit,
Da Cyrenius Landpfleger in Syrien war.
Und jedermann ging, daß er sich schätzen ließe,
Ein jeglicher in seine Stadt.
Da machte sich auf auch Joseph aus Galiläa, aus der Stadt Nazareth,
In das jüdische Land zur Stadt Davids, die da heißt Bethlehem,
Darum daß er von dem Hause und Geschlechte Davids war,
Auf daß er sich schätzen ließe mit Maria, seinem vertrauten Weibe,
Die war schwanger.
Und als sie daselbst waren, kam die Zeit, daß sie gebären sollte.
Und sie gebar ihren ersten Sohn und wickelte ihn in Windeln
Und legte ihn in eine Krippe;
Denn sie hatten sonst keinen Raum in der Herberge.
Und es waren Hirten in derselben Gegend auf dem Felde
Bei den Hürden, die hüteten des Nachts ihre Herde.
Und siehe, des Herrn Engel trat zu ihnen,
Und die Klarheit des Herrn leuchtete um sie;
Und sie fürchteten sich sehr.
Und der Engel sprach zu ihnen: Fürchtet euch nicht!
Siehe, ich verkündige euch große Freude,
Die allem Volk widerfahren wird,
Denn euch ist heute der Heiland geboren,
Welcher ist Christus, der Herr, in der Stadt Davids.
Und das habt zum Zeichen: ihr werdet finden das Kind
In Windeln gewickelt und in einer Krippe liegen.

Und alsbald war da bei dem Engel
Die Menge der himmlischen Heerscharen,
Die lobten Gott und sprachen:

Ehre sei Gott in der Höhe und Friede auf Erden
Und den Menschen ein Wohlgefallen.

Und da die Engel von ihnen gen Himmel fuhren,
Sprachen die Hirten untereinander:
Laßt uns nun gehen nach Bethlehem
Und die Geschichte sehen, die da geschehen ist,
Die uns der Herr kundgetan hat.
Und sie kamen eilend und fanden beide,
Maria und Joseph, dazu das Kind in der Krippe liegen.
Da sie es aber gesehen hatten, breiteten sie das Wort aus,
Welches zu ihnen von diesem Kinde gesagt war.
Und alle, vor die es kam, wunderten sich der Rede,
Die ihnen die Hirten gesagt hatten.
Maria aber behielt alle diese Worte und bewegte sie in ihrem Herzen.
Und die Hirten kehrten wieder um, priesen und lobten Gott
Um alles, was sie gehört und gesehen hatten,
Wie denn zu ihnen gesagt war.

Stille Nacht

Stille Nacht, heilige Nacht! Alles schläft, einsam wacht
Nur das traute, hochheilige Paar. Holder Knabe im lockigen Haar,
Schlaf in himmlischer Ruh!

Stille Nacht, heilige Nacht! Hirten erst kundgemacht,
Durch der Engel Halleluja tönt es laut von fern und nah:
Christ, der Retter, ist da!

Stille Nacht, heilige Nacht! Gottes Sohn, o wie lacht
Lieb' aus deinem göttlichen Mund,
Da uns schlägt die rettende Stund,
Christ, in deiner Geburt!

Joseph Mohr (1792–1848)

s Weggetaler Kripple

Es ist am Heilig Obed gsei',
dr Luft hot grausig blose',
soweit ma' gseah' hot – Eis ond Schnai,
ond wia ausgstorbe' d Stroße'.

Paar Schäfer hocket steif ond kromm
mit pfanne'bloe Aohre'
bei ihrem Pferch oms Fuier rom –
se send schao' halb verfraore.

Em Städtle dob, en Bethlehem,
ist älles still ond fei'ster ...
„Wenn iatz", sait oar, „s Christkendle käm
ond froge' tät: wa waö'scht dr?"

„I möcht en ganze' Maltersack
vol Kreuzer, tät e sage'."
– „Ond i e' Päckle Schnupftabak
ond ebbes Warms en Mage'." –

„I wött e' warme Pudelkapp." –
„Ond i en Speck, en fette'..." –
En Alter bruttlet: „Schwätz koan Papp.
zo arme Leut konnts ete'."

Uf oamol sprenget d Schof durnand
ond drucket se en d Ecke',
ond d Hond send außer Rand ond Band
ond stellet d Hoor vor Schrecke'.

Ällsomer glitzget zmol dr Schnai,
ond d Steane' kriaget älle
en weiße' Hof wia-n Heilge'schei',
ond s ist e' graoße Helle.

Dia arme Schäfer schüttlets ganz
– s send sust heazhafte Manne' –,
koa' Wonder: s stoht en volem Glanz
en Engel vor ne' danne'!

BEUREN

Der Engel sait: „Verschrecket et,
s ist Ui e' Glück a'gange':
s Christkendle hot en Ei'seah' ghett,
s loht arme Leut et hange'."

Ond glei druf haalet übers Feld
en Orgle' ond e Senge'
vo' älle Kirche'chör der Welt
täts koar so fetigbrenge'.

DITZINGEN

Dia Schäfer send noh ganz eweg:
s ist also doch noh komme'!
Noh nemmet se ihre Dudelsäck
ond lend se ghörig bromme'.

Ond stolperet durch Schnai ond Wend
ond suachet noch em Kendle
ond brenget ehm mit steife Händ.
so guat s halt goht, e' Ständle.

DUSSLINGEN

E' Schofstall so ärmlich, so eng ond so klei
mit Naot goht en Ochs ond en Esele nei'.
Em hülzerne' Kripple uf Heu ond uf Straoh
do leit es ond strablet ond lachet so fraoh.

Maria sitzt bei-n-em ond wiagets en d Ruah
ond deckts mit me' bowüllene' Kopftüachle zuah.
Dr Josef schleecht Fuier mit stärrige Händ
ond kochet e' Süpple, e' Breile em Kend.

Ond d Naacht ist so still, ‚ond neamed ist wach
nao d Steane' am Hemmel glitzget durchs Dach

wia Christboom so hell ond so klar wia Kristall –
iatz knublet vors Kripple: s ist Weihnächt em Stall.

De Heilige Drui König aus Morgeland,
dr Kasper, dr Melcher, dr Baltes,
hend Roß ond Kamel ond en Elefant
mit me' Glöckle am Rüassel – dear gfallt es!

Mo goht dr Weag ge Bethlehem nom?
Se froget Stadtleut ond Baure',
se froget em ganze' Ländle rom,
se könnet oan währle daure'.

Se froget sogar beim König a',
beim Judekönig Herodes.
Dear stellt ehne' altbachene Sprengerlen na',
e' Krüagle Most ond en Brotes.

Se wölle en Bsuach mache' z Bethlehem
ond häbe de' Weag verlaore'.
„Ond därf ma' froge', ihr Herre', bei wem?"
Dr König Herodes spitzt d Aohre'.

De Heilige Drui König lend d Katz aus em Sack,
de aoschuldige Kender müaßts büaße'...
Ond katzefreundlich sait dear Schlawack,
se solle ao z Bethlehem grüaße'.

Se saget Adje ond ladet wied uf,
de' Weihrauch ond s Gold ond d Myrrhe'.
Ond zmol schreit dr Baltes: dr Stean, gucket nuf!
Iatz ka' ma' se nemme verirre'...

De Heilige Drui König folget seim Schei',
dear Stean hot ebbes z bedeute'!
Se machet et Halt ond se kehret et ei'
ond juzget ond senget em reite'.

Zmol über me' Stall vergruabet dr Stean,
se freuet se schao' wia Kender...
En alter Ma' mit re' Stall-Latean
konnt raus ond froget: „Wa wend r?"

„Mir send dia Drui König, dr Stean hat aos gsait,
do henne' tätet mrs fende'..."
– „So", sait dear Ma', „descht aber e' Freud,
– iatz kommet nao rei', i will zende'."

Se fendet e' nackets Kendle em Straoh,
s hot etemol reachte Wendle',
sei' Muater, e' bildschöne jonge Frau,
sitzt bei-n-em ond gwärmet em d Händle'.

Ond ist ao des Kendle noh so arm
ond muaß eme' Schofstall wohne'
de Heilige Drui König wud s Heaz ganz warm,
se lupfet ganz fromm ihre Krone'.

Ond leget ens Kripple nei' ihre Präsent,
ond s Öchsle und s Esele brommet.
De Heilige Drui König faltet d Händ
ond senget „Ihr Kinderlein, kommet".

s hot et lang ghebt, des Glück em Stall:
paar Täg druf hoaßt es Knall ond Fall,
se müaße samt em Kendle
schnell fott ond aus em Ländle.

Deam Judekönig sei des Kend
e' Doan em Aug ond wenn rs fend
Gnad Gott noh Kend ond Muater!
Herodes sei koa' Guater...

Ist des en Elend ond e' Kreuz,
iatz müaßt se fott, ond dusse' schneits!

Se packet guatig zsemme',
viel hend se et zom nemme'.

ROTTENBURG/
NECKAR

Maria uf em Esel dob
(s Kend ontrem Ma'tel schloft gottlob),
dr Josef a' me' Stecke'
so gehnd se naus zom Flecke'.

Se wattet tapfer dur de' Schnai
berguf, berga ond querfeldei';
dezua'na', daß se frieret,
konnt d Angst, de' Weag z verlieret.

So kommet se a' d badisch Grenz.
Dr Josef schnaufet uf: „Mr hends!"
Maria aber lachet:
„Pst! daß mrs et verwachet!"

Arms Würmle, o wia wuud drs ao
bei selle fremde Mensche' gaoh'?
Komm wieder gsond ond lebig,
Herodes lebt et ebig ...

Sebastian Blau alias Josef Eberle (1901–1986)

O du fröhliche

O du fröhliche, o du selige, gnadenbringende Weihnachtszeit!
Welt ging verloren, Christ ist geboren:
Freue, freue dich, o Christenheit!

O du fröhliche, o du selige, gnadenbringende Weihnachtszeit!
Christ ist erschienen, uns zu versühnen:
Freue, freue dich, o Christenheit!

O du fröhliche, o du selige, gnadenbringende Weihnachtszeit!
Himmlische Heere jauchzen dir Ehre:
Freue, freue dich, o Christenheit!

Johann Daniel Falk (1768–1826)

Heilige Nacht

So ward der Herr Jesus geboren im Stall bei der kalten Nacht.
Die Armen, die haben gefroren, den Reichen wars warm gemacht.

Sein Vater ist Schreiner gewesen. Die Mutter war eine Magd.
Sie haben kein Geld nicht besessen, die haben sich wohl geplagt.

Kein Wirt hat ins Haus sie genommen. Sie waren von Herzen froh,
Daß sie noch in Stall sind gekommen. Sie legten das Kind auf Stroh.

Die Engel, die haben gesungen, daß wohl ein Wunder geschehn.
Da kamen die Hirten gesprungen und haben es angesehn.

Die Hirten, die will es erbarmen, wie elend das Kindlein sei.
Es ist eine Gschicht für die Armen. Kein Reicher war nicht dabei.

Ludwig Thoma (1867–1921)

Weihnachten

Markt und Straßen stehn verlassen, still erleuchtet jedes Haus,
Sinnend geh ich durch die Gassen, alles sieht so festlich aus.

An den Fenstern haben Frauen buntes Spielzeug fromm geschmückt,
Tausend Kindlein stehn und schauen, sind so wundervoll beglückt.

Und ich wandre aus den Mauern bis hinaus ins freie Feld,
Hehres Glänzen, heil'ges Schauern! Wie so weit und still die Welt!

Sterne hoch die Kreise schlingen; aus des Schnees Einsamkeit
Steigts wie wunderbares Singen – o du gnadenreiche Zeit!

Joseph Freiherr von Eichendorff (1788–1857)

Es ist ein Ros entsprungen

Es ist ein Ros entsprungen aus einer Wurzel zart,
Wie uns die Alten sungen: Von Jesse kam die Art.
Und hat ein Blümlein bracht mitten im kalten Winter
Wohl zu der halben Nacht.

Das Röslein, das ich meine, davon Jesaja sagt,
Hat uns gebracht alleine Marie, die reine Magd:
Aus Gottes ewgem Rat hat sie ein Kind geboren,
Welches uns selig macht.

Das Blümelein so kleine, das duftet uns so süß;
Mit seinem hellen Scheine vertreibt's die Finsternis.
Wahr Mensch und wahrer Gott, hilft uns aus allem Leide,
Rettet von Sünd und Tod.

Brich an, du schönes Morgenlicht

Brich an, du schönes Morgenlicht, und laß den Himmel tagen!
Du Hirtenvolk, erschrecke nicht, weil dir die Engel sagen,
Daß dieses schwache Knäbelein soll unser Trost und Freude sein,
Dazu den Satan zwingen und letztlich Frieden bringen.

Willkommen, süßer Bräutigam, du König aller Ehren!
Willkommen, Jesu, Gottes Lamm, ich will dein Lob vermehren;
Ich will dir all mein Leben lang von Herzen sagen Preis und Dank,
Daß du, da wir verloren, für uns bist Mensch geboren.

Lob, Preis und Dank, Herr Jesu Christ, sei dir von mir gesungen,
Daß du mein Bruder worden bist und hast die Welt bezwungen;
Hilf, daß ich deine Gütigkeit stets preis in dieser Gnadenzeit
Und mög hernach dort oben in Ewigkeit dich loben.

Johann Rist (1607–1667)

Ich steh an deiner Krippen hier

Ich steh an deiner Krippen hier, o Jesu, du mein Leben;
Ich komme, bring und schenke dir, was du mir hast gegeben.
Nimm hin, es ist mein Geist und Sinn,
Herz, Seel und Mut, nimm alles hin
Und laß dir's wohl gefallen.

Da ich noch nicht geboren war, da bist du mir geboren
Und hast mich dir zu eigen gar, eh ich dich kannt, erkoren.
Eh ich durch deine Hand gemacht, da hast du schon bei dir bedacht,
Wie du mein wolltest werden.

Ich lag in tiefster Todesnacht, du warest meine Sonne,
Die Sonne, die mir zugebracht Licht, Leben, Freud und Wonne.
O Sonne, die das werte Licht des Glaubens in mir zugericht,
Wie schön sind deine Strahlen!

Ich sehe dich mit Freuden an und kann mich nicht satt sehen;
Und weil ich nun nichts weiter kann, bleib ich anbetend stehen.
O daß mein Sinn ein Abgrund wär und meine Seel ein weites Meer,
Daß ich dich möchte fassen!

Wann oft mein Herz im Leibe weint und keinen Trost kann finden,
Rufst du mir zu: „Ich bin dein Freund, ein Tilger deiner Sünden.
Was trauerst du, o Bruder mein? Du sollst ja guter Dinge sein,
Ich zahle deine Schulden."

O daß doch so ein lieber Stern soll in der Krippen liegen!
Für edle Kinder großer Herrn gehören güldne Wiegen.
Ach Heu und Stroh ist viel zu schlecht, Samt, Seide, Purpur wären recht,
Dies Kindlein drauf zu legen!

Nehmt weg das Stroh, nehmt weg das Heu, ich will mir Blumen holen,
Daß meines Heilands Lager sei auf lieblichen Violen;
Mit Rosen, Nelken, Rosmarin aus schönen Gärten will ich ihn
Von oben her bestreuen.

Du fragest nicht nach Lust der Welt noch nach des Leibes Freuden;
Du hast dich bei uns eingestellt, an unsrer Statt zu leiden,
Suchst meiner Seele Herrlichkeit durch Elend und Armseligkeit;
Das will ich dir nicht wehren.

Eins aber, hoff ich, wirst du mir, mein Heiland, nicht versagen:
Daß ich dich möge für und für in, bei und an mir tragen.
So laß mich doch dein Kripplein sein; komm, komm und lege bei mir ein
Dich und all deine Freuden.

Paul Gerhardt (1607–1676)

Alle Jahre wieder

Alle Jahre wieder kommt das Christuskind
Auf die Erde nieder, wo wir Menschen sind.

Kehrt mit seinem Segen ein in jedes Haus,
Geht auf allen Wegen mit uns ein und aus.

Ist auch mir zur Seite still und unerkannt,
Daß es treu mich leite an der lieben Hand.

Wilhelm Hey (1789–1854)

BÖBLINGEN

BAD WIMPFEN

WALDENBUCH

Ihr Kinderlein, kommet

Ihr Kinderlein, kommet, o kommet doch all,
Zur Krippe her kommet, in Bethlehems Stall,
Und seht, was in dieser hochheiligen Nacht
Der Vater im Himmel für Freude uns macht.

O seht in der Krippe im nächtlichen Stall,
Seht hier bei des Lichtleins hellglänzendem Strahl
In reinlichen Windeln das himmlische Kind,
Viel schöner und holder, als Engel es sind.

Da liegt es, das Kindlein, auf Heu und auf Stroh,
Maria und Joseph betrachten es froh,
Die redlichen Hirten knien betend davor,
Hoch oben schwebt jubelnd der Engelein Chor.

O beugt wie die Hirten anbetend die Knie,
Erhebet die Hände und danket wie sie;
Stimmt freudig, ihr Kinder, – wer wollt sich nicht freun? –
Stimmt freudig zum Jubel der Engel mit ein.

O betet: Du liebes, du göttliches Kind,
Was leidest du alles für unsere Sünd!
Ach hier in der Krippe schon Armut und Not,
Am Kreuze dort gar noch den bitteren Tod.

So nimm unsre Herzen zum Opfer denn hin;
Wir geben sie gerne mit fröhlichem Sinn.
Ach mache sie heilig und selig wie deins
Und mach sie auf ewig mit deinem nur eins.

Christoph von Schmid (1768–1854)

GROSSBOTTWAR

Neujahr

Zum neuen Jahr

Wie heimlicher Weise
Ein Engelein leise
Mit rosigen Füßen
Die Erde betritt,
So nahte der Morgen.
Jauchzt ihm, ihr Frommen,
Ein heilig Willkommen!
Ein heilig Willkommen,
Herz, jauchze du mit!

LUDWIGSBURG

In ihm sei's begonnen,
Der Monde und Sonnen
An blauen Gezelten
Des Himmels bewegt.
Du, Vater, du rate!
Lenke du und wende!
Herr, dir in die Hände
Sei Anfang und Ende,
Sei alles gelegt!

NEUENSTADT/KOCHER

Eduard Mörike (1804–1875)

Altwirtembergischer Neujahrswunsch

I wensch Uich
a guets nuis Jahr,
de xonde Leib,
de Friede,
de Sege
ond de Heilige Geist!

BAD MERGENTHEIM

Von guten Mächten treu und still umgeben

Von guten Mächten treu und still umgeben,
Behütet und getröstet wunderbar,
So will ich diese Tage mit euch leben
Und mit euch gehen in ein neues Jahr.

Noch will das alte unsre Herzen quälen,
Noch drückt uns böser Tage schwere Last.
Ach Herr, gib unsern aufgeschreckten Seelen
Das Heil, für das du uns geschaffen hast.

Und reichst du uns den schweren Kelch, den bittern
Des Leids; gefüllt bis an den höchsten Rand,
So nehmen wir ihn dankbar ohne Zittern
Aus deiner guten und geliebten Hand.

Doch willst du uns noch einmal Freude schenken
An dieser Welt und ihrer Sonne Glanz,
Dann wolln wir des Vergangenen gedenken,
Und dann gehört dir unser Leben ganz.

Laß warm und hell die Kerzen heute flammen,
Die du in unsre Dunkelheit gebracht,
Führ, wenn es sein kann, wieder uns zusammen.
Wir wissen es, dein Licht scheint in der Nacht.

Wenn sich die Stille nun tief um uns breitet,
So laß uns hören jenen vollen Klang
Der Welt, die unsichtbar sich um uns weitet,
All deiner Kinder hohen Lobgesang.

Von guten Mächten wunderbar geborgen,
Erwarten wir getrost, was kommen mag.
Gott ist bei uns am Abend und am Morgen
Und ganz gewiß an jedem neuen Tag.

Dietrich Bonhoeffer (1906–1945)

Der du die Zeit in Händen hast

Der du die Zeit in Händen hast, Herr, nimm auch dieses Jahres Last
Und wandle sie in Segen.
Nun von dir selbst in Jesus Christ die Mitte fest gewiesen ist,
Führ uns dem Ziel entgegen.

Da alles, was der Mensch beginnt, vor seinen Augen noch zerrinnt,
Sei du selbst der Vollender.
Die Jahre, die du uns geschenkt, wenn deine Güte uns nicht lenkt,
Veralten wie Gewänder.

Wer ist hier, der vor dir besteht?
Der Mensch, sein Tag, sein Werk vergeht:
Nur du allein wirst bleiben.
Nur Gottes Jahr währt für und für, drum kehre jeden Tag zu dir,
Weil wir im Winde treiben.

Der Mensch ahnt nichts von seiner Frist. Du aber bleibest, der du bist,
In Jahren ohne Ende.
Wir fahren hin durch deinen Zorn, und doch strömt deiner Gnade Born
In unsre leeren Hände.

Und diese Gaben, Herr, allein laß Wert und Maß der Tage sein,
Die wir in Schuld verbringen.
Nach ihnen sei die Zeit gezählt; was wir versäumt, was wir verfehlt,
Darf nicht mehr vor dich dringen.

Der du allein der Ewge heißt und Anfang, Ziel und Mitte weißt
Im Fluge unsrer Zeiten:
Bleib du uns gnädig zugewandt und führe uns an deiner Hand,
Damit wir sicher schreiten.

Jochen Klepper (1903–1942)

Wie schön leuchtet der Morgenstern

Wie schön leuchtet der Morgenstern,
Voll Gnad und Wahrheit von dem Herrn
Uns herrlich aufgegangen!
O guter Hirte, Davids Sohn,
Mein König auf dem Himmelsthron,
Du hast mein Herz umfangen:
Lieblich, freundlich.
Schön und prächtig, groß und mächtig,
Reich an Gaben, hoch und wundervoll erhaben.

O Kleinod, dem kein Kleinod gleicht,
Sohn Gottes, den kein Lob erreicht,
Vom Vater uns gegeben!
Mein Herz zerfließt in deinem Ruhm;
Dein süßes Evangelium
Ist lauter Geist und Leben.
Dich, dich will ich
Ewig fassen, nimmer lassen;
Brot des Lebens, dein begehr ich nicht vergebens.

Von Gott kommt mir ein Freudenlicht,
Wenn mich dein heilig Angesicht
Mit Freundlichkeit anblicket.
O Herr Jesu, mein trautes Gut,
Dein Wort, dein Geist, dein Leib und Blut
Mich innerlich erquicket.
Nun ich bitt dich:
Nimm mich Armen voll Erbarmen
An mit Gnaden! Auf dein Wort komm ich geladen.

DONZDORF

UNTERTÜRKHEIM

SCHWIEBERDINGEN

Herr Gott Vater, du starker Held,
Du hast mich ewig vor der Welt
In deinem Sohn geliebet.
Dein Sohn hat sich mit mir vertraut;
Mein Herz auf ihn mit Freuden schaut,
In dem mich nichts betrübet.
Preis dir, Heil mir!
Himmlisch Leben wird er geben
Mir dort oben; ewig soll mein Herz ihn loben.

ZWIEFALTEN

Spielt unserm Gott mit Saitenklang
Und laßt den süßesten Gesang
Ganz freudenreich erschallen.
Ich will mit meinem Jesus heut
Und morgen und in Ewigkeit
In steter Liebe wallen.
Singet, klinget,
Jubilieret, triumphieret,
Dankt dem Herren, ihm, dem König aller Ehren!

DETTINGEN/
ERMS

Wie freu ich mich, Herr Jesu Christ,
Daß du der Erst und Letzte bist,
Der Anfang und das Ende!
Du, der sein Leben für mich ließ,
Nimmst mich einst in dein Paradies;
Drauf faß ich deine Hände
Amen, Amen!
Komm, o Sonne, meine Wonne,
Bleib nicht lange, daß ich ewig dich umfange.

EMERINGEN

Nach Philipp Nicolai (1556–1608)
bearbeitet von Albert Knapp (1798–1864)

CRAILSHEIM

HARTHAUSEN

PLATTENHARDT

Die Bergpredigt

Matthäus 5,1–16

Da er aber das Volk sah, ging er auf einen Berg und setzte sich;
Und seine Jünger traten zu ihm.
Und er tat seinen Mund auf, lehrte sie und sprach:
Selig sind, die da geistlich arm sind; denn das Himmelreich ist ihr.
Selig sind, die da Leid tragen; denn sie sollen getröstet werden.
Selig sind die Sanftmütigen; denn sie werden das Erdreich besitzen.
Selig sind, die da hungert und dürstet nach der Gerechtigkeit;
Denn sie sollen satt werden,
Selig sind die Barmherzigen;
Denn sie werden Barmherzigkeit erlangen.
Selig sind, die reines Herzens sind; denn sie werden Gott schauen.
Selig sind die Friedfertigen, denn sie werden Gottes Kinder heißen.
Selig sind, die um Gerechtigkeit willen verfolgt werden;
Denn das Himmelreich ist ihr.

Selig seid ihr, wenn euch die Menschen um meinetwillen schmähen und verfolgen und reden allerlei Übles über euch, so sie daran lügen. Seid fröhlich und getrost; es wird euch im Himmel wohl belohnt werden. Denn also haben sie verfolgt die Propheten, die vor euch gewesen sind.

Ihr seid das Salz der Erde.
Wenn nun das Salz kraftlos wird, womit soll man's salzen?
Es ist zu nichts hinfort nütze,
denn daß man es hinausschütte und lasse es die Leute zertreten.

Ihr seid das Licht der Welt.
Es kann die Stadt, die auf einem Berge liegt, nicht verborgen sein.
Man zündet auch nicht ein Licht an und setzt es unter einen Scheffel, sondern auf einen Leuchter; so leuchtet es allen, die im Hause sind. So soll euer Licht leuchten vor den Leuten, daß sie eure guten Werke sehen und euren Vater im Himmel preisen.

Das Gebot der Liebe

Jesus Christus spricht: Du sollst den Herrn, deinen Gott, lieben
von ganzem Herzen, von ganzer Seele und von ganzem Gemüte.
Dies ist das höchste und größte Gebot.
Das andere aber ist ihm gleich:
Du sollst deinen Nächsten lieben wie dich selbst.

Matthäus 22,37–39

Wenn ich mit Menschen- und mit Engelzungen redete
und hätte der Liebe nicht, so wäre ich ein tönend Erz
oder eine klingende Schelle.
Und wenn ich weissagen könnte und wüßte alle Geheimnisse
und alle Erkenntnis und hätte allen Glauben, so daß ich Berge
versetzte, und hätte der Liebe nicht, so wäre ich nichts.
Und wenn ich alle meine Habe den Armen gäbe
und ließe meinen Leib brennen und hätte der Liebe nicht,
so wäre mir's nichts nütze.
Die Liebe ist langmütig und freundlich, die Liebe eifert nicht,
die Liebe treibt nicht Mutwillen, sie blähet sich nicht, sie stellet
sich nicht ungebärdig, sie suchet nicht das Ihre, sie läßt sich nicht
erbittern, sie rechnet das Böse nicht zu, sie freuet sich nicht der
Ungerechtigkeit, sie freuet sich aber der Wahrheit.
Sie verträgt alles, sie glaubet alles, sie hoffet alles, sie duldet alles.
Die Liebe höret nimmer auf, so doch die Weissagungen aufhören
werden und das Zungenreden aufhören wird und die Erkenntnis
aufhören wird. Denn unser Wissen ist Stückwerk, und unser
Weissagen ist Stückwerk. Wenn aber kommen wird das
Vollkommene, so wird das Stückwerk aufhören.
Nun aber bleibt Glaube, Hoffnung, Liebe, diese drei;
aber die Liebe ist die größte unter ihnen.

1.Korinther 13,1–10 u. 13

BIRKACH

Das heilige Abendmahl

Das Abendmahl ist ein Sakrament und göttlich Wortzeichen,
Worin uns Christus wahrhaftig und gegenwärtig
Mit Brot und Wein seinen Leib und sein Blut schenkt
und darreicht,
Und vergewissert uns damit,
Daß wir haben Verzeihung der Sünden und ein ewiges Leben.

Der Herr Jesus in der Nacht, da er verraten ward
Und mit seinen Jüngern zu Tische saß,
Nahm das Brot, sagte Dank und brach's,
Gab's seinen Jüngern und sprach:
Nehmet hin und esset;
Das ist mein Leib, der für euch gegeben wird.
Das tut zu meinem Gedächtnis.

Desgleichen nach dem Mahl nahm er den Kelch,
Sagte Dank, gab ihnen den und sprach:
Trinket alle daraus; das ist mein Blut des Neuen Bundes,
Das für euch und für viele vergossen wird
Zur Vergebung der Sünden.
Das tut zu meinem Gedächtnis.

Christus spricht: Kommet her zu mir, alle, die ihr mühselig und beladen seid; ich will euch erquicken.

Matthäus 11,28

Ich bin der Weinstock, ihr seid die Reben.
Wer in mir bleibt und ich in ihm, der bringt viel Frucht;
Denn ohne mich könnt ihr nichts tun.

Johannes 15,5

GÄUFELDEN

MÖTZINGEN

Karfreitag

Kreuzigung und Tod

Markus 15,22–39

Und sie brachten ihn an die Stätte Golgatha, das ist verdolmetscht: Schädelstätte. Und sie gaben ihm Myrrhe in Wein zu trinken; aber er nahm's nicht. Und sie kreuzigten ihn. Und sie teilten seine Kleider und warfen das Los darum, wer was bekäme. Es war aber um die dritte Stunde, da sie ihn kreuzigten. Und es war oben über ihm geschrieben, was man ihm schuld gab, nämlich: Der König der Juden. Und sie kreuzigten mit ihm zwei Mörder, einen zu seiner Rechten und einen zur Linken. Da ward die Schrift erfüllt, die da sagt: „Er ist unter die Übeltäter gerechnet." Und die vorübergingen, lästerten ihn und schüttelten ihre Häupter und sprachen: Ha, der du den Tempel zerbrichst und baust ihn in drei Tagen, hilf dir nun selber und steig herab vom Kreuz! Desgleichen die Hohenpriester verspotteten ihn untereinander samt den Schriftgelehrten und sprachen: Er hat andern geholfen und kann sich selber nicht helfen. Der Christus, der König in Israel, der steige nun vom Kreuz, daß wir sehen und glauben. Und die mit ihm gekreuzigt waren, schmähten ihn auch. Und um die sechste Stunde ward eine Finsternis über das ganze Land bis um die neunte Stunde. Und um die neunte Stunde rief Jesus laut und sprach: Eli, Eli, lama asabthani? das ist verdolmetscht: Mein Gott, mein Gott, warum hast du mich verlassen? Und etliche, die dabeistanden, da sie das hörten, sprachen sie: Siehe, er ruft den Elia. Da lief einer und füllte einen Schwamm mit Essig und steckte ihn auf ein Rohr und tränkte ihn und sprach: Halt, laßt sehen, ob Elia komme und ihn herabnehme! Aber Jesus schrie laut und verschied. Und der Vorhang im Tempel zerriß in zwei Stücke von obenan bis untenaus. Der Hauptmann aber, der dabeistand ihm gegenüber und sah, daß er so verschied, sprach:
Wahrlich, dieser Mensch ist Gottes Sohn gewesen!

Passionslied

O Haupt voll Blut und Wunden, voll Schmerz und voller Hohn;
O Haupt, zu Spott gebunden mit einer Dornenkron;
O Haupt, sonst schön gezieret mit höchster Ehr und Zier,
Jetzt aber hoch schimpfieret, gegrüßet seist du mir!

Du edles Angesichte, davor sonst schrickt und scheut
Das große Weltgewichte, wie bist du so bespeit?
Wie bist du so erbleichet? Wer hat dein Augenlicht,
Dem sonst kein Licht mehr gleichet, so schändlich zugericht?

Die Farbe deiner Wangen, der roten Lippen Pracht
Ist hin und ganz vergangen; des blassen Todes Macht
Hat alles hingenommen, hat alles hingerafft,
Und daher bist du kommen von deines Leibes Kraft.

Ich danke dir von Herzen, o Jesu, liebster Freund,
Für deines Todes Schmerzen, da du's so gut gemeint.
Ach gib, daß ich mich halte zu dir und deiner Treu
Und, wenn ich nun erkalte, in dir mein Ende sei.

Wenn ich einmal soll scheiden, so scheide nicht von mir;
Wenn ich den Tod soll leiden, so tritt du dann herfür;
Wann mir am allerbängsten wird um das Herze sein,
So reiß mich aus den Ängsten kraft deiner Angst und Pein.

Erscheine mir zum Schilde, zum Trost in meinem Tod
Und laß mich sehn dein Bilde in deiner Kreuzesnot.
Da will ich nach dir blicken, da will ich glaubensvoll,
Dich fest an mein Herz drücken. Wer so stirbt, der stirbt wohl.

Nach einem lateinischen Lied
des Arnulf von Löwen (um 1200–1250)
von Paul Gerhardt (1607–1676)

Karsamstagslegende

Den Verwaisten gewidmet

Seine Dornenkrone
Nahmen sie ab
Legten ihn ohne
Die Würde ins Grab.

Als sie gehetzt und müde
Andern Abends wieder zum Grabe kamen
Siehe, da blühte
Aus dem Hügel jenes Dornes Samen.

Und in den Blüten, abendgrau verhüllt
Sang wunderleise
Eine Drossel süß und mild
Eine helle Weise.

Da fühlten sie kaum
Mehr den Tod am Ort
Sahen über Zeit und Raum
Lächelten im hellen Traum
Gingen träumend fort.

Bertolt Brecht (1898–1956)

WEIL IM SCHÖNBUCH

PFULLINGEN

DETTENHAUSEN

Anemonen am Ostersamstag

Wie die Frauen
Zions wohl dereinst beim matten Grauen
Jenes Trauertags beisammen standen,
Nicht mehr Worte, nur noch Tränen fanden,

So noch heute,
Stehen, als in ferne Zeit verstreute
Bleiche Zionstöchter, Anemonen,
In des Nordens winterlichen Zonen.

Vom Gewimmel
Dichter Flocken ist ganz trüb der Himmel.
Traurig stehen sie, die Köpfchen hängend
Und in Gruppen sich zusammendrängend.

Also einsam
Zehne, zwölfe hier so leidgemeinsam,
Da und dort verstreut in grauer Öde,
Weiße Tüchlein umgebunden jede:

Also trauernd,
Innerlich vor Frost zusammenschauernd,
Stehn alljährlich sie als Klagebildnis
In des winterlichen Waldes Wildnis.

Christian Wagner (1835–1918)

LEONBERG

WEIL DER STADT

BONDORF

Ostern

Auferstehung

Markus 16,1–8

Und da der Sabbat vergangen war, kauften Maria Magdalena und Maria, des Jakobus Mutter, und Salome Spezerei, auf daß sie kämen und salbten ihn. Und sie kamen zum Grabe am ersten Tage der Woche sehr früh, als die Sonne aufging. Und sie sprachen untereinander: Wer wälzt uns den Stein von des Grabes Tür? Und sie sahen auf und wurden gewahr, daß der Stein abgewälzt war; denn er war sehr groß. Und sie gingen hinein in das Grab und sahen einen Jüngling zur rechten Hand sitzen, der hatte ein langes weißes Kleid an, und sie entsetzten sich. Er aber sprach zu ihnen: Entsetzet euch nicht! Ihr suchet Jesus von Nazareth, den Gekreuzigten. Er ist auferstanden, er ist nicht hier. Siehe da die Stätte, wo sie ihn hinlegten! Gehet aber hin und saget seinen Jüngern und Petrus, daß er vor euch hingehen wird nach Galiläa; da werdet ihr ihn sehen, wie er euch gesagt hat. Und sie gingen hinaus und flohen von dem Grabe; denn es war sie Zittern und Entsetzen angekommen.
Und sie sagten niemand etwas; denn sie fürchteten sich.

Christ ist erstanden

Christ ist erstanden von der Marter alle.
Des solln wir alle froh sein;
Christ will unser Trost sein. Kyrieleis.

Wär er nit erstanden, so wär die Welt vergangen.
Seit daß er erstanden ist,
so loben wir den Vater Jesu Christ. Kyrieleis.

Halleluja! Halleluja! Halleluja!
Des solln wir alle froh sein;
Christ will unser Trost sein. Kyrieleis.

ERLENBACH

Auf, auf, mein Herz, mit Freuden

Auf, auf, mein Herz, mit Freuden nimm wahr, was heut geschicht!
Wie kommt nach großem Leiden nun ein so großes Licht!
Mein Heiland war gelegt da, wo man uns hinträgt,
Wenn von uns unser Geist gen Himmel ist gereist.

Er war ins Grab gesenket, der Feind trieb groß Geschrei;
Eh er's vermeint und denket, ist Christus wieder frei
Und ruft Viktoria, schwingt fröhlich hier und da
Sein Fähnlein als ein Held, der Feld und Mut behält.

Das ist mir anzuschauen ein rechtes Freudenspiel.
Nun soll mir nicht mehr grauen vor allem, was mir will
Entnehmen meinen Mut zusamt dem edlen Gut,
So mir durch Jesum Christ aus Lieb erworben ist.

Die Höll und ihre Rotten, die krümmen mir kein Haar;
Der Sünden kann ich spotten, bleib allzeit ohn Gefahr.
Der Tod mit seiner Macht wird nichts bei mir geacht:
Er bleibt ein totes Bild, und wär er noch so wild.

Die Welt ist mir ein Lachen mit ihrem großen Zorn,
Sie zürnt und kann nichts machen, all Arbeit ist verlorn.
Die Trübsal trübt mir nicht mein Herz und Angesicht,
Das Unglück ist mein Glück, die Nacht mein Sonnenblick.

Ich hang und bleib auch bangen an Christus als ein Glied;
Wo mein Haupt durch ist gangen, da nimmt er mich auch mit.
Er reißet durch den Tod, durch Welt, durch Sünd, durch Not,
Er reißet durch die Höll, ich bin stets sein Gesell.

Er bringt mich an die Pforten, die in den Himmel führt,
Daran mit güldnen Worten der Reim gelesen wird:
„Wer dort wird mit verhöhnt, wird hier auch mit gekrönt;
Wer dort mit sterben geht, wird hier auch mit erhöht.“

Paul Gerhardt (1607–1676)

Wir wollen alle fröhlich sein

Wir wollen alle fröhlich sein in dieser österlichen Zeit;
Denn unser Heil hat Gott bereit.
Halleluja, Halleluja, Halleluja, Halleluja,
Gelobt sei Christus, Marien Sohn.

Es ist erstanden Jesus Christ, der an dem Kreuz gestorben ist,
Dem sei Lob, Ehr zu aller Frist. Halleluja ...

Er hat zerstört der Höllen Pfort, die Seinen all herausgeführt
Und uns erlöst vom ewgen Tod. Halleluja ...

Es singt der ganze Erdenkreis dem Gottessohne Lob und Preis,
Der uns erkauft das Paradeis. Halleluja ...

Des freu sich alle Christenheit und lobe die Dreifaltigkeit
Von nun an bis in Ewigkeit. Halleluja ...

Ostern

Der Winter ist vergangen, es dünkt uns wie ein Traum.
Die Schlüsselblumen prangen, schon knospen Busch und Baum.

Süß klangs in unsere Ohren zur Winternacht so kalt:
Der Heiland ist geboren, des jauchze jung und alt!

Nun tönts in allen Landen im Frühlingssonnenschein:
Der Herr ist auferstanden, des freut sich groß und klein.

Karl von Gerok (1815–1890)

NAGOLD

HEININGEN

FREUDENSTADT

Die heilige Taufe

Die Taufe ist ein Sakrament und göttlich Wortzeichen, womit Gott, der Vater, durch Jesus Christus, seinen Sohn, samt dem Heiligen Geist bezeugt, daß er dem Getauften ein gnädiger Gott wolle sein und verzeihe ihm alle Sünden aus lauter Gnade, um Jesu Christi willen und nehme ihn auf an Kindes Statt und zum Erben aller himmlischen Güter.

Jesus Christus spricht:
Mir ist gegeben alle Gewalt im Himmel und auf Erden.
Darum gehet hin und machet zu Jüngern alle Völker:
Taufet sie auf den Namen des Vaters und des Sohnes
Und des Heiligen Geistes
Und lehret sie halten alles, was ich euch befohlen habe.
Und siehe, ich bin bei euch alle Tage bis an der Welt Ende.

Matthäus 28,18–20

Gehet hin in alle Welt und predigt das Evangelium aller Kreatur.
Wer da glaubt und getauft wird, der wird selig werden;
Wer aber nicht glaubt, der wird verdammt werden.

Markus 16,15–16

Ich bin getauft auf deinen Namen

Ich bin getauft auf deinen Namen,
Gott Vater, Sohn und Heilger Geist;
Ich bin gezählt zu deinem Samen, zum Volk,
Das dir geheiligt heißt.
Ich bin in Christus eingesenkt, ich bin mit seinem Geist beschenkt.

Du hast zu deinem Kind und Erben,
Mein lieber Vater, mich erklärt;
Du hast die Frucht von deinem Sterben,
Mein treuer Heiland, mir gewährt;
Du willst in aller Not und Pein, o guter Geist, mein Tröster sein.

Johann Jakob Rambach (1693–1735)

Segne dieses Kind

Segne dieses Kind und hilf uns, ihm zu helfen,
Daß es sehen lernt mit seinen eignen Augen
Das Gesicht seiner Mutter und die Farben der Blumen
Und den Schnee auf den Bergen und das Land der Verheißung.

Segne dieses Kind und hilf uns, ihm zu helfen,
Daß es hören lernt mit seinen eignen Ohren
Auf den Klang seines Namens, auf die Wahrheit der Weisen,
Auf die Sprache der Liebe und das Wort der Verheißung.

Segne dieses Kind und hilf uns, ihm zu helfen,
Daß es greifen lernt mit seinen eignen Händen
Nach der Hand seiner Freunde, nach Maschinen und Plänen,
Nach dem Brot und den Trauben und dem Land der Verheißung.

Segne dieses Kind und hilf uns, ihm zu helfen,
Daß es reden lernt mit seinen eignen Lippen
Von den Freuden und Sorgen, von den Fragen der Menschen,
Von den Wundern des Lebens und dem Wort der Verheißung.

Segne dieses Kind und hilf uns, ihm zu helfen,
Daß es gehen lernt auf seinen eignen Füßen
Auf den Straßen der Erde, auf den mühsamen Treppen,
Auf den Wegen des Friedens in das Land der Verheißung.

Segne dieses Kind und hilf uns, ihm zu helfen,
Daß es lieben lernt mit seinem ganzen Herzen.

*Lothar Zenetti (*1926)*

MUNDELSHEIM

Taufspruch

Denn er hat seinen Engeln befohlen über dir,
daß sie dich behüten auf allen deinen Wegen.

Psalm 91,11

Christi Himmelfahrt

Apostelgeschichte 1,8–11

Ihr werdet aber die Kraft des heiligen Geistes empfangen,
welcher auf euch kommen wird, und werdet meine Zeugen sein
zu Jerusalem und in ganz Judäa und Samarien
und bis an das Ende der Erde.
Und da er solches gesagt, ward er aufgehoben zusehends, und eine Wolke nahm ihn auf vor ihren Augen weg. Und als sie ihm nachsahen, wie er gen Himmel fuhr, siehe, da standen bei ihnen zwei Männer in weißen Kleidern, welche auch sagten: Ihr Männer von Galiläa, was stehet ihr und sehet gen Himmel? Dieser Jesus, welcher von euch ist aufgenommen gen Himmel, wird so kommen, wie ihr ihn habt gen Himmel fahren sehen.

Jesus Christus herrscht als König

Jesus Christus herrscht als König, alles wird ihm untertänig,
Alles legt ihm Gott zu Fuß.
Aller Zunge soll bekennen, Jesus sei der Herr zu nennen,
Dem man Ehre geben muß.

Fürstentümer und Gewalten, Mächte, die die Thronwacht halten,
Geben ihm die Herrlichkeit.
Alle Herrschaft dort im Himmel, hier im irdischen Getümmel
Ist zu seinem Dienst bereit.

Gott ist Herr, der Herr ist Einer, und demselben gleichet keiner,
Nur der Sohn, der ist ihm gleich.
Dessen Stuhl ist unumstößlich, dessen Leben unauflöslich,
Dessen Reich ein ewig Reich.

Gleicher Macht und gleicher Ehren sitzt er unter lichten Chören
Über allen Cherubim.
In der Welt und Himmel Enden hat er alles in den Händen,
Denn der Vater gab es ihm.

Nur in ihm, o Wundergaben, können wir Erlösung haben,
Die Erlösung durch sein Blut.
Hört's: das Leben ist erschienen, und ein ewiges Versühnen
Kommt in Jesus uns zugut.

Jesus Christus ist der Eine, der gegründet die Gemeine,
Die ihn ehrt als teures Haupt.
Er hat sie mit Blut erkaufet, mit dem Geiste sie getaufet,
Und sie lebet, weil sie glaubt.

Gebt, ihr Sünder, ihm die Herzen,
Klagt, ihr Kranken, ihm die Schmerzen,
Sagt, ihr Armen, ihm die Not.
Wunden müssen Wunden heilen, Heilsöl weiß er auszuteilen,
Reichtum schenkt er nach dem Tod.

Zwar auch Kreuz drückt Christi Glieder
Hier auf kurze Zeiten nieder,
Und das Leiden geht zuvor.
Nur Geduld, es folgen Freuden;
Nichts kann sie von Jesus scheiden,
Und ihr Haupt zieht sie empor.

Ihnen steht der Himmel offen, welcher über alles Hoffen,
Über alles Wünschen ist.
Die geheiligte Gemeine weiß, daß eine Zeit erscheine,
Da sie ihren König grüßt.

Jauchz ihm, Menge heilger Knechte, rühmt, vollendete Gerechte
Und du Schar, die Palmen trägt,
Und du Blutvolk in der Krone und du Chor vor seinem Throne,
Der die Gottesharfen schlägt.

Ich auch auf der tiefsten Stufen, ich will glauben, reden, rufen,
Ob ich schon noch Pilgrim bin:
Jesus Christus herrscht als König, alles sei ihm untertänig;
Ehret, liebet, lobet ihn!

Philipp Friedrich Hiller (1699–1769)

Pfingsten

Das Pfingstfest

Apostelgeschichte 2,1–17 u. 22–27

Und als der Tag der Pfingsten erfüllt war, waren sie alle beieinander an einem Ort. Und es geschah plötzlich ein Brausen vom Himmel wie eines gewaltigen Windes und erfüllte das ganze Haus, da sie saßen. Und es erschienen ihnen Zungen zerteilt, wie von Feuer; und er setzte sich auf einen jeglichen unter ihnen, und sie wurden alle voll des heiligen Geistes und fingen an zu predigen in andern Zungen, wie der Geist ihnen gab auszusprechen. Es waren aber Juden zu Jerusalem wohnend, die waren gottesfürchtige Männer aus allerlei Volk, das unter dem Himmel ist. Da nun diese Stimme geschah, kam die Menge zusammen und wurde bestürzt; denn ein jeder hörte sie in seiner eigenen Sprache reden. Sie entsetzten sich aber, verwunderten sich und sprachen: Siehe, sind nicht diese alle, die da reden, aus Galiläa? Wie hören wir denn ein jeglicher seine Sprache, darin wir geboren sind? Parther und Meder und Elamiter, und die wir wohnen in Mesopotamien und in Judäa und Kappadozien, in Pontus und der Landschaft Asien, Phrygien und Pamphylien, in Ägypten und der Gegend von Libyen bei Kyrene und Ausländer von Rom, Juden und Judengenossen, Kreter und Araber: wir hören sie in unsern Zungen die großen Taten Gottes reden. Sie entsetzten sich aber alle und wurden bestürzt und sprachen einer zu dem andern: Was will das werden? Die andern aber hatten ihren Spott und sprachen: Sie sind voll süßen Weins. Da trat Petrus auf mit den Elf, erhob seine Stimme und redete zu ihnen: Ihr Juden, liebe Männer, und alle, die ihr zu Jerusalem seid, das sei euch kundgetan, und lasset meine Worte zu euren Ohren eingehen. Denn diese sind nicht trunken, wie ihr wähnet, ist es doch erst die dritte Stunde am Tage, sondern das ist's, was durch den Propheten Joel zuvor gesagt ist: „Und es soll geschehen in den letzten Tagen, spricht Gott, da will ich ausgießen von meinem Geist auf alles Fleisch." Ihr Männer von Israel, höret diese Worte: Jesus von Nazareth, den Mann, von Gott unter euch erwiesen mit Taten und Wundern und Zeichen, welche Gott durch ihn tat unter euch, wie ihr selbst wisset: ihn, der durch Ratschluß und Vorsehung Gottes dahingegeben war, habt ihr durch die Hand der Heiden ans Kreuz geschlagen und getötet. Den hat Gott auferweckt, und aufgelöst die Schmerzen des Todes, wie es denn unmöglich war, daß er sollte von ihm gehalten werden. Denn David spricht von ihm: „Ich habe den Herrn allezeit vor Augen, denn er ist an meiner Rechten, auf daß ich nicht wanke. Darum ist mein Herz fröhlich, und meine Zunge frohlocket, auch mein Fleisch wird ruhen in der Hoffnung. Denn du wirst meine Seele nicht bei den Toten lassen, auch nicht zugeben, daß dein Heiliger die Verwesung sehe."

Pfingstlied

Nun bitten wir den Heiligen Geist
um den rechten Glauben allermeist,
Daß er uns behüte an unserm Ende,
wenn wir heimfahren aus diesem Elende. Kyrieleis.

Du wertes Licht, gib uns deinen Schein,
lehr uns Jesus Christ kennen allein,
Daß wir an ihm bleiben, dem treuen Heiland,
der uns bracht hat zum rechten Vaterland. Kyrieleis.

Du süße Lieb, schenk uns deine Gunst,
laß uns empfinden der Liebe Brunst,
Daß wir uns von Herzen einander lieben
und im Frieden auf einem Sinn bleiben. Kyrieleis.

Du höchster Tröster in aller Not, hilf,
daß wir nicht fürchten Schand noch Tod,
Daß in uns die Sinne nicht verzagen,
wenn der Feind wird das Leben verklagen. Kyrieleis.

Strophe 1 aus dem 12. Jahrhundert,
Strophen 2–4 Martin Luther (1483–1546)

O komm, du Geist der Wahrheit

O komm, du Geist der Wahrheit, und kehre bei uns ein.
Verbreite Licht und Klarheit, verbanne Trug und Schein.
Gieß aus dein heilig Feuer, rühr Herz und Lippen an,
Daß jeglicher getreuer den Herrn bekennen kann.

O du, den unser größter Regent uns zugesagt:
Komm zu uns, werter Tröster, und mach uns unverzagt.
Gib uns in dieser schlaffen und glaubensarmen Zeit
Die scharf geschliffnen Waffen der ersten Christenheit.

Unglaub und Torheit brüsten sich frecher jetzt als je;
Darum mußt du uns rüsten mit Waffen aus der Höh.
Du mußt uns Kraft verleihen, Geduld und Glaubenstreu
Und mußt uns ganz befreien von aller Menschenscheu.

Es gilt ein frei Geständnis in dieser unsrer Zeit,
Ein offenes Bekenntnis bei allem Widerstreit,
Trotz aller Feinde Toben, trotz allem Heidentum
Zu preisen und zu loben das Evangelium.

In aller Heiden Lande erschallt dein kräftig Wort,
Sie werfen Satans Bande und ihre Götzen fort;
Von allen Seiten kommen sie in das Reich herein;
Ach soll es uns genommen, für uns verschlossen sein?

Du Heilger Geist, bereite ein Pfingstfest nah und fern;
Mit deiner Kraft begleite das Zeugnis von dem Herrn.
O öffne du die Herzen der Welt und uns den Mund,
Daß wir in Freud und Schmerzen das Heil ihr machen kund.

Philipp Spitta (1801–1859)

WERNAU

Das neue Jerusalem

Offenbarung des Johannes 21,1–7

Und ich sah einen neuen Himmel und eine neue Erde; denn der erste Himmel und die erste Erde vergingen, und das Meer ist nicht mehr. Und ich sah die heilige Stadt, das neue Jerusalem, von Gott aus dem Himmel herabfahren, bereitet wie eine geschmückte Braut ihrem Mann. Und ich hörte eine große Stimme von dem Thron, die sprach: Siehe da, die Hütte Gottes bei den Menschen! Und er wird bei ihnen wohnen, und sie werden sein Volk sein, und er selbst, Gott, wird mit ihnen sein; und Gott wird abwischen alle Tränen von ihren Augen, und der Tod wird nicht mehr sein, noch Leid noch Geschrei noch Schmerz wird mehr sein, – denn das Erste ist vergangen. Und der auf dem Thron saß, sprach: Siehe, ich mache alles neu! Und er spricht: Schreibe, denn diese Worte sind wahrhaftig und gewiß! Und er sprach zu mir: Es ist geschehen. Ich bin das A und das O, der Anfang und das Ende. Ich will dem Durstigen geben von dem Brunnen des lebendigen Wassers umsonst. Wer überwindet, der wird es alles ererben, und ich werde sein Gott sein, und er wird mein Sohn sein.

Jerusalem, du hochgebaute Stadt

Jerusalem, du hochgebaute Stadt, wollt Gott, ich wär in dir!
Mein sehnlich Herz so groß Verlangen hat und ist nicht mehr bei mir.
Weit über Berg und Tale, weit über blaches Feld
Schwingt es sich über alle und eilt aus dieser Welt.

O schöner Tag und noch viel schönre Stund,
Wann wirst du kommen schier,
Da ich mit Lust, mit freiem Freudenmund die Seele geb von mir
In Gottes treue Hände zum auserwählten Pfand,
Daß sie mit Heil anlände in jenem Vaterland?

Wenn dann zuletzt ich angelanget bin im schönen Paradeis,
Von höchster Freud erfüllet wird der Sinn,
Der Mund von Lob und Preis.
Das Halleluja reine man spielt in Heiligkeit,
Das Hosianna feine ohn End in Ewigkeit.

Johann Matthäus Meyfart (1590–1642)

Wachet auf, ruft uns die Stimme

„Wachet auf", ruft uns die Stimme
Der Wächter sehr hoch auf der Zinne,
„Wach auf, du Stadt Jerusalem!
Mitternacht heißt diese Stunde!"
Sie rufen uns mit hellem Munde:
„Wo seid ihr klugen Jungfrauen?
Wohlauf, der Bräutgam kömmt,
Steht auf, die Lampen nehmt!
Halleluja! Macht euch bereit zu der Hochzeit,
Ihr müsset ihm entgegengehn!"

Zion hört die Wächter singen,
Das Herz tut ihr vor Freuden springen,
Sie wachet und steht eilend auf.
Ihr Freund kommt vom Himmel prächtig,
Von Gnaden stark, von Wahrheit mächtig,
Ihr Licht wird hell, ihr Stern geht auf.
Nun komm, du werte Kron, Herr Jesu, Gottes Sohn!
Hosianna! Wir folgen all zum Freudensaal
Und halten mit das Abendmahl.

Gloria sei dir gesungen mit Menschen- und mit Engelzungen,
Mit Harfen und mit Zimbeln schön.
Von zwölf Perlen sind die Tore an deiner Stadt;
Wir stehn im Chore
Der Engel hoch um deinen Thron.
Kein Aug hat je gespürt,
Kein Ohr hat mehr gehört solche Freude.
Des jauchzen wir und singen
Dir das Halleluja für und für.

Philipp Nicolai (1556–1608)

NEUFFEN

BAD URACH

Nun danket alle Gott

Nun danket alle Gott mit Herzen, Mund und Händen,
Der große Dinge tut an uns und allen Enden,
Der uns von Mutterleib und Kindesbeinen an
Unzählig viel zu gut bis hierher hat getan.

Der ewigreiche Gott woll uns bei unserm Leben
Ein immer fröhlich Herz und edlen Frieden geben
Und uns in seiner Gnad erhalten fort und fort
Und uns aus aller Not erlösen hier und dort.

Lob, Ehr und Preis sei Gott, dem Vater und dem Sohne
Und dem, der beiden gleich im höchsten Himmelsthrone,
Dem dreimal einen Gott, wie es ursprünglich war
Und ist und bleiben wird, jetzund und immerdar.

Martin Rinckart (1586–1649)

In dir ist Freude

In dir ist Freude in allem Leide, o du süßer Jesu Christ! Durch
dich wir haben himmlische Gaben, du der wahre Heiland bist;
Hilfest von Schanden, rettest von Banden. Wer dir vertrauet,
hat wohl gebauet, wird ewig bleiben. Halleluja.
Zu deiner Güte steht unser Gmüte, an dir wir kleben im Tod und
Leben; Nichts kann uns scheiden. Halleluja.

Wenn wir dich haben, kann uns nicht schaden Teufel, Welt, Sünd
oder Tod; Du hast's in Händen, kannst alles wenden, wie nur
heißen mag die Not. Drum wir dich ehren, dein Lob vermehren,
mit hellem Schalle, freuen uns alle zu dieser Stunde. Halleluja.
Wir jubilieren und triumphieren, Lieben und loben dein Macht
dort droben mit Herz und Munde. Halleluja.

Cyriakus Schneegaß (1546–1597)

Lobe den Herren, den mächtigen König der Ehren

Lobe den Herren, den mächtigen König der Ehren,
Meine geliebete Seele, das ist mein Begehren.
Kommet zuhauf, Psalter und Harfe, wacht auf,
Lasset den Lobgesang hören.

Lobe den Herren, der alles so herrlich regieret,
Der dich auf Adelers Fittichen sicher geführet,
Der dich erhält, wie es dir selber gefällt;
Hast du nicht dieses verspüret?

Lobe den Herren, der künstlich und fein dich bereitet,
Der dir Gesundheit verliehen, dich freundlich geleitet.
In wieviel Not hat nicht der gnädige Gott
Über dir Flügel gebreitet!

Lobe den Herren, der deinen Stand sichtbar gesegnet,
Der aus dem Himmel mit Strömen der Liebe geregnet.
Denke daran, was der Allmächtige kann,
Der dir mit Liebe begegnet.

Lobe den Herren, was in mir ist, lobe den Namen.
Alles, was Odem hat, lobe mit Abrahams Samen.
Er ist dein Licht, Seele, vergiß es ja nicht.
Lob ihn und schließe mit Amen!

Joachim Neander (1650–1680)

AIDLINGEN

HEMMINGEN

WEIKERSHEIM

Nun danket all und bringet Ehr

Nun danket all und bringet Ehr, ihr Menschen in der Welt,
Dem, dessen Lob der Engel Heer im Himmel stets vermeldt.

Ermuntert euch und singt mit Schall Gott, unserm höchsten Gut,
Der seine Wunder überall und große Dinge tut;

Der uns von Mutterleibe an frisch und gesund erhält
Und wo kein Mensch nicht helfen kann,
Sich selbst zum Helfer stellt;

Der, ob wir ihn gleich hoch betrübt, doch bleibet guten Muts,
Die Straf erläßt, die Schuld vergibt und tut uns alles Guts.

Er gebe uns ein fröhlich Herz, erfrische Geist und Sinn
Und werf all Angst, Furcht, Sorg und Schmerz
Ins Meeres Tiefe hin.

Er lasse seinen Frieden ruhn auf unserm Volk und Land;
Er gebe Glück zu unserm Tun und Heil zu allem Stand.

Er lasse seine Lieb und Güt um, bei und mit uns gehn,
Was aber ängstet und bemüht, gar ferne von uns stehn.

Solange dieses Leben währt, sei er stets unser Heil,
Und wenn wir scheiden von der Erd, verbleib er unser Teil.

Er drücke, wenn das Herze bricht, uns unsre Augen zu,
Und zeig uns drauf sein Angesicht dort in der ewgen Ruh.

Paul Gerhardt (1607–1676)

HEIDENHEIM/
BRENZ

HERRENBERG

FELLBACH

Ich singe dir mit Herz und Mund

Ich singe dir mit Herz und Mund, Herr, meines Herzens Lust;
Ich sing und mach auf Erden kund, was mir von dir bewußt.

Ich weiß, daß du der Brunn der Gnad und ewge Quelle seist,
Daraus uns allen früh und spat viel Heil und Gutes fleußt.

Was sind wir doch? Was haben wir auf dieser ganzen Erd,
Das uns, o Vater, nicht von dir allein gegeben werd?

Wer hat das schöne Himmelszelt hoch über uns gesetzt?
Wer ist es, der uns unser Feld mit Tau und Regen netzt?

Wer wärmet uns in Kält und Frost? Wer schützt uns vor dem Wind?
Wer macht es, daß man Öl und Most zu seinen Zeiten findt?

Wer gibt uns Leben und Geblüt? Wer hält mit seiner Hand
Den güldnen, werten, edlen Fried in unserm Vaterland?

Ach Herr, mein Gott, das kommt von dir, du, du mußt alles tun,
Du hältst die Wach an unsrer Tür und läßt uns sicher ruhn.

Du nährest uns von Jahr zu Jahr, bleibst immer fromm und treu
Und stehst uns, wenn wir in Gefahr geraten, treulich bei.

Wohlauf, mein Herze, sing und spring und habe guten Mut!
Dein Gott, der Ursprung aller Ding, ist selbst und bleibt dein Gut.

Was kränkst du dich in deinem Sinn
Und grämst dich Tag und Nacht?
Nimm deine Sorg und wirf sie hin auf den, der dich gemacht.

Hat er dich nicht von Jugend auf versorget und ernährt?
Wie manches schweren Unglücks Lauf hat er zurückgekehrt!

Ei nun, so laß ihn ferner tun und red ihm nicht darein,
So wirst du hier im Frieden ruhn und ewig fröhlich sein.

Paul Gerhardt (1607–1676)

Die Ehre Gottes in der Natur

Die Himmel rühmen des Ewigen Ehre,
Ihr Schall pflanzt seinen Namen fort.
Ihn rühmt der Erdkreis, ihn preisen die Meere;
Vernimm, o Mensch, ihr göttlich Wort!

Wer trägt der Himmel unzählbare Sterne?
Wer führt die Sonn aus ihrem Zelt?
Sie kömmt, und leuchtet, und lacht uns von ferne,
Und läuft den Weg, gleich als ein Held.

Vernimm's, und siehe die Wunder der Werke,
Die die Natur dir aufgestellt!
Verkündigt Weisheit und Ordnung und Stärke dir nicht
Den Herrn, den Herrn der Welt?

Kannst du der Wesen unzählbare Heere,
Den kleinsten Staub fühllos beschaun?
Durch wen ist alles? O gib ihm die Ehre!
Mir, ruft der Herr, sollst du vertraun.

Mein ist die Kraft, mein Himmel und Erde;
An meinen Werken kennst du mich.
Ich bin's, und werde sein, der ich sein werde,
Dein Gott und Vater ewiglich.

Ich bin dein Schöpfer, bin Weisheit und Güte,
Ein Gott der Ordnung, und dein Heil;
Ich bin's! Mich liebe von ganzem Gemüte,
Und nimm an meiner Gnade teil!

Christian Fürchtegott Gellert (1715–1769)

ADELMANNSFELDEN

Großer Gott, wir loben dich

Großer Gott, wir loben dich; Herr, wir preisen deine Stärke.
Vor dir neigt die Erde sich und bewundert deine Werke.
Wie du warst vor aller Zeit, so bleibst du in Ewigkeit.

Alles, was dich preisen kann, Cherubim und Seraphinen,
Stimmen dir ein Loblied an, alle Engel, die dir dienen,
Rufen dir stets ohne Ruh: „Heilig, heilig, heilig!" zu.

Heilig, Herr Gott Zebaoth! Heilig, Herr der Himmelsheere!
Starker Helfer in der Not! Himmel, Erde, Luft und Meere
Sind erfüllt von deinem Ruhm; alles ist dein Eigentum.

Der Apostel heilger Chor, der Propheten hehre Menge
Schickt zu deinem, Thron empor neue Lob- und Dankgesänge;
Der Blutzeugen lichte Schar lobt und preist dich immerdar.

Dich, Gott Vater auf dem Thron, loben Große, loben Kleine.
Deinem eingebornen Sohn singt die heilige Gemeinde,
Und sie ehrt den Heilgen Geist, der uns seinen Trost erweist.

Sieh dein Volk in Gnaden an. Hilf uns, segne, Herr, dein Erbe;
Leit es auf der rechten Bahn, daß der Feind es nicht verderbe.
Führe es durch diese Zeit, nimm es auf in Ewigkeit.

Alle Tage wollen wir dich und deinen Namen preisen
Und zu allen Zeiten dir Ehre, Lob und Dank erweisen.
Rett aus Sünden, rett aus Tod, sei uns gnädig, Herre Gott!

Herr, erbarm, erbarme dich. Laß uns deine Güte schauen;
Deine Treue zeige sich, wie wir fest auf dich vertrauen,
Auf dich hoffen wir allein: laß uns nicht verloren sein.

Ignaz Franz (1719–1790)

ADELBERG

DÜRNAU

Befiehl du deine Wege

Befiehl du deine Wege und was dein Herze kränkt
Der allertreusten Pflege des, der den Himmel lenkt!
Der Wolken, Luft und Winden gibt Wege, Lauf und Bahn,
Der wird auch Wege finden, da dein Fuß gehen kann.

Dem Herren mußt du trauen, wenn dir's soll wohlergehn;
Auf sein Werk mußt du schauen, wenn dein Werk soll bestehn.
Mit Sorgen und mit Grämen und mit selbsteigner Pein
Läßt Gott sich gar nichts nehmen, es muß erbeten sein.

Dein ewge Treu und Gnade, o Vater, weiß und sieht,
Was gut sei oder schade dem sterblichen Geblüt:
Und was du dann erlesen, das treibst du, starker Held,
Und bringst zum Stand und Wesen, was deinem Rat gefällt.

Weg hast du allerwegen, an Mitteln fehlt dir's nicht;
Dein Tun ist lauter Segen, dein Gang ist lauter Licht.
Dein Werk kann niemand hindern, dein Arbeit darf nicht ruhn,
Wenn du, was deinen Kindern ersprießlich ist, willst tun.

Und ob gleich alle Teufel hie wollten widerstehn,
So wird doch ohne Zweifel Gott nicht zurücke gehn;
Was er sich vorgenommen und was er haben will,
Das muß doch endlich kommen zu seinem Zweck und Ziel.

Hoff, o du arme Seele, hoff und sei unverzagt:
Gott wird dich aus der Höhle, da dich der Kummer plagt,
Mit großen Gnaden rücken; erwarte nur die Zeit,
So wirst du schon erblicken die Sonn der schönsten Freud.

AALEN

BLAUBEUREN

BACKNANG

Auf, auf, gib deinem Schmerze und Sorgen gute Nacht!
Laß fahren, was das Herze betrübt und traurig macht!
Bist du doch nicht Regente, der alles führen soll;
Gott sitzt im Regimente und führet alles wohl.

Ihn, ihn laß tun und walten! Er ist ein weiser Fürst
Und wird sich so verhalten, daß du dich wundern wirst,
Wenn er, wie ihm gebühret, mit wunderbarem Rat
Das Werk hinausgeführet das dich bekümmert hat.

Er wird zwar eine Weile mit seinem Trost verziehn
Und tun an seinem Teile, als hätt in seinem Sinn
Er deiner sich begeben; und solltst du für und für
In Angst und Nöten schweben, als frag er nichts nach dir.

Wird's aber sich befinden, daß du ihm treu verbleibst,
So wird er dich entbinden, da du's am mindsten gläubst;
Er wird dein Herze lösen von der so schweren Last,
Die du zu keinem Bösen bisher getragen hast.

Wohl dir, du Kind der Treue, du hast und trägst davon
Mit Ruhm und Dankgeschreie den Sieg und Ehrenkron.
Gott gibt dir selbst die Palmen in deine rechte Hand,
Und du singst Freudenpsalmen dem, der dein Leid gewandt.

Mach End, o Herr, mach Ende mit aller unsrer Not!
Stärk unsre Füß und Hände und laß bis in den Tod
Uns allzeit Deiner Pflege und Treu empfohlen sein,
So gehen unsre Wege gewiß zum Himmel ein.

Paul Gerhardt (1607–1676)

ELLWANGEN/
JAGST

ELLHOFEN

Ein feste Burg ist unser Gott

Ein feste Burg ist unser Gott, ein gute Wehr und Waffen.
Er hilft uns frei aus aller Not, die uns jetzt hat betroffen.
Der alt böse Feind, mit Ernst er's jetzt meint,
Groß Macht und viel List sein grausam Rüstung ist,
Auf Erd ist nicht seinsgleichen.

Mit unsrer Macht ist nichts getan, wir sind gar bald verloren.
Es streit für uns der rechte Mann, den Gott hat selbst erkoren.
Fragst du, wer der ist? Er heißt Jesus Christ,
Der Herr Zebaoth und ist kein andrer Gott,
Das Feld muß er behalten.

Und wenn die Welt voll Teufel wär
Und wollt uns gar verschlingen,
So fürchten wir uns nicht so sehr, es soll uns doch gelingen.
Der Fürst dieser Welt, wie saur er sich stellt,
Tut er uns doch nichts, das macht, er ist gericht,
Ein Wörtlein kann ihn fällen.

Das Wort sie sollen lassen stahn und kein Dank dazu haben.
Er ist bei uns wohl auf dem Plan mit seinem Geist und Gaben.
Nehmen sie den Leib, Gut, Ehr, Kind und Weib:
Laß fahren dahin, sie haben's kein Gewinn,
Das Reich muß uns doch bleiben.

Martin Luther (1483–1546)

Gott ist unsre Zuversicht und Stärke, eine Hilfe in den großen Nöten, die uns getroffen haben. Darum fürchten wir uns nicht, wenngleich die Welt unterginge und die Berge mitten ins Meer sänken, wenngleich das Meer wütete und wallte und von seinem Ungestüm die Berge einfielen. Dennoch soll die Stadt Gottes fein lustig bleiben mit ihren Brünnlein, da die heiligen Wohnungen des Höchsten sind.
Gott ist bei ihr drinnen, darum wird sie fest bleiben.

Psalm 46,2–6

Du meine Seele, singe

Du meine Seele, singe, wohlauf und singe schön,
Dem, welchem alle Dinge zu Dienst und Willen stehn.
Ich will den Herren droben hier preisen auf der Erd;
Ich will ihn herzlich loben, solang ich leben werd.

Wohl dem, der einzig schauet nach Jakobs Gott und Heil!
Wer dem sich anvertrauet, der hat das beste Teil,
Das höchste Gut erlesen, den schönsten Schatz geliebt;
Sein Herz und ganzes Wesen bleibt ewig unbetrübt.

Hier sind die starken Kräfte, die unerschöpfte Macht;
Das weisen die Geschäfte, die seine Hand gemacht:
Der Himmel und die Erde mit ihrem ganzen Heer,
Der Fisch unzählge Herde im großen wilden Meer.

Hier sind die treuen Sinnen, die niemand Unrecht tun,
All denen Gutes gönnen, die in der Treu beruhn.
Gott hält sein Wort mit Freuden, und was er spricht, geschicht;
Und wer Gewalt muß leiden, den schützt er im Gericht.

Er weiß viel tausend Weisen, zu retten aus dem Tod,
Ernährt und gibet Speisen zur Zeit der Hungersnot,
Macht schöne rote Wangen oft bei geringem Mahl;
Und die da sind gefangen, die reißt er aus der Qual.

Er ist das Licht der Blinden, erleuchtet ihr Gesicht,
Und die sich schwach befinden, die stellt er aufgericht.
Er liebet alle Frommen, und die ihm günstig sind,
Die finden, wenn sie kommen, an ihm den besten Freund.

BOPFINGEN

BRACKENHEIM

CREGLINGEN

Er ist der Fremden Hütte, die Waisen nimmt er an,
Erfüllt der Witwen Bitte, wird selbst ihr Trost und Mann.
Die aber, die ihn hassen, bezahlet er mit Grimm,
Ihr Haus und wo sie saßen, das wirft er um und um.

Ach ich bin viel zu wenig, zu rühmen seinen Ruhm;
Der Herr allein ist König, ich eine welke Blum.
Jedoch weil ich gehöre gen Zion in sein Zelt,
Ist's billig, daß ich mehre sein Lob vor aller Welt.

Paul Gerhardt (1607–1676)

Jesu, geh voran

Jesu, geh voran auf der Lebensbahn!
Und wir wollen nicht verweilen, dir getreulich nachzueilen;
Führ uns an der Hand bis ins Vaterland.

Soll's uns hart ergehn, laß uns feste stehn
Und auch in den schwersten Tagen niemals über Lasten klagen;
Denn durch Trübsal hier geht der Weg zu dir.

Rühret eigner Schmerz irgend unser Herz,
Kümmert uns ein fremdes Leiden, o so gib Geduld zu beiden;
Richte unsern Sinn auf das Ende hin.

Ordne unsern Gang, Jesu, lebenslang.
Führst du uns durch rauhe Wege, gib uns auch die nötge Pflege;
Tu uns nach dem Lauf deine Türe auf.

Nikolaus Ludwig Graf von Zinzendorf (1700–1760)

Jesu, meine Freude

Jesu, meine Freude, meines Herzens Weide, Jesu, meine Zier:
Ach wie lang, ach lange ist dem Herzen bange und verlangt nach dir!
Gottes Lamm, mein Bräutigam, außer dir soll mir auf Erden
Nichts sonst Liebers werden.

Unter deinem Schirmen bin ich vor den Stürmen aller Feinde frei.
Laß den Satan wettern, laß die Welt erzittern, mir steht Jesus bei.
Ob es jetzt gleich kracht und blitzt, ob gleich Sünd und Hölle schrecken,
Jesus will mich decken.

Trotz dem alten Drachen, Trotz dem Todesrachen,
Trotz der Furcht dazu!
Tobe, Welt, und springe; ich steh hier und singe in gar sichrer Ruh.
Gottes Macht hält mich in acht, Erd und Abgrund muß verstummen,
Ob sie noch so brummen.

Weg mit allen Schätzen; du bist mein Ergötzen, Jesu, meine Lust,
Weg, ihr eitlen Ehren, ich mag euch nicht hören, bleibt mir unbewußt!
Elend, Not, Kreuz, Schmach und Tod soll mich, ob ich viel muß leiden,
Nicht von Jesus scheiden.

Gute Nacht, o Wesen, das die Welt erlesen, mir gefällst du nicht.
Gute Nacht, ihr Sünden, bleibet weit dahinten,
Kommt nicht mehr ans Licht!
Gute Nacht, du Stolz und Pracht; dir sei ganz, du Lasterleben,
Gute Nacht gegeben.

Weicht, ihr Trauergeister, denn mein Freudenmeister, Jesus tritt herein.
Denen, die Gott lieben, muß auch ihr Betrüben lauter Freude sein.
Duld ich schon hier Spott und Hohn, dennoch bleibst du auch im Leide,
Jesu, meine Freude.

Johann Franck (1618–1677)

So nimm denn meine Hände

So nimm denn meine Hände und führe mich
Bis an mein selig Ende und ewiglich.
Ich mag allein nicht gehen, nicht einen Schritt:
Wo du wirst gehn und stehen, da nimm mich mit.

In dein Erbarmen hülle mein schwaches Herz
Und mach es gänzlich stille in Freud und Schmerz.
Laß ruhn zu deinen Füßen dein armes Kind:
Es will die Augen schließen und glauben blind.

Wenn ich auch gleich nichts fühle von deiner Macht,
Du führst mich doch zum Ziele auch durch die Nacht:
So nimm denn meine Hände und führe mich
Bis an mein selig Ende und ewiglich!

Julie Hausmann (1825–1901)

Gib uns Frieden jeden Tag

Gib uns Frieden jeden Tag! Laß uns nicht allein.
Du hast uns dein Wort gegeben, stets bei uns zu sein.
Denn nur du, unser Gott, denn nur du, unser Gott,
Hast die Menschen in der Hand. Laß uns nicht allein.

Gib uns Freiheit jeden Tag! Laß uns nicht allein.
Laß für Frieden uns und Freiheit immer tätig sein.
Denn durch dich, unsern Gott, denn durch dich, unsern Gott,
Sind wir frei in jedem Land. Laß uns nicht allein.

Gib uns Freude jeden Tag! Laß uns nicht allein.
Für die kleinsten Freundlichkeiten laß uns dankbar sein.
Denn nur du, unser Gott, denn nur du, unser Gott,
Hast uns alle in der Hand. Laß uns nicht allein.

*Strophe 1: Rüdeger Lüders (*1936)*
*2–3: Kurt Rommel (*1926)*

Nun preiset alle Gottes Barmherzigkeit

Nun preiset alle Gottes Barmherzigkeit!
Lob ihn mit Schalle, werteste Christenheit!
Er läßt dich freundlich zu sich laden;
Freue dich, Israel, seiner Gnaden,
Freue dich, Israel, seiner Gnaden!

Der Herr regieret über die ganze Welt;
Was sich nur rühret, alles zu Fuß ihm fällt;
Viel tausend Engel um ihn schweben,
Psalter und Harfe ihm Ehre geben,
Psalter und Harfe ihm Ehre geben.

Wohlauf ihr Heiden, lasset das Trauern sein,
Zur grünen Weiden stellet euch willig ein;
Da läßt er uns sein Wort verkünden,
Machet uns ledig von allen Sünden,
Machet uns ledig von allen Sünden.

Er gibet Speise reichlich und überall,
Nach Vaters Weise sättigt er allzumal;
Er schaffet früh'n und späten Regen,
Füllet uns alle mit seinem Segen,
Füllet uns alle mit seinem Segen

Drum preis und ehre seine Barmherzigkeit;
Sein Lob vermehre, werteste Christenheit!
Uns soll hinfort kein Unfall schaden,
Freue dich, Israel, seiner Gnaden,
Freue dich, Israel, seiner Gnaden!

Matthäus Apelles von Löwenstern (1594–1648)

Am Morgen

Morgensegen

Das walte Gott Vater, Sohn und Heiliger Geist! Amen,
Ich danke dir, mein himmlischer Vater,
Durch Jesus Christus, deinen lieben Sohn,
Daß du mich diese Nacht vor allem Schaden und Gefahr behütet hast, und bitte dich, du wollest mich diesen Tag auch behüten vor Sünden und allem Übel, daß dir all mein Tun und Leben gefalle. Denn ich befehle mich, meinen Leib und Seele und alles in deine Hände. Dein heiliger Engel sei mit mir,
Daß der böse Feind keine Macht an mir finde.

Martin Luther (1483–1546)

Morgengebet

Wie fröhlich bin ich aufgewacht,
wie hab ich geschlafen so sanft die Nacht.
Hab Dank, du Vater im Himmel mein,
daß du hast wollen bei mir sein.
Behüte mich auch diesen Tag, daß mir kein Leid geschehen mag.

Gebet

Herr! schicke, was du willt,
Ein Liebes oder Leides;
Ich bin vergnügt, daß beides
Aus deinen Händen quillt.

Wollest mit Freuden
Und wollest mit Leiden
Mich nicht überschütten!
Doch in der Mitten
Liegt holdes Bescheiden.

FLEIN

Eduard Mörike (1804–1875)

All Morgen ist ganz frisch und neu

All Morgen ist ganz frisch und neu des Herren Gnad und große Treu;
Sie hat kein End den langen Tag, drauf jeder sich verlassen mag.

O Gott, du schöner Morgenstern,
Gib uns, was wir von deiner Lieb begehrn:
All deine Licht zünd in uns an, laß' s Herz an Gnad kein Mangel han.

Treib aus, o Licht, all Finsternis, behüt uns, Herr, vor Ärgernis,
Vor Blindheit und vor aller Schand und beut uns und Nacht dein Hand,

Zu wandeln als am lichten Tag, damit, was immer sich zutrag,
Wir stehn im Glauben bis ans End und bleiben von dir ungetrennt.

Johannes Zwick (um 1496–1542)

Pförtners Morgenlied

Verschwunden ist die finstre Nacht,
Die Lerche schlägt, der Tag erwacht,
Die Sonne kommt mit Prangen
Am Himmel aufgegangen.
Sie scheint ins Königs Prunkgemach,
Sie scheinet durch des Bettlers Dach,
Und was in Nacht verborgen war,
Das macht sie kund und offenbar.

GIENGEN/
BRENZ

Lob sei dem Herrn und Dank gebracht,
Der über diesem Haus gewacht,
Mit seinen heilgen Scharen
Uns gnädig wollt bewahren!
Wohl mancher schloß die Augen schwer
Und öffnet sie dem Licht nicht mehr;
Drum freue sich, wer neu belebt
Den frischen Blick zur Sonn erhebt!

Friedrich Schiller (1759–1805)

Er weckt mich alle Morgen

Er weckt mich alle Morgen, er weckt mir selbst das Ohr.
Gott hält sich nicht verborgen, führt mir den Tag empor,
Daß ich mit seinem Worte begrüß das neue Licht.
Schon an der Dämmrung Pforte ist er mir nah und spricht.

Er spricht wie an dem Tage, da er die Welt erschuf.
Da schweigen Angst und Klage; nichts gilt mehr als sein Ruf.
Das Wort der ewgen Treue, die Gott uns Menschen schwört,
Erfahre ich aufs neue so, wie ein Jünger hört.

Er will, daß ich mich füge. Ich gehe nicht zurück.
Hab nur in ihm Genüge, in seinem Wort mein Glück.
Ich werde nicht zuschanden, wenn ich nur ihn vernehm.
Gott löst mich aus den Banden. Gott macht mich ihm genehm.

Er ist mir täglich nahe und spricht mich selbst gerecht.
Was ich von ihm empfahe, gibt sonst kein Herr dem Knecht.
Wie wohl hat's hier der Sklave, der Herr hält sich bereit,
Daß er ihn aus dem Schlafe zu seinem Dienst geleit.

Er will mich früh umhüllen mit seinem Wort und Licht,
Verheißen und erfüllen, damit mir nichts gebricht;
Will vollen Lohn mir zahlen, fragt nicht, ob ich versag.
Sein Wort will helle strahlen, wie dunkel auch der Tag.

Jochen Klepper (1903–1942)

GERLINGEN

GERSTETTEN

GRUIBINGEN

Die güldne Sonne voll Freud und Wonne

Die güldne Sonne voll Freud und Wonne
Bringt unsern Grenzen mit ihrem Glänzen
Ein herzerquickendes, liebliches Licht.
Mein Haupt und Glieder, die lagen darnieder;
Aber nun steh ich, bin munter und fröhlich,
Schaue den Himmel mit meinem Gesicht.

Mein Auge schauet, was Gott gebauet
Zu seinen Ehren und uns zu lehren,
Wie sein Vermögen sei mächtig und groß
Und wo die Frommen dann sollen hinkommen,
Wann sie mit Frieden von hinnen geschieden
Aus dieser Erden vergänglichem Schoß.

KÜNZELSAU

Lasset uns singen, dem Schöpfer bringen
Güter und Gaben; was wir nur haben,
Alles sei Gotte zum Opfer gesetzt!
Die besten Güter sind unsre Gemüter;
Dankbare Lieder sind Weihrauch und Widder,
An welchen er sich am meisten ergötzt.

Abend und Morgen sind seine Sorgen;
Segnen und mehren, Unglück verwehren
Sind seine Werke und Taten allein.
Wenn wir uns legen, so ist er zugegen;
Wenn wir aufstehen, so läßt er aufgehen
Über uns seiner Barmherzigkeit Schein.

SONNENBÜHL

Alles vergehet, Gott aber stehet
Ohn alles Wanken; seine Gedanken,
Sein Wort und Wille hat ewigen Grund.
Sein Heil und Gnaden, die nehmen nicht Schaden,
Heilen im Herzen die tödlichen Schmerzen,
Halten uns zeitlich und ewig gesund.

Paul Gerhardt (1607–1676)

Aus meines Herzens Grunde

Aus meines Herzens Grunde sag ich dir Lob und Dank
In dieser Morgenstunde, dazu mein Leben lang,
O Gott, in deinem Thron, dir zu Lob, Preis und Ehren
Durch Christus, unsern Herren, dein eingebornen Sohn.

Daß du mich hast aus Gnaden in der vergangnen Nacht
Vor G'fahr und allem Schaden behütet und bewacht,
Ich bitt demütiglich, wollst mir mein Sünd vergeben,
Womit in diesem Leben ich hab erzürnet dich.

Du wollest auch behüten mich gnädig diesen Tag
Vors Teufels List und Wüten, vor Sünden und vor Schmach,
Vor Feu'r und Wassersnot, vor Armut und vor Schanden,
Vor Ketten und vor Banden, vor bösem, schnellem Tod.

Mein Leib und meine Seele, mein Weib, Gut, Ehr und Kind
In dein Händ ich befehle dazu mein Hausgesind
Als dein Geschenk und Gab, mein Eltern und Verwandten,
Mein Freunde und Bekannten und alles, was ich hab.

Dein Engel laß auch bleiben und weichen nicht von mir,
Den Satan zu vertreiben, auf daß der bös Feind hier
In diesem Jammertal sein Tück an mir nicht übe,
Leib und Seel nicht betrübe und mich nicht bring zu Fall.

Gott will ich lassen raten, denn er all Ding vermag.
Er segne meine Taten, mein Vornehmen und Sach.
Ihm hab ich heimgestellt mein Leib, mein Seel, mein Leben
Und was er sonst gegeben; er mach's, wie's ihm gefällt.

Georg Niege (1525–1588)

SCHLAITDORF

Morgenglanz der Ewigkeit

Morgenglanz der Ewigkeit, Licht vom unerschöpften Lichte,
Schick uns diese Morgenzeit deine Strahlen zu Gesichte
Und vertreib durch deine Macht unsre Nacht.

Deiner Güte Morgentau fall auf unser matt Gewissen;
Laß die dürre Lebensau lauter süßen Trost genießen
Und erquick uns, deine Schar, immerdar.

Gib, daß deiner Liebe Glut unsre kalten Werke töte,
Und erweck uns Herz und Mut bei entstandner Morgenröte,
Daß wir, eh wir gar vergehn, recht aufstehn.

Ach du Aufgang aus der Höh, gib, daß auch am Jüngsten Tage
Unser Leib verklärt ersteh und, entfernt von aller Plage,
Sich auf jener Freudenbahn freuen kann!

Leucht uns selbst in jener Welt, du verklärte Gnadensonne;
Führ uns durch das Tränenfeld in das Land der süßen Wonne,
Da die Lust, die uns erhöht, nie vergeht.

Christian Knorr von Rosenroth (1636–1689)

Die helle Sonn leucht jetzt herfür

Die helle Sonn leucht jetzt herfür, fröhlich vom Schlaf aufstehen wir,
Gott Lob, der uns heut diese Nacht behüt hat vor des Teufels Macht.

Herr Christ, den Tag uns auch behüt vor Sünd und Schand durch
deine Güt. Laß deine lieben Engelein unsre Hüter und Wächter sein,

Laß unser Werk geraten wohl, was ein jeder ausrichten soll,
Daß unsre Arbeit, Müh und Fleiß gereich zu deim Lob, Ehr und Preis.

Nikolaus Herman (1500–1561)

Täglich zu singen

Ich danke Gott und freue mich wie's Kind zur Weihnachtsgabe,
Daß ich bin, bin! und daß ich dich, schön menschlich Antlitz habe;

Daß ich die Sonne, Berg und Meer und Laub und Gras kann sehen
Und abends unterm Sternenheer und lieben Monde gehen;

Und daß mir denn zumute ist, als wenn wir Kinder kamen
Und sahen, was der Heil'ge Christ bescheret hatte, Amen!

Ich danke Gott mit Saitenspiel, daß ich kein König worden;
Ich wär geschmeichelt worden viel und wär vielleicht verdorben.

Auch bet ich ihn von Herzen an, daß ich auf dieser Erde
Nicht bin ein großer, reicher Mann und auch wohl keiner werde.

Denn Ehr und Reichtum treibt und bläht, hat mancherlei Gefahren,
Und vielen hat's das Herz verdreht, die weiland wacker waren.

Und all das Geld und all das Gut gewährt zwar viele Sachen;
Gesundheit, Schlaf und guten Mut kann's aber doch nicht machen.

Und die sind doch, bei Ja und Nein!, ein rechter Lohn und Segen!
Drum will ich mich nicht groß kastein des vielen Geldes wegen.

Gott gebe mir nur jeden Tag, soviel ich darf zum Leben.
Er gibt's dem Sperling auf dem Dach; wie sollt er's mir nicht geben!

Matthias Claudius (1740–1815)

GÖPPINGEN

GRUNBACH

ZELL
UNTER AICHELBERG

Am Abend

Abendsegen

Das walte Gott Vater, Sohn und Heiliger Geist! Amen,
Ich danke dir, mein himmlischer Vater, durch Jesus Christus, deinen lieben Sohn, daß du mich diesen Tag gnädiglich behütet hast, und bitte dich, du wollest mir vergeben alle meine Sünde, wo ich Unrecht getan habe, und mich diese Nacht auch gnädiglich behüten. Denn ich befehle mich, meinen Leib und Seele und alles in deine Hände. Dein heiliger Engel sei mit mir, daß der böse Feind keine Macht an mir finde.

Martin Luther (1483–1546)

Nun ruhen alle Wälder

Nun ruhen alle Wälder, Vieh, Menschen, Städt und Felder,
Es schläft die ganze Welt.
Ihr aber, meine Sinnen, auf, auf, ihr sollt beginnen,
Was eurem Schöpfer wohlgefällt.

Wo bist du, Sonne, blieben? Die Nacht hat dich vertrieben,
Die Nacht, des Tages Feind.
Fahr hin, ein andre Sonne, mein Jesus, meine Wonne,
Gar hell in meinem Herzen scheint.

Der Tag ist nun vergangen, die güldnen Sternlein prangen
Am blauen Himmelssaal.
Also werd ich auch stehen, wenn mich wird heißen gehen
Mein Gott aus diesem Jammertal.

Der Leib eilt nun zur Ruhe, legt ab das Kleid und Schuhe,
Das Bild der Sterblichkeit.
Die zieh ich aus; dagegen wird Christus mir anlegen
Den Rock der Ehr und Herrlichkeit.

Das Haupt, die Füß und Hände sind froh, daß nun zum Ende
Die Arbeit kommen sei.
Herz, freu dich! du sollst werden vom Elend dieser Erden
Und von der Sünden Arbeit frei.

Nun geht, ihr matten Glieder, geht hin und legt euch nieder,
Der Betten ihr begehrt.
Es kommen Stund und Zeiten, da man euch wird bereiten
Zur Ruh ein Bettlein in der Erd.

Mein Augen stehn verdrossen, im Nu sind sie geschlossen.
Wo bleibt dann Leib und Seel?
Nimm sie zu deinen Gnaden, sei gut für allen Schaden,
Du Aug und Wächter Israel.

Breit aus die Flügel beide, o Jesu, meine Freude,
Und nimm dein Küchlein ein.
Will Satan mich verschlingen, so laß die Englein singen:
„Dies Kind soll unverletzet sein."

Auch euch, ihr meine Lieben, soll heute nicht betrüben
Kein Unfall noch Gefahr.
Gott laß euch selig schlafen, stell euch die güldnen Waffen
Ums Bett und seiner Engel Schar.

Paul Gerhardt (1607–1676)

Kanon

Herr, bleibe bei uns,
Denn es will Abend werden
Und der Tag hat sich geneiget

INGELFINGEN

Abend

Der schnelle Tag ist hin; die Nacht schwingt ihre Fahn
Und führt die Sternen auf. Der Menschen müde Scharen
Verlassen Feld und Werk; wo Tier und Vögel waren,
Traurt itzt die Einsamkeit. Wie ist die Zeit vertan!

Der Port naht mehr und mehr sich zu der Glieder Kahn.
Gleich wie dies Licht verfiel, so wird in wenig Jahren
Ich, du, und was man hat, und was man sieht, hinfahren.
Dies Leben kömmt mir vor als eine Rennebahn.

Laß, höchster Gott, mich doch nicht auf dem Laufplatz gleiten!
Laß mich nicht Ach, nicht Pracht, nicht Lust, nicht Angst verleiten!
Dein ewig, heller Glanz sei vor und neben mir!

Laß, wenn der müde Leib entschläft, die Seele wachen,
Und wenn der letzte Tag wird mit mir Abend machen,
So reiß mich aus dem Tal der Finsternis zu dir!

Andreas Gryphius (1616–1664)

Nun sich der Tag geendet

Nun sich der Tag geendet, mein Herz sich zu dir wendet
Und danket inniglich:
Dein holdes Angesichte zum Segen auf mich richte,
Erleuchte und entzünde mich!

Ich schließe mich aufs neue in deine Vatertreue
Und Schutz und Herze ein;
Die fleischlichen Geschäfte und alle finstern Kräfte
Vertreibe durch dein Nahesein!

Ein Tag, der sagt dem andern, mein Leben sei ein Wandern
Zur großen Ewigkeit.
O Ewigkeit, so schöne, mein Herz an dich gewöhne,
Mein Heim ist nicht in dieser Zeit.

Gerhard Tersteegen (1697–1769)

Der Mond ist aufgegangen

BÖNNIGHEIM

ERLIGHEIM

Der Mond ist aufgegangen,
Die goldnen Sternlein prangen
Am Himmel hell und klar;
Der Wald steht schwarz und schweiget,
Und aus den Wiesen steiget
Der weiße Nebel wunderbar.

Wie ist die Welt so stille
Und in der Dämmrung Hülle
So traulich und so hold!
Als eine stille Kammer,
Wo ihr des Tages Jammer
Verschlafen und vergessen sollt.

Seht ihr den Mond dort stehen?
Er ist nur halb zu sehen
Und ist doch rund und schön!
So sind wohl manche Sachen,
Die wir getrost belachen,
Weil unsre Augen sie nicht sehn.

Wir stolzen Menschenkinder
Sind eitel arme Sünder und wissen gar nicht viel;
Wir spinnen Luftgespinste
Und suchen viele Künste
Und kommen weiter von dem Ziel.

Gott, laß uns dein Heil schauen,
Auf nichts Vergänglichs trauen,
Nicht Eitelkeit uns freun!
Laß uns einfältig werden
Und vor dir hier auf Erden
Wie Kinder fromm und fröhlich sein.

Wollst endlich sonder Grämen
Aus dieser Welt uns nehmen
Durch einen sanften Tod!
Und wenn du uns genommen,
Laß uns in Himmel kommen,
Du, unser Herr und unser Gott!

HESSIGHEIM

So legt euch denn, ihr Brüder,
In Gottes Namen nieder!
Kalt ist der Abendhauch.
Verschon uns, Gott, mit Strafen
Und laß uns ruhig schlafen!
Und unsern kranken Nachbarn auch!

Matthias Claudius (1740–1815)

Mondnacht

Es war, als hätt der Himmel
Die Erde still geküßt,
Daß sie im Blütenschimmer
Von ihm nun träumen müßt.

DECKENPFRONN

Die Luft ging durch die Felder,
Die Ähren wogten sacht,
Es rauschten leis die Wälder,
So sternklar war die Nacht.

Und meine Seele spannte
Weit ihre Flügel aus,
Flog durch die stillen Lande,
Als flöge sie nach Haus.

Joseph Freiherr von Eichendorff (1788–1857)

Jeden Abend

Jeden Abend sollst du deinen Tag
Prüfen, ob er Gott gefallen mag,
Ob er freudig war in Tat und Treue,
Ob er mutlos lag in Angst und Reue.
Sollst die Namen deiner Lieben nennen,
Haß und Unrecht still vor dir bekennen,
Sollst dich alles Schlechten innig schämen,
Keinen Schatten mit ins Bette nehmen,
Alle Sorgen von der Seele tun,
Daß sie fern und kindlich möge ruhn.
Dann getrost in dem geklärten Innern
Sollst du deiner Liebsten dich erinnern,
Deiner Mutter, deiner Kinderzeit;
Sieh, dann bist du rein und bist bereit,
Aus dem kühlen Schlafborn tief zu trinken,
Wo die goldnen Träume tröstend winken,
Um den neuen Tag mit klaren Sinnen
Als ein Held und Sieger zu beginnen.

Hermann Hesse (1877–1962)

Abend ward, bald kommt die Nacht

Abend ward, bald kommt die Nacht, schlafen geht die Welt;
Denn sie weiß, es ist die Wacht über ihr bestellt.
Einer wacht und trägt allein ihre Müh und Plag,
Der läßt keinen einsam sein, weder Nacht noch Tag.

Jesu Christ, mein Hort und Halt, dein gedenk ich nun,
Tu mit Bitten dir Gewalt, bleib bei meinem Ruhn.
Wenn dein Aug ob meinem wacht, wenn dein Trost mir frommt,
Weiß ich, daß auf gute Nacht guter Morgen kommt.

Rudolf Alexander Schröder (1878–1962)

Weißt du, wieviel Sternlein stehen

Weißt du, wieviel Sternlein stehen an dem blauen Himmelszelt?
Weißt du, wieviel Wolken gehen weithin über alle Welt?
Gott der Herr hat sie gezählet, daß ihm auch nicht eines fehlet
An der ganzen großen Zahl, an der ganzen großen Zahl.

Weißt du, wieviel Mücklein spielen in der heißen Sonnenglut,
Wieviel Fischlein auch sich kühlen in der hellen Wasserflut?
Gott der Herr rief sie mit Namen, daß sie all ins Leben kamen,
Daß sie nun so fröhlich sind, daß sie nun so fröhlich sind.

Weißt du, wieviel Kinder frühe stehn aus ihrem Bettlein auf,
Daß sie ohne Sorg und Mühe fröhlich sind im Tageslauf?
Gott im Himmel hat an allen seine Lust, sein Wohlgefallen;
Kennt auch dich und hat dich lieb,
Kennt auch dich und hat dich lieb.

Wilhelm Hey (1789–1854)

Die Blümelein, sie schlafen

Die Blümelein, sie schlafen schon längst im Mondenschein,
Sie nicken mit den Köpfchen auf ihren Stengelein.
Es rüttelt sich der Blütenbaum, er säuselt wie im Traum;
Schlafe, schlafe, schlaf du, mein Kindelein.

Die Vögelein, sie sangen so süß im Sonnenschein,
Sie sind zur Ruh gegangen in ihre Nestelein.
Das Heimchen in dem Ährengrund es tut allein sich kund.
Schlafe, schlafe, schlaf du, mein Kindelein.

Sandmännchen kommt geschlichen und guckt durchs Fensterlein,
Ob irgend noch ein Kindchen nicht mag zu Bette sein.
Und wo er nur ein Kindlein fand, streut er ins Aug ihm Sand.
Schlafe, schlafe, schlaf du, mein Kindelein.

Anton Wilhelm von Zuccalmaglio (1803–1869)

Ade, zur guten Nacht

Ade, zur guten Nacht, jetzt wird der Schluß gemacht,
Daß ich muß scheiden. Im Sommer, da wächst der Klee,
Im Winter, da schneit's den Schnee, da komm ich wieder.

Es trauern Berg und Tal, wo ich viel tausendmal
Bin drüber gangen. Das hat deine Schönheit gemacht,
Die hat mich zum Lieben gebracht mit großem Verlangen.

Das Brünnlein rinnt und rauscht wohl unterm Holderstrauch,
Wo wir gesessen. Wie manchen Glockenschlag,
Da Herz bei Herzen lag, das hast du vergessen.

Die Mädchen in der Welt sind falscher als das Geld
Mit ihrem Lieben. Ade, zur guten Nacht!
Jetzt ist der Schluß gemacht, daß ich muß scheiden.

Kein schöner Land

Kein schöner Land in dieser Zeit, als hier das unsre weit und breit,
Wo wir uns finden wohl unter Linden zur Abendzeit.

Da haben wir so manche Stund gesessen da in froher Rund
Und taten singen, die Lieder klingen im Eichengrund.

Daß wir uns hier in diesem Tal noch treffen so viel hundertmal,
Gott mag es schenken, Gott mag es lenken, er hat die Gnad.

Nun, Brüder, eine gute Nacht, der Herr im hohen Himmel wacht!
In seiner Güten uns zu behüten ist er bedacht.

Anton Wilhelm von Zuccalmaglio (1803–1869)

KORNTAL/
MÜNCHINGEN

Trost der Nacht

Komm, Trost der Nacht, o Nachtigall!
Laß deine Stimm mit Freudenschall
Aufs lieblichste erklingen! Komm, komm, und lob den Schöpfer dein,
Weil andre Vögel schlafen ein und nicht mehr mögen singen!
Laß dein Stimmlein laut erschallen, denn vor allen kannst du loben
Gott im Himmel hoch dort oben.

Obschon ist hin der Sonnenschein und wir im Finstern müssen sein,
So können wir doch singen von Gottes Güt und seiner Macht,
Weil uns kann hindern keine Nacht, Sein Loblied zu vollbringen.
Drum dein Stimmlein laß erschallen, Denn vor allen kannst du loben
Gott im Himmel hoch dort oben.

Nun her, mein liebstes Vögelein, wir wollen nicht die faulsten sein
Und schlafend liegen bleiben, vielmehr, bis daß die Morgenröt
Erfreuet dieses Wälderöd, die Zeit mit Lob vertreiben.
Laß dein Stimmlein laut erschallen, denn vor allen kannst du loben
Gott im Himmel hoch dort oben.

Hans Jakob Christoph von Grimmelshausen (um 1620–1676)

Schläft ein Lied in allen Dingen,
Die da träumen fort und fort,
Und die Welt hebt an zu singen,
Triffst du nur das Zauberwort.

Joseph Freiherr von Eichendorff (1788–1857)

HOLZGERLINGEN

HOLZMADEN

JETTINGEN

Die Jahreszeiten

Winter, ade!

Winter, ade! Scheiden tut weh.
Aber dein Scheiden macht, daß mir das Herze lacht.
Winter, ade! Scheiden tut weh.

Winter, ade! Scheiden tut weh.
Gerne vergeß ich dein, kannst immer ferne sein.
Winter, ade! Scheiden tut weh.

Winter, ade! Scheiden tut weh.
Gehst du nicht bald nach Haus, lacht dich der Kuckuck aus.
Winter, ade! Scheiden tut weh.

August Heinrich Hoffmann von Fallersleben (1798–1874)

Nun will der Lenz uns grüßen

Nun will der Lenz uns grüßen, von Mittag weht es lau;
Aus allen Ecken sprießen die Blumen rot und blau.
Draus wob die braune Heide sich ein Gewand gar fein
Und lädt im Festtagskleide zum Maientanze ein.

Waldvöglein Lieder singen, wie ihr sie nur begehrt.
Drum auf zum frohen Springen, die Reis ist Goldes wert!
Hei, unter grünen Linden, da leuchten weiße Kleid!
Heija, nun hat uns Kinden ein End all Wintersleid.

KIRCHBERG/
JAGST

KIRCHBERG/
MURR

KIRCHHEIM/
TECK

Im Märzen der Bauer

Im Märzen der Bauer die Rößlein einspannt,
Er setzt seine Felder und Wiesen instand.
Er pflüget den Boden, er egget und sät
Und rührt seine Hände früh morgens und spät.

Die Bäurin, die Mägde, sie dürfen nicht ruhn,
Sie haben im Haus und im Garten zu tun,
Sie graben und rechen und singen ein Lied
Und freun sich, wenn alles schön grünet und blüht.

So geht unter Arbeit das Frühjahr vorbei,
Dann erntet der Bauer das duftende Heu;
Er mäht das Getreide, dann drischt er es aus:
Im Winter, da gibt es manch fröhlichen Schmaus.

Alle Vögel sind schon da

Alle Vögel sind schon da, alle Vögel, alle!
Welch ein Singen, Musiziern, Pfeifen, Zwitschern, Tiriliern!
Frühling will nun einmarschiern, kommt mit Sang und Schalle.

Wie sie alle lustig sind, flink und froh sich regen!
Amsel, Drossel, Fink und Star und die ganze Vogelschar
wünschen dir ein frohes Jahr, lauter Heil und Segen.

Was sie uns verkünden nun, nehmen wir zu Herzen:
Alle wolln wir lustig sein, lustig wie die Vögelein,
Hier und dort, feldaus, feldein, singen, springen, scherzen.

August Heinrich Hoffmann von Fallersleben (1798–1874)

KORB

ILSFELD

KÖNGEN

Wir pflügen, und wir streuen

Wir pflügen, und wir streuen den Samen auf das Land,
Doch Wachstum und Gedeihen steht in des Himmels Hand:
Der tut mit leisem Wehen sich mild und heimlich auf
Und träuft, wenn heim wir gehen, Wuchs und Gedeihen drauf.

Er sendet Tau und Regen und Sonn- und Mondenschein,
Er wickelt seinen Segen gar zart und künstlich ein
Und bringt ihn dann behende in unser Feld und Brot:
Es geht durch unsre Hände, kommt aber her von Gott.

Was nah ist und was ferne, von Gott kommt alles her,
Der Strohhalm und die Sterne, der Sperling und das Meer.
Von ihm sind Büsch und Blätter und Korn und Obst von ihm,
Das schöne Frühlingswetter und Schnee und Ungestüm.

Er läßt die Sonn aufgehen, er stellt des Mondes Lauf;
Er läßt die Winde wehen und tut den Himmel auf.
Er schenkt uns so viel Freude, er macht uns frisch und rot;
Er gibt den Kühen Weide und unsern Kindern Brot.

Matthias Claudius (1740–1815)

Er ist's

Frühling läßt sein blaues Band
Wieder flattern durch die Lüfte;
Süße, wohlbekannte Düfte
Streifen ahnungsvoll das Land.
Veilchen träumen schon,
Wollen balde kommen. –
Horch, von fern ein leiser Harfenton!
Frühling, ja du bist's!
Dich hab ich vernommen!

KORNWESTHEIM

Eduard Mörike (1804–1875)

Frühlingsglaube

KUCHEN

Die linden Lüfte sind erwacht,
Sie säuseln und weben Tag und Nacht,
Sie schaffen an allen Enden.
O frischer Duft, o neuer Klang!
Nun, armes Herze, sei nicht bang!
Nun muß sich alles, alles wenden.

Die Welt wird schöner mit jedem Tag,
Man weiß nicht, was noch werden mag,
Das Blühen will nicht enden.
Es blüht das fernste, tiefste Tal:
Nun, armes Herz, vergiß der Qual!
Nun muß sich alles, alles wenden!

Ludwig Uhland (1787–1862)

Frühlingsbotschaft

LEUTENBACH

Leise zieht durch mein Gemüt
Liebliches Geläute,
Klinge, kleines Frühlingslied,
Kling hinaus ins Weite.

Kling hinaus, bis an das Haus,
Wo die Blumen sprießen.
Wenn du eine Rose schaust,
Sag, ich laß sie grüßen.

Heinrich Heine (1797–1856)

An den Mai

Komm, lieber Mai, und mache die Bäume wieder grün!
Und laß mir an dem Bache die kleinen Veilchen blühn!
Wie möcht ich doch so gerne ein Blümchen wieder sehn!
Ach, lieber Mai, wie gerne einmal spazierengehn!

Zwar Wintertage haben wohl auch der Freuden viel.
Man kann im Schnee eins traben und treibt manch Abendspiel.
Baut Häuserchen von Karten, spielt Blindekuh und Pfand.
Auch gibt's viel Schlittenfahrten ins schöne freie Land.

Doch wenn die Vögel singen und wir dann froh und flink
Auf grünem Rasen springen, das ist ein ander Ding.
Jetzt muß mein Steckenpferdchen ganz still im Winkel stehn.
Denn draußen in dem Gärtchen kann man fürwahr nicht gehn.

Ach, wenn's doch erst gelinder und grüner draußen wär!
Komm, lieber Mai, wir Kinder, wir bitten gar zu sehr.
O komm! und bring vor allem, recht viele Veilchen mit!
Bring auch viel Nachtigallen und schöne Kuckucks mit!

nach Christian Adolf Overbeck (1755–1821)

Frühlingslied

Die Luft ist blau, das Tal ist grün, die kleinen Maienglocken blühn
Und Schlüsselblumen drunter;
Der Wiesengrund ist schon so bunt und malt sich täglich bunter.

Drum komme, wem der Mai gefällt, und freue sich der schönen Welt
Und Gottes Vatergüte,
Die diese Pracht hervorgebracht, den Baum und seine Blüte.

Ludwig Christoph Heinrich Hölty (1748–1776)

Der Postillon

Lieblich war die Maiennacht, Silberwölklein flogen,
Ob der holden Frühlingspracht freudig hingezogen.

Schlummernd lagen Wies und Hain, jeder Pfad verlassen;
Niemand als der Mondenschein wachte auf den Straßen.

Leise nur das Lüftchen sprach und es zog gelinder
Durch das stille Schlafgemach all der Frühlingskinder.

Heimlich nur das Bächlein schlich; denn der Blüten Träume
Dufteten gar wonniglich durch die stillen Räume.

Rauher war mein Postillion ließ die Geißel knallen,
Über Berg und Tal davon frisch sein Horn erschallen.

Und von flinken Rossen vier scholl der Hufe Schlagen,
Die durchs blühende Revier trabten mit Behagen.

Wald und Flur im schnellen Zug, kaum gegrüßt – gemieden,
Und vorbei, wie Traumesflug, schwand der Dörfer Frieden.

Mitten in dem Maienglück lag ein Kirchhof innen,
Der den raschen Wanderblick hielt zu ernstem Sinnen.

Hingelehnt an Bergesrand war die bleiche Mauer,
Und das Kreuzbild Gottes stand hoch, in stummer Trauer.

Schwager ritt auf seiner Bahn stiller jetzt und trüber;
Und die Rosse hielt er an, sah zum Kreuz hinüber:

„Halten muß hier Roß und Rad! Mag's Euch nicht gefährden;
Drüben liegt mein Kamerad in der kühlen Erden!

Ein gar herzlieber Gesell! Herr,'s ist ewig schade!
Keiner blies das Horn so hell wie mein Kamerade!

Hier ich immer halten muß, dem dort unterm Rasen
Zum getreuen Brudergruß sein Leiblied zu blasen!“

Und dem Kirchhof sandt er zu frohe Wandersänge,
Daß es in die Grabesruh seinem Bruder dränge.

Und des Hornes heller Ton klang vom Berge wieder,
Ob der tote Postillion stimmt in seine Lieder.

Weiter ging’s durch Feld und Hag mit verhängtem Zügel;
Lang mir noch im Ohre lag jener Klang vom Hügel.

Nikolaus Lenau (1802–1850)

Ich habe den Frühling gesehen

Ich habe den Frühling gesehen,
Ich habe die Blumen begrüßt,
Der Nachtigall Lieder gelauschet,
Ein himmlisches Mädchen geküßt.

Der halbe Lenz ist entflohen,
Verblühet die Blumen all,
Das Mädchen ins Grab gesunken,
Verschollen die Nachtigall.

Doch kehret der Frühling bald wieder,
Die Blumen blühn auf zum Licht,
Die Nachtigall singt ihre Lieder,
Das Mädchen, das finde ich nicht.

ROHR

MÖHRINGEN

VAIHINGEN/
FILDER

Wie lieblich ist der Maien

Wie lieblich ist der Maien aus lauter Gottesgüt!
Des sich die Menschen freuen, weil alles grünt und blüht.
Die Tier sieht man jetzt springen mit Lust auf grüner Weid,
Die Vöglein hört man singen, die loben Gott mit Freud.

Herr, dir sei Lob und Ehre für solche Gaben dein!
Die Blüt zur Frucht vermehre, laß sie ersprießlich sein.
Es steht in deinen Händen, dein Macht und Güt ist groß;
Drum wollst du von uns wenden Mehltau, Frost, Reif und Schloß.

Herr, laß die Sonne blicken ins finstre Herze mein,
Damit sich's möge schicken, fröhlich im Geist zu sein,
Die größte Lust zu haben allein an deinem Wort,
Das mich im Kreuz kann laben und weist des Himmels Pfort.

Mein Arbeit hilf vollbringen zu Lob dem Namen dein,
Und laß mir wohlgelingen, im Geist fruchtbar zu sein;
Die Blümlein laß aufgehen von Tugend mancherlei,
Damit ich mög bestehen und nicht verwerflich sei.

Martin Behm (1557–1622)

Süß Liebe liebt den Mai

Ein Bursch und Mägdlein flink und schön,
Mit heissa und ha, und juchheissa trala!
Täten durch die Fluren gehen
Zur Maienzeit, der wonnigen Maienzeit,
Wann Vöglein singen tiritirilei, wann Vöglein singen tiritirilei,
Süß Liebe liebt den Mai, süß Liebe liebt den Mai.

Sie sangen diese Melodei ...
Wie's Leben nur ein Blümlein sei...
Zur Maienzeit ...

So nutzt die gegenwärtge Zeit ...
Denn Liebe lacht im Jugendkleid...
Zur Maienzeit ...

Der Mai ist gekommen

Der Mai ist gekommen, die Bäume schlagen aus,
Da bleibe, wer Lust hat, mit Sorgen zu Haus.
Wie die Wolken dort wandern am himmlischen Zelt,
So steht auch mir der Sinn in die weite, weite Welt.

Herr Vater, Frau Mutter, daß Gott euch behüt!
Wer weiß, wo in der Ferne mein Glück mir noch blüht;
Es gibt so manche Straße, da nimmer ich marschiert,
Es gibt so manchen Wein, den ich nimmer noch probiert.

Frisch auf drum, frisch auf drum im hellen Sonnenstrahl,
Wohl über die Berge, wohl durch das tiefe Tal!
Die Quellen erklingen, die Bäume rauschen all,
Mein Herz ist wie 'ne Lerche und stimmt ein mit Schall.

Und abends im Städtchen, da kehr ich durstig ein:
„Herr Wirt, mein Herr Wirt, eine Kanne blanken Wein!
Ergreife die Fiedel, du lustger Spielmann du!
Von meinem Schatz das Liedel, das singe ich dazu."

Und find ich keine Herberg so lieg ich zur Nacht
Wohl unterm blauen Himmel: die Sterne halten Wacht;
Im Winde die Linde, die rauscht mich ein gemach,
Es küsset in der Frühe das Morgenrot mich wach.

O Wandern, o Wandern, du freie Burschenlust!
Da wehet Gottes Odem so frisch in der Brust;
Da singet und jauchzet das Herz zum Himmelszelt.
Wie bist du doch so schön, o du weite, weite Welt!

Emanuel Geibel (1815–1884)

LORCH

Geh aus, mein Herz, und suche Freud

Geh aus, mein Herz, und suche Freud in dieser lieben Sommerzeit
An deines Gottes Gaben;
Schau an der schönen Gärten Zier und siehe, wie sie mir und dir
Sich ausgeschmücket haben, sich ausgeschmücket haben.

Die Bäume stehen voller Laub, das Erdreich decket seinen Staub
Mit einem grünen Kleide;
Narzissen und die Tulipan, die ziehen sich viel schöner an
Als Salomonis Seide, als Salomonis Seide.

Die Lerche schwingt sich in die Luft, das Täublein fliegt aus einer Kluft
Und macht sich in die Wälder;
Die hochbegabte Nachtigall ergötzt und füllt mit ihrem Schall
Berg, Hügel, Tal und Felder, Berg, Hügel, Tal und Felder.

Die Glucke führt ihr Völklein aus,
Der Storch baut und bewohnt sein Haus,
Das Schwälblein speist die Jungen,
Der schnelle Hirsch, das leichte Reh ist froh und kommt aus seiner Höh
Ins tiefe Gras gesprungen, ins tiefe Gras gesprungen.

Die Bächlein rauschen in dem Sand und malen sich an ihrem Rand
Mit schattenreichen Myrten;
Die Wiesen liegen hart dabei und klingen ganz vom Lustgeschrei
Der Schaf und ihrer Hirten, der Schaf und ihrer Hirten.

Die unverdroßne Bienenschar fliegt hin und her, sucht hier und da
Ihr edle Honigspeise;
Des süßen Weinstocks starker Saft bringt täglich neue Stärk und Kraft
In seinem schwachen Reise, in seinem schwachen Reise.

Der Weizen wächset mit Gewalt; darüber jauchzet jung und alt
Und rühmt die große Güte
Des, der so überfließend labt und mit so manchem Gut begabt
Das menschliche Gemüte, das menschliche Gemüte.

Ich selber kann und mag nicht ruhn, des großen Gottes großes Tun
Erweckt mir alle Sinnen;
Ich singe mit, wenn alles singt, und lasse, was dem Höchsten klingt,
Aus meinem Herzen rinnen, aus meinem Herzen rinnen.

Ach, denk ich, bist du hier so schön und läßt du's uns so lieblich gehn
Auf dieser armen Erden:
Was will doch wohl nach dieser Welt dort in dem reichen Himmelszelt
Und güldnen Schlosse werden, und güldnen Schlosse werden!

Welch hohe Lust, welch heller Schein wird wohl in Christi Garten sein!
Wie muß es da wohl klingen,
Da so viel tausend Seraphim mit unverdroßnem Mund und Stimm
Ihr Halleluja singen, ihr Halleluja singen.

O wär ich da! O stünd ich schon, ach süßer Gott, vor deinem Thron
Und trüge meine Palmen!
So wollt ich nach der Engel Weis erhöhen deines Namens Preis
Mit tausend schönen Psalmen, mit tausend schönen Psalmen.

Doch gleichwohl will ich, weil ich noch hier trage dieses Leibes Joch,
Auch nicht gar stille schweigen;
Mein Herze soll sich fort und fort an diesem und an allem Ort
Zu deinem Lobe neigen, zu deinem Lobe neigen.

Hilf mir und segne meinen Geist mit Segen, der vom Himmel fleußt,
Daß ich dir stetig blühe;
Gib, daß der Sommer deiner Gnad in meiner Seele früh und spat
Viel Glaubensfrücht erziehe, viel Glaubensfrücht erziehe.

Mach in mir deinem Geiste Raum, daß ich dir werd ein guter Baum,
Und laß mich Wurzel treiben.
Verleihe, daß zu deinem Ruhm ich deines Gartens schöne Blum
Und Pflanze möge bleiben, und Pflanze möge bleiben.

Erwähle mich zum Paradeis und laß mich bis zur letzten Reis
An Leib und Seele grünen,
So will ich dir und deiner Ehr allein und sonsten keinem mehr
Hier und dort ewig dienen, hier und dort ewig dienen.

Paul Gerhardt (1607–1676)

Sommer

Dein ist alles, all und jede Wonne,
Wenn sie aufgeht dir als eigne Sonne;
Jeder Tag, vom Licht emporgetragen,
Wenn er aufgeht dir als eigenes Tagen.

Dein ist alles, all der Blumen Glühen,
Wenn hervor sie aus dir selber blühen;
All die Rosenknospen auf der Erden,
Wenn sie Rosen in dir selber werden.

LÖWENSTEIN

Dein ist alles, was in Tal und Hügeln
Lichtvoll sich in dir kann widerspiegeln;
Dein der Himmel selbst, und selbst die Sterne,
Wenn du Glanz hast für den Glanz der Ferne.

Christian Wagner (1835–1918)

Sommerbild

Ich sah des Sommers letzte Rose stehn,
Sie war, als ob sie bluten könne, rot;
Da sprach ich schauernd im Vorübergehn:
So weit im Leben ist zu nah am Tod!

Es regte sich kein Hauch am heißen Tag,
Leise strich ein weißer Schmetterling;
Doch ob auch kaum die Luft sein Flügelschlag
Bewegte, sie empfand es und verging.

Friedrich Hebbel (1813–1863)

An die Parzen

Nur einen Sommer gönnt, ihr Gewaltigen!
Und einen Herbst zu reifem Gesange mir,
Daß williger mein Herz, vom süßen
Spiele gesättiget, dann mir sterbe.

Die Seele, der im Leben ihr göttlich Recht
Nicht ward, sie ruht auch drunten im Orkus nicht;
Doch ist mir einst das Heil'ge, das am
Herzen mir liegt, das Gedicht, gelungen;

Willkommen dann, o Stille der Schattenwelt!
Zufrieden bin ich, wenn auch mein Saitenspiel
Mich nicht hinabgeleitet, einmal
Lebt ich wie Götter, und mehr bedarf's nicht.

Friedrich Hölderlin (1770–1843)

Septembermorgen

Im Nebel ruhet noch die Welt,
Noch träumen Wald und Wiesen:
Bald siehst du, wenn der Schleier fällt,
Den blauen Himmel unverstellt,
Herbstkräftig die gedämpfte Welt
In warmem Golde fließen.

MAINHARDT

Eduard Mörike (1804–1875)

Es dunkelt schon in der Heide

Es dunkelt schon in der Heide, nach Hause laßt uns gehn.
Wir haben das Korn geschnitten mit unserm blanken Schwert.

Ich hörte die Sichel rauschen, wohl rauschen durch das Korn.
Ich hört mein Feinslieb klagen, sie hätte ihr Lieb verloren.

Hast du dein Lieb verloren, so hab ich noch das mein,
So wollen wir beide mitnander uns winden ein Kränzelein.

Herbsttag

Herr: es ist Zeit. Der Sommer war sehr groß.
Leg deinen Schatten auf die Sonnenuhren,
Und auf den Fluren laß die Winde los.

Befiehl den letzten Früchten voll zu sein;
Gib ihnen noch zwei südlichere Tage,
Dränge sie zur Vollendung hin und jage
Die letzte Süße in den schweren Wein.

Wer jetzt kein Haus hat, baut sich keines mehr.
Wer jetzt allein ist, wird es lange bleiben,
Wird wachen, lesen, lange Briefe schreiben
Und wird in den Alleen hin und her
Unruhig wandern, wenn die Blätter treiben.

Rainer Maria Rilke (1875–1926)

Bunt sind schon die Wälder

Bunt sind schon die Wälder, gelb die Stoppelfelder,
Und der Herbst beginnt.
Rote Blätter fallen, graue Nebel wallen, kühler weht der Wind.

Wie die volle Traube aus dem Rebenlaube purpurfarbig strahlt!
Am Geländer reifen Pfirsiche, mit Streifen rot und weiß bemalt.

Flinke Träger springen, und die Mädchen singen, alles jubelt froh!
Bunte Bänder schweben zwischen hohen Reben auf dem Hut von Stroh.

Geige tönt und Flöte bei der Abendröte und im Mondesglanz;
Junge Winzerinnen winken und beginnen frohen Erntetanz.

Johann Gaudenz Freiherr von Salis-Seewis (1762–1834)

Herr von Ribbeck auf Ribbeck im Havelland

Herr von Ribbeck auf Ribbeck im Havelland,
Ein Birnbaum in seinem Garten stand,
Und kam die goldene Herbsteszeit
Und die Birnen leuchteten weit und breit,
Da stopfte, wenn's Mittag vom Turme scholl,
Der von Ribbeck sich beide Taschen voll,
Und kam in Pantinen ein Junge daher,
So rief er: „Junge, wiste ne Beer?"
Und kam ein Mädel, so rief er: „Lütt Dirn,
Kumm man röwer, ick hebb ne Birn."

So ging es viel Jahre, bis lobesam
Der von Ribbeck auf Ribbeck zu sterben kam.
Er fühlte sein Ende, 's war Herbsteszeit,
Wieder lachten die Birnen weit und breit;
Da sagte von Ribbeck: „Ich scheide nun ab.
Legt mir eine Birne mit ins Grab!"
Und drei Tage drauf, aus dem Doppeldachhaus,
Trugen von Ribbeck sie hinaus.
Alle Bauern und Büdner mit Feiergesicht
Sangen „Jesus meine Zuversicht!"
Und die Kinder klagten, das Herze schwer:
„He ist dod nu. Wer giwt uns nu ne Beer?"

So klagten die Kinder. Das war nicht recht –
Ach, sie kannten den alten Ribbeck schlecht!
Der neue freilich, der knausert und spart,
Hält Park und Birnbaum strenge verwahrt.
Aber der alte, vorahnend schon
Und voll Mißtraun gegen den eigenen Sohn;
Der wußte genau, was damals er tat,
Als um eine Birn ins Grab er bat;
Und im dritten Jahr aus dem stillen Haus
Ein Birnbaumsprößling sproßt' heraus.

Und die Jahre gehen wohl auf und ab,
Längst wölbt sich ein Birnbaum über dem Grab,
Und in der goldenen Herbsteszeit
Leuchtet's wieder weit und breit,
Und kommt ein Jung übern Kirchhof her,
So flüstert's im Baume: „Wiste ne Beer?"
Und kommt ein Mädel, so flüstert's: „Lütt Dirn,
Kumm man röwer, ick gew di ne Birn!"

So spendet Segen noch immer die Hand
Des von Ribbeck auf Ribbeck im Havelland.

Theodor Fontane (1819–1898)

Bei einem Wirte wundermild

Bei einem Wirte wundermild, da war ich jüngst zu Gaste,
ein goldner Apfel war sein Schild, an einem langen Aste.

Es war der gute Apfelbaum, bei dem ich eingekehret;
Mit süßer Kost und frischem Schaum hat er mich wohl genähret.

Es kamen in sein grünes Haus viel leicht beschwingte Gäste,
Sie sprangen frei und hielten Schmaus und sangen auf das beste.

Ich fand ein Bett zu süßer Ruh auf weichen grünen Matten.
Der Wirt, der deckte selbst mich zu mit seinem kühlen Schatten.

Nun fragt ich nach der Schuldigkeit, da schüttelt er den Wipfel.
Gesegnet sei er allezeit von der Wurzel bis zum Gipfel.

Ludwig Uhland (1787–1862)

AFFALTERBACH

Herbst

Die Blätter fallen, fallen wie von weit,
Als welkten in den Himmeln ferne Gärten;
Sie fallen mit verneinender Gebärde.

Und in den Nächten fällt die schwere Erde
Aus allen Sternen in die Einsamkeit.
Wir alle fallen. Diese Hand da fällt.
Und sieh dir andre an: es ist in allen.

Und doch ist einer, welcher dieses Fallen
Unendlich sanft in seinen Händen hält.

RAVENSBURG

Rainer Maria Rilke (1875–1926)

Im Nebel

Seltsam, im Nebel zu wandern!
Einsam ist jeder Busch und Stein,
Kein Baum sieht den andern,
Jeder ist allein.

Voll von Freunden war mir die Welt,
Als noch mein Leben licht war;
Nun, da der Nebel fällt,
Ist keiner mehr sichtbar.

Wahrlich, keiner ist weise,
Der nicht das Dunkel kennt,
Das unentrinnbar und leise
Von allen ihn trennt.

Seltsam, im Nebel zu wandern!
Leben ist Einsamsein.
Kein Mensch kennt den andern,
Jeder ist allein.

ENINGEN/
ACHALM

CALW

Hermann Hesse (1877–1962)

Hälfte des Lebens

Mit gelben Birnen hänget und voll
Mit wilden Rosen das Land in den See,
Ihr holden Schwäne, und trunken von Küssen
Tunkt ihr das Haupt ins heilignüchterne Wasser.

Weh mir, wo nehm ich, wenn
Es Winter ist, die Blumen, und wo
Den Sonnenschein
Und den Schatten der Erde?
Die Mauern stehn sprachlos und kalt, im Winde
Klirren die Fahnen.

Friedrich Hölderlin (1770–1843)

Sieben Leben

Sieben Leben möcht ich haben:
Eins dem Geiste ganz ergeben,
So dem Zeichen, so der Schrift.
Eins den Wäldern, den Gestirnen
Angelobt, dem großen Schweigen.
Nackt am Meer zu liegen eines,
Jetzt im weißen Schaum der Wellen,
Jetzt im Sand, im Dünengrase.
Eins für Mozart. Für die milden,
Für die wilden Spiele eines
Und für alles Erdenherzleid
Eines ganz, und ich, ich habe –
Sieben Leben möcht ich haben! –
Hab ein einzig Leben nur.

LANGENBRETTACH

Albrecht Goes (1908–2000)

Stufen

Wie jede Blüte welkt und jede Jugend
Dem Alter weicht, blüht jede Lebensstufe,
Blüht jede Weisheit auch und jede Tugend
Zu ihrer Zeit und darf nicht ewig dauern.
Es muß das Herz bei jedem Lebensrufe
Bereit zum Abschied sein und Neubeginne,
Um sich in Tapferkeit und ohne Trauern
In andre, neue Bindungen zu geben.
Und jedem Anfang wohnt ein Zauber inne,
Der uns beschützt und der uns hilft, zu leben.

Wir sollen heiter Raum um Raum durchschreiten,
An keinem wie an einer Heimat hängen,
Der Weltgeist will nicht fesseln uns und engen,
Es will uns Stuf' um Stufe heben, weiten.
Kaum sind wir heimisch einem Lebenskreise
Und traulich eingewohnt, so droht Erschlaffen;
Nur wer bereit zu Aufbruch ist und Reise,
Mag lähmender Gewöhnung sich entraffen.

Es wird vielleicht auch noch die Todesstunde
Uns neuen Räumen jung entgegensenden,
Des Lebens Ruf an uns wird niemals enden …
Wohlan denn, Herz, nimm Abschied und gesunde.

Hermann Hesse (1877–1962)

CANNSTATT

BOTNANG

GAISBURG

Die Kindheit

Die Schritte

HEUMADEN

Klein ist, mein Kind, dein erster Schritt,
Klein wird dein letzter sein.
Den ersten gehn Vater und Mutter mit,
Den letzten gehst du allein.

Sei's um ein Jahr, dann gehst du, Kind,
Viel Schritte unbewacht,
Wer weiß, was das dann für Schritte sind
Im Licht und in der Nacht?

Geh kühnen Schritt, tu tapfren Tritt,
Groß ist die Welt und dein.
Wir werden, mein Kind, nach dem letzten Schritt
Wieder beisammen sein.

Albrecht Goes (1908–2000)

Motteto, als der erste Zahn durch war

Viktoria! Viktoria!
Der kleine weiße Zahn ist da.
Du, Mutter! komm, und groß und klein
Im Hause! kommt und guckt hinein
Und seht den hellen, weißen Schein.

Der Zahn soll Alexander heißen!
Du liebes Kind! Gott halt ihn dir gesund
Und geb dir Zähne mehr in deinen kleinen Mund
Und immer was dafür zu beißen!

Matthias Claudius (1740–1815)

Väterliche Ermahnung

An Fanny
Nebst einem Groschen

KALTENTAL

Sparsamkeit ist eine Tugend
Während Geiz ein Laster ist.
Ach, daß unsre heutge Jugend
Dieses gar zu leicht vergißt!
Liebes Kind, ich bitt dich drum,
Eh du einen Kreuzer ausgibst,
Dreh ihn zweimal – einen Groschen
Sechsmal in der Hand herum!

Solches räth dir dein Berather,
Freund und stets
Ge 3 er Vater*

*der leider dieser goldenen Regel
selbst sein Leben lang nicht nachgekommen ist.

Mögest du mit achtzig Jahren,
Liebe Fanny, wie anitzt,
Noch das große Glück erfahren,
Wenn man gute Zähn besitzt!
Denn du wirst doch ohne Frage,
Als ein braves, fleißges Kind
Von passabel schönen Gaben,
Immer was zu beißen haben,
Wenn es auch nicht alle Tage
Just gebrannte Mandeln sind.

WEILIMDORF

Eduard Mörike (1804–1875)

Mutterns Hände

Hast uns Stulln jeschnitten
un Kaffe jekocht
un de Töppe rübajeschohm –
un jewischt und jenäht
un jemacht und jedreht …
alles mit deine Hände.

Hast de Milch zujedeckt,
uns Bobongs zujesteckt
un Zeitungen ausjetragen
hast die Hemden jezählt
und Kartoffeln jeschält …
alles mit deine Hände.

Hast uns manches Mal
bei jroßen Schkandal
auch'n Katzenkopp jejeben.
Hast uns hochjebracht.
Wir wahn Sticker acht,
sechse sind noch am Leben …
alles mit deine Hände.

Heiß warn se un kalt.
Nu sind se alt.
Nu bist du bald am Ende.
Da stehn wa nu hier,
und denn komm wir bei dir
und streicheln deine Hände.

MARKGRÖNINGEN

MICHELFELD

MURRHARDT

Kurt Tucholsky (1890–1935)

Erstkläßler! Tentefäßler!

Für Roman Alexander Knorr zum ersten Schultag 1985

Glück isch, wenn mr so en Freund hat wie Di, dr beste Freund von dr Welt. Ond des isch no gar net so lang her, da bisch wie a Hutzele em Pfätschekisse glege, ond zwoi Däg hend die Dokter en Dibenge braucht ghet, bis daglege bisch, ond älles hat sich gfreut, daß Du ond Dei Muetter überhaupt drvokomme send.

Ond bisch en a Welt neigsetzt worde, wo so viel Hurgler vorne dra hocket ond Sempel 's Sage hend ond wo jeden Augeblick en d'Luft gange ka.

Ond wo mr d'Kender so arg mag, daß se Euch Würmle sogar scho d'Muttermilch vergiftet hend.

Bisch aber oineweg a ganz arg netts Bürschle worde, a richtigs Lausbüeble wie dr Michel von Lönneberga, ond hasch mit Deine sechs Jahr scho weiter Leut a Freud gmacht wie so a Dutzed Stuegerter Gmeinderät em ganze Lebe.

Hasch's ja au ganz gschickt troffe, en Dokter als Vatter ond Dei Muetter au Doktere ond oineweg de ganze Dag für Di da.
Ond a liebs Brüederle hasch, ond en Freund wie mi, wo en echte Säbel hat ond a echte Hellebarde.

Ond mit dreiahalb hasch den ganze Max ond Moritz hersage könne. Ond bisch en dr Provence no em Marc Chagall über de Weg gloffe. Ond a Xichtle wie vom Rembrandt.

Ond bevor Du richtig woisch, ob Du amol „Seeräuberkapitän" oder net doch lieber „Kriminalverkehrspolizeihauptmann" werde willsch, holet se Di en d'Schuel ond pfeift dr Wend jetz aus'me andre Häfele.

Ond obwohl se Deine Kamerade ond Dir a Zuckerguck en Arm neidrucket, isch des Honigschlecke für a ewigs Weile vorbei.

Dreizehn Jahr (hoffentlich kois weniger ond kois weiter, wie bei mir) werdet se jetz uff Di neischwätze, die Dame ond Herre Lehrers, ond Du wirsch manchesmol denke, zu was au so en Lohkäs, mir stenkt's.

Aber die moinet's ja bloß guet mit Dr, ond merk Dr halt soviel wie möglich drvo, denn älles könnet se Dr amol wegnemme aber net, was en Deim Kopf dren isch.

Aber werd mr bitte ja koi Streberle, denn guete Freund send wichtiger wie guete Note, ond au koi so a stromlinieförmigs Ma(nager)le, wie se heutzudag en Mode send, mit so Elleboge ond Hornhaut uff dr Seel – als leibhaftigs Vetterle vom Schiller ond Sprößleng vom Graf Eberhard em Bart hasch Du des überhaupt net needich.

Mach's guet, bester Freund von dr Welt, bleib xond ond so a netter Kerle wie jetz, daß dr liebe Gott ond d'Leut Deiner Lebdag a Freud an Dir hend.

Ond wenn's amol net ganz so lauft, denk dra: Die dömmste Kerle von meiner Klass fahret heut de dickste Kärre.

*Gerhard Raff (*1946)*

Ein Männlein steht im Walde

Ein Männlein steht im Walde ganz still und stumm,
Es hat vor lauter Purpur ein Mäntlein um.
Sag, wer mag das Männlein sein, das da steht im Wald allein
Mit dem purpurroten Mäntelein?

Das Männlein steht im Walde auf einem Bein,
Und hat auf seinem Haupte schwarz Käpplein klein.
Sag, wer mag das Männlein sein, das da steht im Wald allein
Mit dem kleinen schwarzen Käppelein?

August Heinrich Hoffmann von Fallersleben (1798–1874)

Abendgebet

Abends, wenn ich schlafen geh,
Vierzehn Engel bei mir stehn,
Zwei zu meiner Rechten,
Zwei zu meiner Linken,
Zwei zu meinen Häupten,
Zwei zu meinen Füßen,
Zweie, die mich decken,
Zweie, die mich wecken,
Zweie, die mich weisen
In das himmlische Paradeisen.

MUTLANGEN

Engele komm, mach mi fromm,
Daß i zu dir ens Hemmele komm.
Abba, lieber Vater. Amen.

Müde bin ich

Müde bin ich, geh zur Ruh schließe beide Äuglein zu.
Vater, laß die Augen dein über meinem Bette sein!

Hab ich Unrecht heut getan, sieh es, lieber Gott, nicht an!
Deine Gnad und Jesu Blut macht ja allen Schaden gut.

Alle, die mir sind verwandt, Gott, laß ruhn in deiner Hand
Alle Menschen, groß und klein, sollen dir befohlen sein.

Kranken Herzen sende Ruh, nasse Augen schließe zu.
Laß den Mond am Himmel stehn und die stille Welt besehn.

Luise Hensel (1798–1876)

MICHELBACH/
BILZ

Guten Abend, gut Nacht

Guten Abend, gut Nacht, mit Rosen bedacht,
Mit Näglein besteckt, schlupf unter die Deck.
Morgen früh, wenn Gott will,
Wirst du wieder geweckt.

Guten Abend, gut Nacht, von Englein bewacht,
Die zeigen im Traum dir Christkindleins Baum.
Schlaf nun selig und süß,
Schau im Traum 's Paradies.

Schlaf, Kindlein, schlaf!

Schlaf, Kindlein, schlaf!
Der Vater hüt die Schaf,
Die Mutter schüttelt das Bäumelein,
Da fällt herab ein Träumelein.
Schlaf, Kindlein, schlaf!

Schlaf, Kindlein, schlaf!
Am Himmel ziehn die Schaf;
Die Sternlein sind die Lämmerlein,
Der Mond, der ist das Schäferlein.
Schlaf, Kindlein, schlaf!

Schlaf, Kindlein, schlaf!
So schenk ich dir ein Schaf
Mit einer goldnen Schelle fein,
Das soll dein Spielgeselle sein.
Schlaf, Kindlein, schlaf!

NECKARSULM

NECKARTAILFINGEN

NECKARWESTHEIM

Knecht Ruprecht

Von drauß vom Walde komm ich her;
Ich muß euch sagen, es weihnachtet sehr!
Allüberall auf den Tannenspitzen
Sah ich goldene Lichtlein sitzen;
Und droben aus dem Himmelstor
Sah mit großen Augen das Christkind hervor,
Und wie ich so strolcht durch den finstern Tann,
Da rief's mich mit heller Stimme an:
„Knecht Ruprecht", rief es, „alter Gesell,
Hebe die Beine und spute dich schnell!
Die Kerzen fangen zu brennen an,
Das Himmelstor ist aufgetan,
Alt' und Junge sollen nun
Von der Jagd des Lebens einmal ruhn;
Und morgen flieg ich hinab zur Erden,
Denn es soll wieder Weihnachten werden!"

Ich sprach: „O lieber Herre Christ,
Meine Reise fast zu Ende ist;
Ich soll nur noch in diese Stadt,
Wo's eitel gute Kinder hat."
„Hast denn das Säcklein auch bei dir?"
Ich sprach: „Das Säcklein, das ist hier;
Denn Äpfel, Nuß und Mandelkern
Essen fromme Kinder gern."
„Hast denn die Rute auch bei dir?"
Ich sprach: „Die Rute, die ist hier;
Doch für die Kinder nur, die schlechten,
Die trifft sie auf den Teil, den rechten."
Christkindlein sprach: „So ist es recht!
So geh mit Gott, mein treuer Knecht!"

Von drauß vom Walde komm ich her;
Ich muß euch sagen, es weihnachtet sehr!
Nun sprecht, wie ich's hierinnen find:
Sind's gute Kind, sind's böse Kind?

Theodor Storm (1817–1888)

WALDENBURG

WALDSTETTEN

Zum Geburtstag der Frau Kirchenrätin Griesbach

Mach auf, Frau Griesbach! Ich bin da und klopf an deine Türe.
Mich schickt Papa und die Mama, daß ich dir gratuliere.

Ich bringe nichts als ein Gedicht zu deines Tages Feier;
Denn alles, wie die Mutter spricht, ist so entsetzlich teuer.

Sag selbst, was ich dir wünschen soll, ich weiß nichts zu erdenken.
Du hast ja Küch und Keller voll, nichts fehlt in deinen Schränken.

Es wachsen fast dir auf den Tisch der Spargel und die Schoten;
Die Stachelbeeren blühen frisch und so die Reineclauden.

Bei Stachelbeeren fällt mir ein, die schmecken gar zu süße;
Und wenn sie werden zeitig sein, so sorge, daß ichs wisse.

Viel fette Schweine mästest du und gibst den Hühnern Futter.
Die Kuh im Stalle ruft muh, muh und gibt dir Milch und Butter.

Es haben alle dich so gern, die Alten und die Jungen,
Und deinem lieben, braven Herrn, ist alles wohl gelungen.

Du bist wohlauf. Gott Lob und Dank!
Mußts auch fein immer bleiben.
Und höre, werde ja nicht krank, daß sie dir nichts verschreiben.

Nun lebe wohl! Ich sag ade. Gelt, ich war heut bescheiden!
Doch könntest du mir, eh ich geh, ne Butterbemme schneiden.

Friedrich Schiller (1759–1805)
im Namen seines
Söhnchens Karl (1793–1857)

MARBACH/
NECKAR

Liebesglück und Liebesleid

Du bist min, ich bin din
des solt du gewis sin.
Du bist beslozzen
In minem herzen;
Verlorn ist daz slüzzelin
du muost immer drinne sin.

NEIDLINGEN

Das verlassene Mägdelein

Früh, wann die Hähne krähn,
Eh die Sternlein verschwinden,
Muß ich am Herde stehn,
Muß Feuer zünden.

NOTZINGEN

Schön ist der Flammen Schein,
Es springen die Funken;
Ich schaue so drein,
In Leid versunken.

Plötzlich, da kommt es mir,
Treuloser Knabe,
Daß ich die Nacht von dir
Geträumet habe.

NORDHEIM

Träne auf Träne dann
Stürzet hernieder;
So kommt der Tag heran –
O ging er wieder!

Eduard Mörike (1804–1875)

Nimmersatte Liebe

So ist die Lieb! So ist die Lieb!
Mit Küssen nicht zu stillen:

OBERKOCHEN

Wer ist der Tor und will ein Sieb
Mit eitel Wasser füllen?
Und schöpfst du an die tausend Jahr
Und küssest ewig, ewig gar,
Du tust ihr nie zu Willen.

Die Lieb, die Lieb hat alle Stund
Neu wunderlich Gelüsten;
Wir bissen uns die Lippen wund,
Da wir uns heute küßten.
Das Mädchen hielt in guter Ruh,
Wie's Lämmlein unterm Messer;
Ihr Auge bat: „Nur immer zu!
Je weher, desto besser!"

OWEN/
TECK

So ist die Lieb! und war auch so,
Wie lang es Liebe gibt,
Und anders war Herr Salomo,
Der Weise, nicht verliebt.

Eduard Mörike (1804–1875)

Der Brief, den du geschrieben,
Er macht mich gar nicht bang;
Du willst mich nicht mehr lieben,
Aber dein Brief ist lang.

OTTENBACH

Zwölf Seiten, eng und zierlich!
Ein kleines Manuskript!
Man schreibt nicht so ausführlich,
Wenn man den Abschied gibt.

Heinrich Heine (1797–1856)

Glückes genug

NUFRINGEN

Wenn sanft du mir im Arme schliefst,
Ich deinen Atem hören konnte,
Im Traum du meinen Namen riefst,
Um deinen Mund ein Lächeln sonnte –
Glückes genug.

Und wenn nach heißem, ernstem Tag
Du mir verscheuchtest schwere Sorgen,
Wenn ich an deinem Herzen lag
Und nicht mehr dachte an ein Morgen –
Glückes genug.

Detlev von Liliencron (1844–1909)

Das zerbrochene Ringlein

In einem kühlen Grunde, da geht ein Mühlenrad,
Mein Liebste ist verschwunden, die dort gewohnet hat.

Sie hat mir Treu versprochen, gab mir ein Ring dabei,
Sie hat die Treu gebrochen, mein Ringlein sprang entzwei.

Ich möcht als Spielmann reisen weit in die Welt hinaus
Und singen meine Weisen und gehn von Haus zu Haus.

Ich möcht als Reiter fliegen wohl in die blutge Schlacht,
Um stille Feuer liegen im Feld bei dunkler Nacht.

Hör ich das Mühlrad gehen: ich weiß nicht, was ich will –
Ich möcht am liebsten sterben, da wär's auf einmal still!

Joseph Freiherr von Eichendorff (1788–1857)

Heimliche Liebe

Kein Feuer, keine Kohle kann brennen so heiß
Als heimliche Liebe, von der niemand nichts weiß.

Keine Rose, keine Nelke kann blühen so schön,
Als wenn zwei verliebte Seelen beieinander tun stehn.

Setze du einen Spiegel ins Herz mir hinein,
Damit du kannst sehen, wie so treu ich es mein!

Das Lieben bringt groß Freud

Das Lieben bringt groß Freud, des wissen alle Leut.
Weiß mir ein schönes Schätzelein mit zwei schwarzbraunen Äugelein,
Das mir, das mir, das mir mein Herz erfeut.

Ein Brieflein schrieb sie mir, ich soll treu bleiben ihr.
Drauf schickt ich ihr ein Sträußelein, schön Rosmarin, brauns Nägelein,
Sie sollt, sie sollt, sie sollt mein eigen sein!

Mein eigen soll sie sein, keinem andern mehr als mein.
So leben wir in Freud und Leid,
bis uns Gott der Herr auseinander scheidt.
Ade, ade, ade, mein Schatz, ade!

Dat du min Levsten büst

Dat du min Levsten büst, dat du woll weest.
Kumm bi de Nacht, kumm bi de Nacht, seeg wo du heest!

Kumm du um Mitternacht, kumm du Glock een!
Vader slöpt, Moder slöpt, ich slaap alleen.

Klopp an de Kammerdör, fat an de Klink!
Vader meent, Moder meent, dat deit de Wind.

Klaus Groth (1819–1899)

Wenn alle Brünnlein fließen

Wenn alle Brünnlein fließen, so muß man trinken.
Wenn ich mein Schatz nicht rufen darf, tu ich ihm winken.

Ja winken mit den Äugelein und treten auf den Fuß,
S'ist eine in der Stube drin, die meine werden muß.

Warum soll sie's nicht werden? Ich hab sie ja so gern.
Sie hat zwei braune Äugelein, die leuchten wie die Stern.

Sie hat zwei rote Wängelein, sind röter als der Wein.
Ein solches Mädchen findt man nicht, wohl unterm Sonnenschein.

Juchhei, dich muß ich haben!

Ich ging einmal spazieren, spazieren mit einem schönen Mädchen
La la la la la la la la, mit einem schönen Mädchen.

Sie ging mit mir in Garten, in Garten, da pflückt sie mir Muskaten,
La la la la la la la la, da pflückt sie mir Muskaten.

Sie sagt, sie wär aus Sachsen, aus Sachsen, wo schöne Mädchen wachsen,
La la la la la la la la, wo schöne Mädchen wachsen.

Sie sagt, sie wär aus Hessen, aus Hessen, ich sollt sie nicht vergessen.
La la la la la la la la, ich sollt sie nicht vergessen.

Sie sagt, sie wär aus Franken, aus Franken, ich tät mich schön bedanken,
La la la la la la la la, ich tät mich schön bedanken.

Sie sagt, sie wär aus Schwaben, aus Schwaben, juchhei, die muß ich haben,
La la la la la la la la, juchhei, die muß ich haben! Juchhei!

Jetz gang i ans Brünnele

Jetz gang i ans Brünnele, trink aber net.
Da such i mein herztausige Schatz, find ihn aber net.

Da laß i mei Äugelein um und um gehn.
Da siehn i mein herztausige Schatz bei'nem andre stehn.

Und bei'nem andre stehe sehn, ach, das tut weh.
Jetz bhüet di Gott, herztausiger Schatz, di besieh i nimmermeh.

Jetz kauf i mir Tinten und Feder und Papier.
Und schreib meim herztausige Schatz einen Abschiedsbrief.

Jetz leg i mi nieder aufs Heu und aufs Stroh.
Da fallet drei Röselein mir in mein Schoß.

Und diese drei Röselein sind blutig rot.
Jetz weiß i net, lebt mein Schatz, oder ist er tot?

Lieblingslied König Wilhelms II. von Württemberg (1848–1921)

Das Mädchen und der Dichter

Ds Mädle hot zuom Dichter gsait:
ds Dichta muoß schöe sei.
Machet Se amaol a Gedicht auf mi!

Dr Dichter lacht, guckt se a, dichtet ......
legt d Feadr na, kußt se ond sait:

A schöeners Gedicht auf di als n Kuß geits nemme.

Ds Mädle lacht, kußt drgega ond sait:
Nao ka e ao dichta.

Fritz Butz (1879–1951)

Ännchen von Tharau

Ännchen von Tharau ist's, die mir gefällt.
Sie ist mein Leben, mein Gut und mein Geld.
Ännchen von Tharau hat wieder ihr Herz
Auf mich gerichtet in Lieb und in Schmerz.
Ännchen von Tharau, mein Reichtum, mein Gut,
Du meine Seele, mein Fleisch und mein Blut.

Käm alles Wetter gleich auf uns zu schlahn,
Wir sind gesinnt, beieinander zu stahn.
Krankheit, Verfolgung, Betrübnis und Pein
Soll unsrer Liebe Verknotigung sein.
Ännchen von Tharau, mein Reichtum, mein Gut,
Du meine Seele, mein Fleisch und mein Blut.

Recht als ein Palmenbaum über sich steigt,
Je mehr ihn Hagel und Regen angreift,
So werd die Lieb in uns mächtig und groß,
Durch Kreuz, durch Leiden, durch mancherlei Not.
Ännchen von Tharau, mein Reichtum, mein Gut,
Du meine Seele, mein Fleisch und mein Blut.

Würdest du gleich einmal von mir getrennt,
Lebtest da, wo man die Sonne kaum kennt,
Ich will dir folgen durch Wälder, durch Meer,
Eisen und Kerker und feindliches Heer.
Ännchen von Tharau, mein Licht, meine Sonn,
mein Leben schließt sich um deines herum.

Simon Dach (1605–1659)
Übertragen aus dem Plattdeutschen von
Johann Gottfried von Herder (1744–1803)

GOMARINGEN

Willst du dein Herz mir schenken

Willst du dein Herz mir schenken, so fang es heimlich an,
Daß unser beider Denken niemand erraten kann.
Die Liebe muß bei beiden allzeit verschwiegen sein.
Drum schließ die größten Freuden in deinem Herzen ein.

Begehre keine Blicke von meiner Liebe nicht.
Der Neid hat viele Tücke auf unsern Bund gericht.
Du mußt die Brust verschließen, halt deine Neigung ein.
Die Lust, die wir genießen, muß ein Geheimnis sein.

Es waren zwei Königskinder

Es waren zwei Königskinder, die hatten einander so lieb,
Sie konnten zusammen nicht kommen, das Wasser war viel zu tief.

„Ach, Liebster, kannst du nicht schwimmen,
So schwimm doch herüber zu mir,
Drei Kerzen will ich dir anzünden, und die sollen leuchten dir."

Das hört eine falsche Nonne, die tat, als ob sie schlief,
Sie täte die Lichtlein auslöschen, der Jüngling ertrank so tief.

Ein Fischer wohl fischte lange, bis er den Toten fand:
„Sieh da, du liebliche Jungfrau, hast hier deinen Königssohn."

Sie nahm ihn in die Arme und küßt ihm den bleichen Mund,
Es mußte das Herze ihr brechen, sank in den Tod zur Stund.

ÖHRINGEN

VAIHINGEN/
ENZ

OPPENWEILER

Jenseits des Tales

Jenseits des Tales standen ihre Zelte,
Zum hohen Abendhimmel quoll der Rauch.
Das war ein Singen in dem ganzen Heere
Und ihre Reiterbuben sangen auch.

Sie putzten klirrend am Geschirr der Pferde,
Her tänzelte die Marketenderin,
Und unterm Singen sprach der Knaben einer:
Mädchen, du weißt's, wo ging der König hin?

Diesseits des Tales stand der junge König
Und griff die feuchte Erde aus dem Grund,
Sie kühlte nicht die Glut der warmen Stirne,
Sie machte nicht sein krankes Herz gesund.

Ihn heilten nur zwei jugendfrische Wangen
Und nur ein Mund, den er sich selbst verbot,
Noch fester schloß der König seine Lippen
Und sah hinüber in das Abendrot.

Jenseits des Tales standen ihre Zelte,
Vorm roten Abendhimmel quoll der Rauch,
Und war ein Lachen in dem ganzen Heere,
Und jener Reiterbube lachte auch.

Börries Freiherr von Münchhausen (1874–1945)

SCHÖNTAL

OBERRIEXINGEN

NEUHAUSEN/
FILDER

Hab oft im Kreise der Lieben

Hab oft im Kreise der Lieben im duftigen Grase geruht,
Und mir ein Liedlein gesungen, und alles war wieder gut.

Hab einsam auch mich gehärmet in bangem, düsterem Mut,
Und habe wieder gesungen, und alles, alles war wieder gut.

Und manches, was ich erfahren, verkocht ich in stiller Wut,
Und kam ich wieder zu singen, war alles, alles auch wieder gut.

Sollst uns nicht lange klagen, was alles dir wehe tut!
Nur frisch, nur frisch gesungen, und alles, alles wird wieder gut.

Adelbert von Chamisso (1781–1838)

Ei, du Mädchen vom Lande

Ei, du Mädchen vom Lande, wie bist du so schön!
So hab ich im Städtchen noch keine gesehn.
Drum so gehn wir aufs Lande, um lustig zu sein,
Viel schöner seins die Mädchen, viel besser der Wein.

Der Wein auf dem Lande hat Geist und hat Kraft,
Im Städtchen da ist er mit Wasser angmacht.
Drum …

Verliebt sich ein Mädchen, der Teufel ist los,
Da hilft keine Türe, kein Riegel, kein Schloß.
Drum …

Verschließt man die Türe, verschließt man das Haus,
So schleicht sich die Liebe zum Schlüsselloch naus.
Drum …

S ist alles dunkel

PLEIDELSHEIM

S ist alles dunkel,'s ist alles trübe,
Dieweil mein Schatz ein andern liebt.
Ich hab geglaubt, sie liebt nur mich,
Ich hab geglaubt, sie liebt nur mich,
Aber nein, aber nein, sie hasset mich.

Was nützet mir ein schöner Garten,
Wenn andre drin spazierengehn
Und brechen all die Blümlein ab,
Daran ich meine, so ganz alleine,
Daran ich meine Freude hab.

PFEDELBACH

Was nützet mir ein schönes Mädchen,
Wenn andere mit spazierengehn
Und küssen ihr die Schönheit ab,
Daran ich meine, so ganz alleine,
Daran ich meine Freude hab.

Bald kommen nun die schwarzen Brüder
Und tragen mich zum Tor hinaus
Und legen mich ins kühle Grab,
Darin ich meine, so ganz alleine,
Darin ich meine Ruhe hab.

Durchs Wiesetal gang i jetz na

Durchs Wiesetal gang i jetz na, brech lauter Batenke durna.
Batenke muß i breche, schöns Sträußele draus mache,
Aus lauter Batenke ond Klee, i han ja koi Schätzele meh!

Ond wenn i's verlore doch hab, worom liegt's denn net en seim Grab?
Tät zom Grab ja mit Klage a Sträußele na trage,
Aus lauter Batenke ond Klee, i han ja koi Schätzele meh!

Ach 's lebt ond isch mir net treu, ond i woiß jetz isch älles vorbei.
Ond die Rose ond die Nelke müeßet traurig äll verwelke.
Verwelke Batenke ond Klee, i han ja koi Schätzele meh!

Verborgenheit

PLÜDERHAUSEN

Laß, o Welt, o laß mich sein!
Locket nicht mit Liebesgaben!
Laßt dies Herz alleine haben
Seine Wonne, seine Pein!

Was ich traure, weiß ich nicht:
Es ist unbekanntes Wehe;
Immerdar durch Tränen sehe
Ich der Sonne liebes Licht.

RECHBERGHAUSEN

Oft bin ich mir kaum bewußt,
Und die helle Freude zücket
Durch die Schwere, die mich drücket,
Wonniglich in meiner Brust.

Laß, o Welt, o laß mich sein!
Locket nicht mit Liebesgaben,
Laßt dies Herz alleine haben
Seine Wonne, seine Pein!

Eduard Mörike (1804–1875)

Mei Mutter mag mi net

Mei Mutter mag mi net. Ond koin Schatz han i net,
Ei warom stirb i net, was tu i da?

Gestern isch Kirchwei gwä, mi hat mr gwieß net gseh,
Denn mir isch gar so weh, i tanz ja net.

Laßt die drei Rösle stehn, die an dem Kreuzle blühn,
Hend ihr des Mädle kennt, des dronter liegt?

Allein

Es führen über die Erde
Straßen und Wege viel,
Aber alle haben
Dasselbe Ziel.

Du kannst reiten und fahren
Zu zweien zu drei'n,
Den letzten Schritt mußt du
Gehen allein.

RENNINGEN

Drum ist kein Wissen
Noch Können so gut,
Als daß man alles Schwere
Alleine tut.

Hermann Hesse (1877–1962)

Menschenbeifall

Ist nicht heilig mein Herz, schöneren Lebens voll,
seit ich liebe? warum achtetet ihr mich mehr,
da ich stolzer und wilder,
wortereicher und leerer war?

Ach! der Menge gefällt, was auf den Marktplatz taugt,
und es ehret der Knecht nur den Gewaltsamen;
an das Göttliche glauben
die allein, die es selber sind.

Friedrich Hölderlin (1770–1843)

Rosen

Sah ein Knab ein Röslein stehn

Sah ein Knab ein Röslein stehn,
Röslein auf der Heiden.
War so jung und morgenschön;
Lief er schnell, es nah zu sehn,
Sah's mit vielen Freuden.
Röslein, Röslein, Röslein rot,
Röslein auf der Heiden.

PLIENINGEN

Knabe sprach: „Ich breche dich,
Röslein auf der Heiden!"
Röslein sprach: „Ich steche dich,
Daß du ewig denkst an mich,
Und ich will's nicht leiden."
Röslein, Röslein, Röslein rot,
Röslein auf der Heiden.

EBERDINGEN

Und der wilde Knabe brach
S Röslein auf der Heiden;
Röslein wehrte sich und stach,
Half ihm doch kein Weh und Ach,
Mußt es eben leiden.
Röslein, Röslein, Röslein rot,
Röslein auf der Heiden.

Johann Wolfgang von Goethe (1749–1832)

An eine Rose

ROSENFELD

Ewig trägt im Mutterschoße,
Süße Königin der Flur!
Dich und mich die stille, große,
Allbelebende Natur;
Röschen! unser Schmuck veraltet,
Stürm entblättern dich und mich,
Doch der ewge Keim entfaltet
Bald zu neuer Blüte sich.

Friedrich Hölderlin (1770–1843)

Würde der Frauen

Ehret die Frauen! Sie flechten und weben
Himmlische Rosen ins irdische Leben,
Flechten der Liebe beglückendes Band,
Und in der Grazie züchtigem Schleier
Nähren sie wachsam das ewige Feuer
Schöner Gefühle mit heiliger Hand ...

Friedrich Schiller (1759–1805)

An die Entfernte

Diese Rose pflück ich hier, in der fremden Ferne;
Liebes Mädchen, dir, ach dir brächt' ich sie so gerne!

Doch bis ich zu dir mag ziehn viele weite Meilen,
Ist die Rose längst dahin, denn die Rosen eilen.

Nie soll weiter sich ins Land Lieb von Liebe wagen,
Als sich blühend in der Hand läßt die Rose tragen;

Oder als die Nachtigall Halme bringt zum Neste,
Oder als ihr süßer Schall wandert mit dem Weste.

Nikolaus Lenau (1802–1850)

Schwabens Mägdelein

So lieb wie Schwabens Mägdelein gibt's keine weit und breit,
Die Engel in dem Himmel freun sich ihrer Herzlichkeit.

Mir war noch immer wohl zu Sinn, so lang ich bei ihr war,
Bei meiner Herzenskönigin im blonden Lockenhaar.

Sie blickt des lieben Herrgotts Welt so traut, so freundlich an
Und geht gerad und unverstellt den Lebensweg hinan.

Die Blumen wachsen sichtbarlich, wenn sie das Land begießt,
Es beuget Birk und Erle sich, wenn sie den Hain begrüßt.

Entgegen hüpft ihr jedes Kind und schmiegt sich traulich an,
Die Mütter in dem Dorfe sind ihr sonders zugetan.

Es freun sich alle, fern und nah, die meine Holdin sehn,
Du lieber Gott! wie sollt ich da die süße Minne schmähn.

Nicht minder lob ich alle mir die Schwabenmägdelein
Und tracht im Herzen für und für mich ihrer Gunst zu freun.

Und zieh ich einst um Ruhmsgewinn in Helm und Harnisch aus –
Kommt ihr, ihr Lieben, mir in Sinn, stracks kehrt der Held nach Haus.

Und trauft mir einst von Honigseim das Land Arabia,
So ruft: Herr Schwabe, komm er heim! Flugs bin ich wieder da.

Wes Herz die Holdin nicht verehrt, der höre meinen Hohn,
Er ist des Vaterlands nicht wert, er ist kein Schwabensohn.

Er schmähe mir die Minne nicht, die Minne treu und rein;
Es spricht der Tor: Die Rose sticht, laß Rose Rose sein.

Friedrich Hölderlin (1770–1843)

SACHSENHEIM

Unter Rosen

Mitten im Garten ist ein schönes Paradies.
Ist so schön anzusehn, daß ich möcht drinnen gehn.

Als ich im Gärtlein war, nahm ich der Blümlein wahr,
Brach mir ein Röselein, das sollt mein eigen sein.

Das Röslein glänzt so fein wie Gold und Edelstein,
War so fein übergüldt, daß es mein Herz erfüllt.

Ich nahm das Röslein fein, schloß es ins Kämmerlein,
Stellt es an einen Ort, da es ja nicht verdorrt.

Komm ich ins Kämmerlein find ich mein Röselein.
Als ich herummer sah, sitzt ein schön Jungfrau da.

Sprach: Ach, erschrick nur nicht, denn ich bin dir verpflicht!
Denn ich bin dir vertraut, denn ich bin deine Braut!

Des Knaben Wunderhorn

Im Walde

Als ich im Wald mich erging,
Rosengeschling
Sich mir an die Kleider hing.
O schlängest auch du
Zu meiner Seele Ruh
Um mich die Arme fester,
Du Rosenschwester!

Christian Wagner (1835–1918)

SALACH

Die Rose

Beim Tode eines jungen Mädchens

Im Garten sah ich frisch und schön
Die aufgeblühte Rose stehn;
Und wer sie sah und wer sie fand,
Gleich mir entzücket vor ihr stand.

Der Gärtner kam in raschem Gang;
Da ward mir für die Rose bang.
Ich stand und sah, wie plötzlich – ach!
Des Gärtners Hand die Rose brach.

„Du harter Mann, was machest du?"
Rief ich dem Gärtner zürnend zu;
„Die Rose, die so herrlich stand,
Bricht ohn Erbarmen deine Hand!"

„Der Sturm könnt sie entblättern hier",
Sprach drauf der Gärtner mild zu mir.
„Für sie, die hier gefährdet stand,
Weiß ich ein sichres, beßres Land.

In jenes Land versetz ich sie;
Denn dort erreicht der Sturm sie nie.
Wirst du sie einst dort wiedersehn,
So blüht sie hundertmal so schön!"

Johann Peter Hebel (1760–1826)

SCHWÄBISCH GMÜND

SCHWAIKHEIM

SERSHEIM

Rosen

Das ist im Leben häßlich eingerichtet,
daß bei den Rosen gleich die Dornen stehn,
Und was das arme Herz auch sehnt und dichtet,
zum Schlusse kommt das Voneinandergehn.
In deinen Augen hab ich einst gelesen,
es blitzte drin von Lieb und Glück ein Schein:
Behüt dich Gott, es wär zu schön gewesen,
behüt dich Gott, es hat nicht sollen sein!

Joseph Victor von Scheffel (1826–1886)

O du schöner Rosengarten

O du schöner Rosengarten, o du schöner Lorienstrauß,
Bist mir stets in meinem Herzen, kommst mir nimmermehr heraus.

Vater und Mutter wollen's nit leiden,
Gelt mein Schatz, das weißt du wohl;
Sag mir die gewisse Stunde, wo ich zu dir kommen soll.

O du schöner Rosengarten. O du schöner Himmelsthron!
Ei, wie lang muß ich noch warten? Hätt ich dich nur wirklich schon.

Inschrift

auf dem Grabstein
von Rainer Maria Rilke (1875–1926)
in Raron im oberen Rhonetal

Rose, oh reiner Widerspruch!
Lust, niemandes Schlaf zu sein
Unter soviel Lidern.

SCHWAIGERN

Trennung und Abschied

Reisesegen

Der Herr sei vor dir, um dir den rechten Weg zu zeigen.
Der Herr sei neben dir, um dich in die Arme zu schließen
Und dich zu schützen.
Der Herr sei hinter dir,
Um dich zu bewahren vor der Heimtücke böser Menschen.
Der Herr sei unter dir,
Um dich aufzufangen, wenn du fällst,
Und dich aus der Schlinge zu ziehen.
Der Herr sei in dir, um dich zu trösten, wenn du traurig bist.
Der Herr sei um dich herum,
Um dich zu verteidigen, wenn andere über dich herfallen.
Der Herr sei über dir, um dich zu segnen.
So segne dich der gütige Gott.

Nehmt Abschied, Brüder

Nehmt Abschied, Brüder, ungewiß ist alle Wiederkehr,
die Zukunft liegt in Finsternis und macht das Herz uns schwer.
Der Himmel wölbt sich übers Land. Ade, auf Wiedersehn.
Wir ruhen all in Gottes Hand. Lebt wohl, auf Wiedersehn!

Die Sonne sinkt, es steigt die Nacht, vergangen ist der Tag.
Die Welt schläft ein und leis erwacht der Nachtigallen Schlag.
Der Himmel …

So ist in jedem Anbeginn das Ende nicht mehr weit,
Wir kommen her und gehen hin, und mit uns geht die Zeit …

Nehmt Abschied, Brüder, schließt den Kreis! Das Leben ist ein Spiel;
Und wer es recht zu spielen weiß, gelangt ans große Ziel …

Morgen muß ich fort von hier

Morgen muß ich fort von hier und muß Abschied nehmen.
O du allerschönste Zier, scheiden, das bringt Grämen!
Da ich dich so treu geliebt über alle Maßen,
Soll ich dich verlassen!

Wenn zwei gute Freunde sind, die einander kennen,
Sonn und Mond bewegen sich, ehe sie sich trennen.
Noch viel größer ist der Schmerz, wenn ein treu verliebtes Herz
In die Fremde ziehet.

Küsset dir ein Lüftelein Wangen oder Hände,
Denke, daß es Seufzer sei'n, die ich zu dir sende.
Tausend schick ich täglich aus, die da wehen um dein Haus,
Weil ich dein gedenke.

Die Auswanderer

Ich kann den Blick nicht von euch wenden;
Ich muß euch anschaun immerdar:
Wie reicht ihr mit geschäft'gen Händen
Dem Schiffer eure Habe dar!

Ihr Männer, die ihr von dem Nacken
Die Körbe langt, mit Brot beschwert,
Das ihr aus deutschem Korn gebacken,
Geröstet habt auf deutschem Herd;

Und ihr, im Schmuck der langen Zöpfe,
Ihr Schwarzwaldmädchen, braun und schlank,
Wie sorgsam stellt ihr Krüg und Töpfe
Auf der Schaluppe grüne Bank!

Das sind dieselben Töpf und Krüge,
Oft an der Heimat Born gefüllt;
Wenn am Missouri alles schwiege,
Sie malten euch der Heimat Bild:

Des Dorfes steingefaßte Quelle,
Zu der ihr schöpfend euch gebückt,
Des Herdes traute Feuerstelle,
Das Wandgesims, das sie geschmückt.

Bald zieren sie im fernen Westen
Des leichten Bretterhauses Wand;
Bald reicht sie müden, braunen Gästen
Voll frischen Trunkes eure Hand.

Er trinkt daraus der Tscherokese,
Ermattet, von der Jagd bestaubt;
Nicht mehr von deutscher Rebenlese
Tragt ihr sie heim mit Grün belaubt.

O sprecht! warum zogt ihr von dannen?
Das Neckartal hat Wein und Korn;
Der Schwarzwald steht voll finstrer Tannen,
Im Spessart klingt des Älplers Horn.

Wie wird es in den fremden Wäldern
Euch nach der Heimatberge Grün,
Nach Deutschlands gelben Weizenfeldern,
Nach seinen Rebenhügeln ziehn!

Wie wird das Bild der alten Tage
Durch eure Träume glänzend wehn!
Gleich einer stillen, frommen Sage
Wird es euch vor der Seele stehn.

Der Bootsmann winkt! – Zieht hin in Frieden!
Gott schütz euch, Mann und Weib und Greis!
Sei Freude eurer Brust beschieden
Und euren Feldern Reis und Mais!

Ferdinand Freiligrath (1810–1876)

Nun leb wohl, du kleine Gasse

Nun leb wohl, du kleine Gasse, nun ade du stilles Dach!
Vater, Mutter winkten traurig, und die Liebste sah mir nach.

Hier in weiter, weiter Ferne, wie's mich nach der Heimat zieht!
Lustig singen die Gesellen, doch es ist ein falsches Lied.

Andre Städtchen kommen freilich, andre Mädchen zu Gesicht;
Ach, es sind wohl andre Mädchen, doch die eine ist es nicht.

Andre Städtchen, andre Mädchen, ich da mitten drin so stumm;
Andre Mädchen, andre Städtchen, o wie gerne kehrt ich um!

Albert Graf von Schlippenbach (1800–1886)

Ein Sträußchen am Hute

Ein Sträußchen am Hute, den Stab in der Hand,
Muß wandern der Wandrer von Lande zu Land.
Er zieht viele Straßen, er sieht manchen Ort,
Doch fort muß er wieder an ein anderen Ort.

So liebliche Blumen am Wege da stehn,
Muß leider der Wandrer vorübergehn.
Sie blühen so herrlich, sie winken ihm hin,
Doch fort muß er wieder, muß weiter noch ziehn.

Wohl sieht er ein Häuschen am Wege da stehn,
Umkränzet von Blumen und Trauben so schön.
Hier könnt's ihm gefallen, er wünscht es wär sein,
Doch fort muß er wieder, die Welt aus und ein.

Wanderlied

Wohlauf! noch getrunken den funkelnden Wein!
Ade nun, Ihr Lieben! Geschieden muß sein.
Ade nun, ihr Berge, du väterlich Haus!
Es treibt in die Ferne mich mächtig hinaus.

Die Sonne, sie bleibet am Himmel nicht stehn,
Es treibt sie, durch Länder und Meere zu gehn.
Die Woge nicht haftet am einsamen Strand,
Die Stürme, sie brausen mit Macht durch das Land.

Mit eilenden Wolken der Vogel dort zieht
Und singt in der Ferne ein heimatlich Lied.
So treibt es den Burschen durch Wälder und Feld,
Zu gleichen der Mutter, der wandernden Welt.

Da grüßen ihn Vögel bekannt überm Meer,
Sie flogen von Fluren der Heimat hieher;
Da duften die Blumen vertraulich um ihn,
Sie trieben vom Lande die Lüfte dahin.

Die Vögel, die kennen sein väterlich Haus,
Die Blumen einst pflanzt er der Liebe zum Strauß,
Und Liebe, die folgt ihm, sie geht ihm zur Hand.
So wird ihm zur Heimat das ferneste Land.

Justinus Kerner (1786–1862)

Zu Echterdingen schrieb ich es im Wirtshaus für die Langeweile auf, und als ich weiter ging, sang ich es auf der Straße vom Blättchen mit eigener Melodie ab. Da kam ein Handwerksbursche die Straße her, der lief auf mich zu und bat mich sehr höflich, „doch ihm dies Lied zu geben“. Da vergaß ich, daß es noch nicht gefeilt war, und gab es in die Welt hinaus. (1809)

Wenn ich ein Vöglein wär

Wenn ich ein Vöglein wär, und auch zwei Flügel hätt,
Flög ich zu dir.
Weil's aber nicht kann sein, weil's aber nicht kann sein,
Blcib ich allhier.

Wenn ich ein Mädchen seh, geh ich gleich hin zu ihr,
Schau ihr ins G'sicht.
Da ich aber näher tritt, sind's ihre Äuglein nicht
Und nicht ihr G'sicht.

Bin ich entfernt von dir, bin ich im Traum bei dir,
Redest mit mir,
Daß du mir tausendmal, daß du mir tausendmal
Dein Herz geschenkt.

Es ist kein Stund in der Nacht, wo nicht mein Herz erwacht
Und an dich denkt,
Daß du mir tausendmal, daß du mir tausendmal
Dein Herz geschenkt.

An die Liebste

Ach wär ich doch bei Dir!
Und nicht bei diesem Herrn!
Bei ihm, da muß ich schlafen.
Bei Dir, da tät ich's gern!

Seufzer des Tübinger Studenten N.N.
*in der Vorlesung von Herrn Professor Dr. ****

DRACKENSTEIN

Und in dem Schneegebirge

Und in dem Schneegebirge da fließt ein Brünnlein kalt.
Und wer daraus tut trinken, bleibt jung, wird nimmer alt.

Ich hab daraus getrunken gar manchen frischen Trunk.
Ich bin nicht alt geworden, ich bin noch allzeit jung.

„Ade, mein Schatz, ich scheide. Ade, mein Schätzelein!“
„Wann kommst du denn doch wieder, Herzallerliebster mein?“

„Wenn's schneiet rote Rosen und regnet kühlen Wein.
Ade, mein Schatz, ich scheide, ade, mein Schätzelein!“

„Es schneit ja keine Rosen und regnet keinen Wein.
So kommst du auch nicht wieder, Herzallerliebster mein!“

Wem Gott will rechte Gunst erweisen

Wem Gott will rechte Gunst erweisen,
Den schickt er in die weite Welt,
Dem will er seine Wunder weisen
In Berg und Wald und Strom und Feld.

Die Trägen, die zu Hause liegen,
Erquicket nicht das Morgenrot,
Sie wissen nur von Kinderwiegen,
Von Sorgen, Last und Not ums Brot.

SIGMARINGEN

Die Bächlein von den Bergen springen,
Die Lerchen schwirren hoch vor Lust.
Was sollt ich nicht mit ihnen singen
Aus voller Kehl und frischer Brust?

Den lieben Gott laß ich nur walten.
Der Bächlein, Lerchen, Wald und Feld
Und Erd und Himmel will erhalten,
Hat auch mein Sach aufs Best bestellt.

Joseph Freiherr von Eichendorff (1788–1857)

Auf, du junger Wandersmann

Auf, du junger Wandersmann, jetzo kommt die Zeit heran,
Die Wanderzeit, die gibt uns Freud. Wolln uns auf die Fahrt begeben,
Das ist unser schönstes Leben, große Wasser, Berg und Tal
Anzuschauen überall.

An dem schönen Donaufluß findet man ja seine Lust
Und seine Freud auf grüner Heid, wo die Vöglein lieblich singen
Und die Hirschlein fröhlich springen, dann kommt man vor eine Stadt,
Wo man gute Arbeit hat.

Mancher hinterm Ofen sitzt und gar fein die Ohren spitzt,
kein Stund vor's Haus ist kommen aus; den soll man als G'sell erkennen,
Oder ein als Meister nennen, der noch nirgend ist gewest,
Nur gesessen in seim Nest.

Mancher hat auf seiner Reis ausgestanden Müh und Schweiß
Und Not und Pein, das muß so sein. Trägt 's Felleisen auf dem Rücken,
Trägt es über tausend Brücken, Bis er kommt nach Innsbruck ein,
Wo man trinkt Tiroler Wein.

Morgens, wenn der Tag angeht und die Sonn am Himmel steht
So herrlich rot wie Milch und Blut. Auf, ihr Brüder, laßt uns reisen,
Unserm Herrgott Dank erweisen für die fröhlich Wanderzeit,
Hier und in die Ewigkeit!

Die Ameisen

In Hamburg lebten zwei Ameisen,
Die wollten nach Australien reisen.
Bei Altona auf der Chaussee,
Da taten ihnen die Beine weh,
Und da verzichteten sie weise
Dann auf den letzten Teil der Reise.

Joachim Ringelnatz alias Hans Bötticher (1883–1934)

Hoch auf dem gelben Wagen

Hoch auf dem gelben Wagen sitz ich beim Schwager vorn.
Vorwärts die Rosse traben, lustig schmettert das Horn,
Felder, Wiesen und Auen, leuchtendes Ährengold.
Ich möchte so gerne noch schauen, aber der Wagen, der rollt.

Flöten hör ich und Geigen, lustiges Baßgebrumm,
Junges Volk im Reigen tanzt um die Linde herum.
Wirbelt wie Blätter im Winde, jauchzt und lacht und tollt.
Ich bliebe so gerne bei der Linde, aber der Wagen, der rollt.

Postillon in der Schenke füttert die Rosse im Flug,
Schäumendes Gerstengetränke reicht der Wirt mir im Krug.
Hinter den Fensterscheiben lacht ein Gesicht so hold.
Ich möchte so gerne noch bleiben, aber der Wagen, der rollt.

Sitzt einmal ein Gerippe dort bei dem Schwager vorn,
Hält statt der Peitsche die Hippe, Stundenglas statt Horn,
Sag ich: „Ade, nun, ihr Lieben, die ihr nicht mitfahren wollt!
Ich wär doch so gerne geblieben, aber der Wagen, der rollt."

Das Wandern ist des Müllers Lust

Das Wandern ist des Müllers Lust, das Wandern.
Das muß ein schlechter Müller sein, dem niemals fiel das Wandern ein,
Das Wandern.

Vom Wasser haben wir's gelernt, vom Wasser.
Das hat nicht Rast bei Tag und Nacht, ist stets auf Wanderschaft bedacht,
Das Wasser.

Die Steine selbst, so schwer sie sind, die Steine,
Sie tanzen mit den muntern Reihn und wollen gar noch schneller sein,
Die Steine.

O Wandern, Wandern meine Lust, o Wandern!
Herr Meister und Frau Meisterin, laßt mich in Frieden weiter ziehn
Und wandern!

Wilhelm Müller (1794–1827)

Nun ade, du mein lieb Heimatland

Nun ade, du mein lieb Heimatland, lieb Heimatland ade.
Es geht nun fort zum fremden Strand, lieb Heimatland ade.
Und so sing ich denn mit frohem Mut,
Wie man singet, wenn man wandern tut,
Lieb Heimatland ade.

Wie du lachst mit deines Himmels Blau, lieb Heimatland, ade.
Wie du grüßest mich mit Feld und Au, lieb Heimatland, ade.
Gott weiß, zu dir steht stets mein Sinn,
Doch jetzt zur Ferne zieht's mich hin.
Lieb Heimatland, ade!

Begleitest mich, du lieber Fluß, lieb Heimatland, ade.
Bist traurig, daß ich wandern muß; lieb Heimatland, ade.
Vom moos'gen Stein, vom wald'gen Tal,
Da grüß' ich dich zum letzten Mal.
Lieb Heimatland, ade!

Ach, wie ist's möglich dann

Ach, wie ist's möglich dann, daß ich dich lassen kann,
Hab dich von Herzen lieb, das glaube mir!
Du hast die Seele mein so ganz genommen ein
Daß ich kein andre lieb, als dich allein.

Blau ist ein Blümelein, heißet Vergißnichtmein,
Leg es ans Herze dein und denk an mich!
Stirbt Blum und Hoffnung gleich, sind wir an Liebe reich,
Denn die stirbt nie bei mir, das glaube mir!

Wär ich ein Vögelein, wollt ich bald bei dir sein,
Scheut Falk und Habicht nicht, flög schnell zu dir!
Schößß mich ein Jäger tot, sänk ich in deinen Schoß,
Sähst du mich traurig an, gern stürb ich dann.

Muß i denn, muß i denn zum Städtele naus

Muß i denn, muß i denn zum Städtele naus, Städtele naus,
Und du mein Schatz bleibst hier.
Wenn i komm, wenn i komm, wenn i wieder wieder komm,
Wieder wieder komm, kehr i ein mein Schatz bei dir.
Kann i glei net allweil bei dir sei, han i doch mei Freud an dir.
Wenn i komm, wenn i komm, wenn i wieder wieder komm,
Wieder wieder komm, kehr i ein mein Schatz bei dir.

Wie du weinst, wie du weinst, daß i wandere muß, wandere muß,
Wie wenn d'Lieb jetz wär vorbei.
Sind au drauß, sind au drauß der Mädele viel, Mädele viel,
Lieber Schatz, i bleib dir treu!
Denk du net, wenn i a andre seh, so sei mein Lieb vorbei,
Sind au drauß, sind au drauß der Mädele viel, Mädele viel,
Lieber Schatz, i bleib dir treu!

Über's Jahr, über's Jahr, wenn mr Träubele schneidt, Träubele schneidt,
Stell i hier mi wiedrum ein,
Bin i dann, bin i dann dei Schätzele no, Schätzele no,
So soll die Hochzeit sein.
Über's Jahr, da ist mein Zeit vorbei, da gehör i mein und dein,
Bin i dann, bin i dann dein Schätzele no, Schätzele no,
So soll die Hochzeit sein!

2. und 3. Strophe: Heinrich Wagner (1783–1863)

SINDELFINGEN

STEINENBRONN

SULZBACH/
MURR

Im schönsten Wiesengrunde

Im schönsten Wiesengrunde ist meiner Heimat Haus,
Da zog ich manche Stunde ins Tal hinaus.
Dich, mein stilles Tal, grüß ich tausendmal!
Da zog ich manche Stunde ins Tal hinaus.

Müßt aus dem Tal ich scheiden, wo alles Lust und Klang,
Das wär mein herbstes Leiden, mein letzter Gang.
Dich, mein stilles Tal, grüß ich tausendmal!
Das wär mein herbstes Leiden, mein letzter Gang.

Sterb ich – in Tales Grunde will ich begraben sein.
Singt mir zur letzten Stunde beim Abendschein.
Dir, mein stilles Tal, Gruß zum letztenmal!
Singt mir zur letzten Stunde, beim Abendschein.

Wilhelm Ganzhorn (1818–1880)

Der Lindenbaum

Am Brunnen vor dem Tore da steht ein Lindenbaum:
Ich träumt in seinem Schatten so manchen süßen Traum.
Ich schnitt in seine Rinde so manches liebe Wort;
Es zog in Freud und Leide zu ihm mich immer fort.

Ich mußt auch heute wandern vorbei in tiefer Nacht,
Da hab ich noch im Dunkel die Augen zugemacht.
Und seine Zweige rauschten, als riefen sie mir zu:
Komm her zu mir, Geselle, hier findst du deine Ruh!

Die kalten Winde bliesen mir grad ins Angesicht,
Der Hut flog mir vom Kopfe, ich wendete mich nicht.
Nun bin ich manche Stunde entfernt von jenem Ort,
Und immer hör ich's rauschen, du fändest Ruhe dort!

Wilhelm Müller (1794–1827)

Tod und Vergänglichkeit

Disce mori!

So spricht der Herr, der dich geschaffen hat:
Fürchte dich nicht, denn ich habe dich erlöst;
Ich habe dich bei deinem Namen gerufen; du bist mein.

Jesaja 43,1

Gott legt uns eine Last auf, aber er hilft uns auch.
Wir haben einen Gott, der da hilft,
und den Herrn, der vom Tode errettet.

Psalm 68,20–21

In deine Hände befehle ich meinen Geist;
du hast mich erlöst, Herr, du treuer Gott.

Psalm 31,6

Christus spricht: In der Welt habt ihr Angst.
Aber seid getrost, ich habe die Welt überwunden.

Johannes 16,33

Christus spricht: Ich bin die Auferstehung und das Leben.
Wer an mich glaubt, der wird leben, ob er gleich stürbe.
Und wer da lebet und glaubet an mich,
Der wird nimmermehr sterben.

Johannes 11,25–26

Christus spricht: Ihr aber sollt mich sehen, denn
Ich lebe, und ihr sollt auch leben.

Johannes 14,19

Der Tod ist verschlungen in den Sieg.
Tod, wo ist dein Stachel?
Hölle, wo ist dein Sieg?
Gott aber sei Dank,
der uns den Sieg gibt durch unsern Herrn Jesus Christus!

1.Korinther 15,55 u. 57

Nun aber ist Christus auferstanden von den Toten und der Erstling geworden unter denen, die da schlafen. Denn da durch einen Menschen der Tod gekommen ist, so kommt auch durch einen Menschen die Auferstehung der Toten. Denn gleichwie sie in Adam alle sterben, so werden sie in Christus alle lebendig gemacht werden.

1.Korinther 15,20–22

Denn unser keiner lebt sich selber,
Und keiner stirbt sich selber.
Leben wir, so leben wir dem Herrn.
Sterben wir, so sterben wir dem Herrn.
Darum: wir leben oder sterben,
so sind wir des Herrn.
Denn darum ist Christus gestorben
Und wieder lebendig geworden,
Daß er über Tote und Lebendige Herr sei.

Römer 14,7–9

Segen am Sterbebett

Es segne dich Gott, der Vater, der dich nach seinem Bild geschaffen hat.
Es segne dich Gott, der Sohn,
der dich durch sein Leiden und Sterben erlöst hat.
Es segne dich Gott, der Heilige Geist,
der dich zum Glauben gerufen und geheiligt hat.
Gott der Vater und der Sohn und der Heilige Geist
geleite dich durch das Dunkel des Todes.
Er sei dir gnädig im Gericht und gebe dir Frieden und ewiges Leben.

Herr Jesu, dir leb ich, dir leid ich, dir sterb ich.
Dein bin ich tot und lebendig.
Mach mich, o Jesu, ewig selig.

GRAFENBERG

Wenn mein Stündlein vorhanden ist

Wenn mein Stündlein vorhanden ist und soll hinfahrn mein Straße,
So gleit du mich, Herr Jesu Christ, mit Hilf mich nicht verlasse.
Mein Seel an meinem letzten End befehl ich dir in deine Händ,
Du wollst sie mir bewahren!

Mein Sünd mich werden kränken sehr, mein Gwissen wird mich nagen,
Denn ihr sind viel wie Sand am Meer; doch will ich nicht verzagen.
Gedenken will ich an dein Tod Herr Jesu, und dein Wunden rot;
Die werden mich erhalten.

Ich bin ein Glied an deinem Leib, des tröst ich mich von Herzen;
Von dir ich ungeschieden bleib in Todesnot und Schmerzen;
Wenn ich gleich sterb, so sterb ich dir; ein ewig Leben hast du mir
Mit deinem Tod erworben.

Weil du vom Tod erstanden bist, werd ich im Grab nicht bleiben;
Mein höchster Trost dein Auffahrt ist, Todsfurcht kann sie vertreiben;
Denn wo du bist, da komm ich hin, daß ich stets bei dir leb und bin;
Drum fahr ich hin mit Freuden.

So fahr ich hin zu Jesus Christ, mein Arm tu ich ausstrecken;
So schlaf ich ein und ruhe fein; kein Mensch kann mich aufwecken
Denn Jesus Christus, Gottes Sohn; der wird die Himmelstür auftun,
uns führn zum ewgen Leben.

Nikolaus Herman (1500–1561)

Media vita in morte sumus

Er kennt das arm Gemächte und weiß, wir sind nur Staub,
Ein bald verwelkt Geschlechte, ein Blum und fallend Laub:
Der Wind nur drüber wehet, so ist es nimmer da,
Also der Mensch vergehet, sein End, das ist ihm nah.

Johann Gramann (1487–1541)

Grabschrift

„Mein bist du"
Spricht der Tod
Und will groß Meister sein.

Umsonst –
Mir hat mein Herr
Versprochen: Du bist mein. –

Albrecht Goes (1908–2000)

Rasch tritt der Tod den Menschen an

Rasch tritt der Tod den Menschen an,
Es ist ihm keine Frist gegeben,
Es stürzt ihn mitten in der Bahn,
Es reißt ihn fort vom vollen Leben,
Bereitet oder nicht, zu gehen,
Er muß vor seinen Richter stehen!

Friedrich Schiller (1759–1805)

Grabschrift

Hier ruht in Gott
der Gächinger Bott.
Eins Ochsen Stoß
warf ihn in Gottes Schoß.
Sei ihm gnädig, o Herr,
wie er Dir wär,
wenn er wär Gott,
und Du der Gächinger Bott.

LAUFFEN/
NECKAR

Fritz Rahn (1891–1964)

Denk es, o Seele!

WELZHEIM

Ein Tännlein grünet wo,
Wer weiß, im Walde,
Ein Rosenstrauch, wer sagt,
In welchem Garten?
Sie sind erlesen schon,
Denk es, o Seele!
Auf deinem Grab zu wurzeln
Und zu wachsen.

OHMDEN

Zwei schwarze Rößlein
Weiden auf der Wiese,
Sie kehren heim zur Stadt;
In muntern Sprüngen.
Sie werden schrittweis gehn
Mit deiner Leiche;
Vielleicht, vielleicht noch eh
An ihren Hufen
Das Eisen los wird,
Das ich blitzen sehe!

Eduard Mörike (1804–1875)

Una ex his

Wandrers Nachtlied

Über allen Gipfeln ist Ruh,
In allen Wipfeln spürest du
Kaum einen Hauch;
Die Vögelein schweigen im Walde.
Warte nur, balde
Ruhest du auch.

Johann Wolfgang von Goethe (1749–1832)

Auf den Tod eines Kindes

Du kamst, du gingst mit leiser Spur,
Ein flücht'ger Gast im Erdenland;
Woher? Wohin? Wir wissen nur:
Aus Gottes Hand in Gottes Hand.

Ludwig Uhland (1787–1862)

Auf den Tod eines kleinen Kindes

Jetzt bist du schon gegangen, Kind,
Und hast vom Leben nichts erfahren,
Indes in unsern welken Jahren
Wir Alten noch gefangen sind.

Ein Atemzug, ein Augenspiel,
Der Erde Luft und Licht zu schmecken,
War dir genug und schon zu viel;
Du schliefest ein, nicht mehr zu wecken.

Vielleicht in diesem Hauch und Blick
Sind alle Spiele, alle Mienen
Des ganzen Lebens dir erschienen,
Erschrocken zogst du dich zurück.

Vielleicht wenn unsre Augen, Kind,
Einmal erlöschen, wird uns scheinen,
Sie hätten von der Erde, Kind,
Nicht mehr gesehen als die deinen.

Hermann Hesse (1877–1962)

SCHLAT

TAUBERBISCHOFS-
HEIM

Der Tod und das Mädchen

Das Mädchen:
Vorüber! Ach vorüber!
Geh, wilder Knochenmann!
Ich bin noch jung, geh, Lieber!
Und rühre mich nicht an.

Der Tod:
Gib deine Hand, du schön und zart Gebild!
Bin Freund und komme nicht zu strafen.
Sei gutes Muts! ich bin nicht wild,
sollst sanft in meinen Armen schlafen!“

Matthias Claudius (1740–1815)

Vita nostra brevis est

Quem dii diligunt adolescens moritur

Oculis lontanus sed semper corde proximus

In mundo nata
non mundo diu data
vive aeternum beata

Der Mensch lebt und bestehet
Nur eine kleine Zeit
Und alle Welt vergehet
Mit ihrer Herrlichkeit.
Es ist nur Einer
Ewig und an allen Enden
Und wir in seinen Händen

FRIEDRICHSHAFEN

Im Gedenken an mein liebes und auch im Leid noch strahlendes Bäsle Astrid, das diesen Sommer nach drei Jahren tapferen Kampfes noch so jung an Leukämie sterben mußte, und mit der Bitte an die treue Leserschaft, sich doch bei einer der zahlreichen Typisierungsaktionen der Deutschen Knochenmarkspenderdatei (Tübingen) erfassen zu lassen.

Der Wirtin Töchterlein

Es zogen drei Burschen wohl über den Rhein
Bei einer Frau Wirtin, da kehrten sie ein.

„Frau Wirtin! hat Sie gut Bier und Wein?
Wo hat Sie ihr schönes Töchterlein?“

„Mein Bier und Wein ist frisch und klar,
Mein Töchterlein liegt auf der Totenbahr.“

Und als sie traten zur Kammer hinein,
Da lag sie in einem schwarzen Schrein.

Der erste, der schlug den Schleier zurück
Und schaute sie an mit traurigem Blick:

„Ach! lebtest du noch, du schöne Maid
Ich würde dich lieben von dieser Zeit.“

Der zweite deckte den Schleier zu
Und kehrte sich ab und weinte dazu:

„Ach! daß du liegst auf der Totenbahr!
Ich hab’ dich geliebet so manches Jahr.“

Der dritte hub ihn wieder sogleich
Und küßte sie an den Mund so bleich:

„Dich liebt ich immer, dich lieb ich noch heut
Und werde dich lieben in Ewigkeit.“

Ludwig Uhland (1787–1862)

STEINHEIM/
ALBUCH

STEINHEIM/
MURR

Reiters Morgengesang

Morgenrot,
Leuchtest mir zum frühen Tod?
Bald wird die Trompete blasen,
Dann muß ich mein Leben lassen,
Ich und mancher Kamerad.

Kaum gedacht,
War der Lust ein End gemacht!
Gestern noch auf stolzen Rossen,
Heute durch die Brust geschossen,
Morgen in das kühle Grab.

Ach, wie bald
Schwindet Schönheit und Gestalt!
Tust du stolz mit deinen Wangen,
Die mit Milch und Purpur prangen?
Ach, die Rosen welken all!

Darum still
Füg ich mich, wie Gott es will.
Nun, so will ich wacker streiten
Und sollt ich den Tod erleiden,
Stirbt ein braver Reitersmann.

Wilhelm Hauff (1802–1827)

TALHEIM

ENGSTINGEN

UNTEREISESHEIM

Die Kapelle

OBERNDORF/
NECKAR

Droben stehet die Kapelle,
Schauet still ins Tal hinab.
Drunten singt bei Wies und Quelle
Froh und hell der Hirtenknab.

Traurig tönt das Glöcklein nieder,
Schauerlich der Leichenchor,
Stille sind die frohen Lieder,
Und der Knabe lauscht empor.

Droben bringt man sie zu Grabe,
Die sich freuten in dem Tal.
Hirtenknabe, Hirtenknabe!
Dir auch singt man dort einmal.

Ludwig Uhland (1787–1862)

Der gute Kamerad

Ich hatt einen Kameraden, einen bessern findst du nit.
Die Trommel schlug zum Streite, er ging an meiner Seite
In gleichem Schritt und Tritt.

Eine Kugel kam geflogen; gilt's mir oder gilt es dir?
Ihn hat es weggerissen, er liegt mir vor den Füßen,
Als wär's ein Stück von mir.

Will mir die Hand noch reichen, derweil ich eben lad:
Kann dir die Hand nicht geben; bleib du im ew'gen Leben,
Mein guter Kamerad!

Ludwig Uhland (1787–1862)

Der Liebe Dauer

O lieb, solang du lieben kannst! O lieb, solang du lieben magst!
Die Stunde kommt, die Stunde kommt,
Wo du an Gräbern stehst und klagst!

Und sorge, daß dein Herze glüht und Liebe hegt und Liebe trägt,
Solang ihm noch ein ander Herz in Liebe warm entgegenschlägt!

Und wer dir seine Brust erschließt, o tu ihm, was du kannst, zulieb!
Und mach ihm jede Stunde froh, und mach ihm keine Stunde trüb!

Und hüte deine Zunge wohl, bald ist ein böses Wort gesagt!
O Gott, es war nicht bös gemeint, der andre aber geht und klagt.

O lieb, solang du lieben kannst! O lieb, solang du lieben magst!
Die Stunde kommt, die Stunde kommt,
Wo du an Gräbern stehst und klagst!

Dann kniest du nieder an der Gruft, und birgst die Augen, trüb und naß,
– Sie sehn den andern nimmermehr – ins lange, feuchte Kirchhofsgras.

Und sprichst: O schau auf mich herab, der hier an deinem Grabe weint!
Vergib, daß ich gekränkt dich hab'! O Gott, es war nicht bös gemeint!

Er aber sieht und hört dich nicht, kommt nicht,
Daß du ihn froh umfängst;
Der Mund, der oft dich küßte, spricht nie wieder: ich vergab dir längst!

Er tat's, vergab dir lange schon, doch manche heiße Träne fiel
Um dich und um dein herbes Wort. Doch still – er ruht, er ist am Ziel!

O lieb, solang du lieben kannst! O lieb, solang du lieben magst!
Die Stunde kommt, die Stunde kommt,
Wo du an Gräbern stehst und klagst!

Ferdinand Freiligrath (1810–1876)

Des Sängers Fluch

Es stand in alten Zeiten ein Schloß, so hoch und hehr;
Weit glänzt es über die Lande bis an das blaue Meer,
Und rings von duft'gen Gärten ein blütenreicher Kranz,
Drin sprangen frische Brunnen in Regenbogenglanz.

Dort saß ein stolzer König, an Land und Siegen reich,
Er saß auf seinem Throne so finster und so bleich;
Denn was er sinnt, ist Schrecken, und was er blickt, ist Wut,
Und was er spricht, ist Geißel, und was er schreibt, ist Blut.

Einst zog nach diesem Schlosse ein edles Sängerpaar,
Der ein in goldnen Locken, der andre grau von Haar.
Der Alte mit der Harfe, der saß auf schmuckem Roß,
Es schritt ihm frisch zur Seite der blühende Genoß.

Der Alte sprach zum Jungen: „Nun sei bereit, mein Sohn!
Denk unsrer tiefsten Lieder, stimm an den vollsten Ton!
Nimm alle Kraft zusammen, die Lust und auch den Schmerz!
Es gilt uns heut, zu rühren des Königs steinern Herz."

Schon stehn die beiden Sänger im hohen Säulensaal,
Und auf dem Throne sitzen der König und sein Gemahl;
Der König furchtbar prächtig, wie blut'ger Nordlichtschein,
Die Königin süß und milde, als blickte Vollmond drein.

Da schlug der Greis die Saiten, er schlug sie wundervoll,
Daß reicher, immer reicher der Klang zum Ohre schwoll;
Dann strömte himmlisch helle des Jünglings Stimme vor,
Des Alten Sang dazwischen wie dumpfer Geisterchor.

Sie singen von Lenz und Liebe, von sel'ger goldner Zeit,
Von Freiheit, Männerwürde, von Treu und Heiligkeit,
Sie singen von allem Süßen, was Menschenbrust durchbebt,
Sie singen von allem Hohen, was Menschenherz erhebt.

Die Höflingsschar im Kreise verlernet jeden Spott,
Des Königs trotz'ge Krieger, sie beugen sich vor Gott;
Die Königin, zerflossen in Wehmut und in Lust,
Sie wirft den Sängern nieder die Rose von ihrer Brust.

Ihr habt mein Volk verführet; verlockt ihr nun mein Weib?
Der König schreit es wütend, er bebt am ganzen Leib;
Er wirft sein Schwert, das blitzend des Jünglings Brust durchdringt,
Draus statt der goldnen Lieder ein Blutstrahl hoch aufspringt.

Und wie vom Sturm zerstoben ist all der Hörer Schwarm.
Der Jüngling hat verröchelt in seines Meisters Arm,
Der schlägt um ihn den Mantel und setzt ihn auf das Roß,
Er bindt ihn aufrecht feste, verläßt mit ihm das Schloß.

Doch vor, dem hohen Tore, da hält der Sängergreis,
Da faßt er seine Harfe, sie, aller Harfen Preis,
An einer Marmorsäule, da hat er sie zerschellt;
Dann ruft er, daß es schaurig durch Schloß und Gärten gellt:

„Weh euch, ihr stolzen Hallen! Nie töne süßer Klang
Durch eure Räume wieder, nie Saite noch Gesang,
Nein, Seufzer nur und Stöhnen und scheuer Sklavenschritt,
Bis euch zu Schutt und Moder der Rachegeist zertritt!

Weh euch, ihr duft'gen Gärten im holden Maienlicht!
Euch zeig ich dieses Toten entstelltes Angesicht,
Daß ihr darob verdorret, daß jeder Quell versiegt,
Daß ihr in künft'gen Tagen versteint, verödet liegt.

Weh dir, verruchter Mörder, du Fluch des Sängertums!
Umsonst sei all dein Ringen nach Kränzen blut'gen Ruhms!
Dein Name sei vergessen, in ew'ge Nacht getaucht,
Sei wie ein letztes Röcheln in leere Luft verhaucht!"

Der Alte hat's gerufen, der Himmel hat's gehört.
Die Mauern liegen nieder, die Hallen sind zerstört;
Noch eine hohe Säule zeugt von verschwundner Pracht;
Auch diese, schon geborsten, kann stürzen über Nacht.

Und rings statt duft'ger Gärten ein ödes Heideland,
Kein Baum verstreuet Schatten, kein Quell durchdringt den Sand,
Des Königs Namen meldet kein Lied, kein Heldenbuch;
Versunken und vergessen! Das ist des Sängers Fluch.

Ludwig Uhland (1787–1862)

Der Wanderer in der Sägemühle

Dort unten in der Mühle
Saß ich in süßer Ruh
Und sah dem Räderspiele,
Und sah den Wassern zu.

Sah zu der blanken Säge,
Es war mir wie ein Traum,
Die bahnte lange Wege
In einen Tannenbaum.

Die Tanne war wie lebend,
In Trauermelodie;
Durch alle Fasern bebend,
Sang diese Worte sie:

Du kehrst zur rechten Stunde,
O Wanderer, hier ein,
Du bist's, für den die Wunde
Mir dringt ins Herz hinein!

Du bist's, für den wird werden,
Wenn kurz gewandert du,
Dies Holz im Schoß der Erden
Ein Schrein zur langen Ruh.

Vier Bretter sah ich fallen,
Mir ward's ums Herze schwer,
Ein Wörtlein wollt ich lallen,
Da ging das Rad nicht mehr.

Justinus Kerner (1786–1862)

WEISSACH

SCHÖNAICH

Die Lorelei

Ich weiß nicht, was soll es bedeuten,
Daß ich so traurig bin;
Ein Märchen aus alten Zeiten,
Das kommt mir nicht aus dem Sinn.

Die Luft ist kühl und es dunkelt,
Und ruhig fließt der Rhein;
Der Gipfel des Berges funkelt
Im Abendsonnenschein.

ALDINGEN

Die schönste Jungfrau sitzet
Dort oben wunderbar;
Ihr goldnes Geschmeide blitzet,
Sie kämmt ihr goldenes Haar.

Sie kämmt es mit goldenem Kamme
Und singt ein Lied dabei;
Das hat eine wundersame,
Gewaltige Melodei.

UNTERMÜNKHEIM

Den Schiffer im kleinen Schiffe
Ergreift es mit wildem Weh;
Er schaut nicht die Felsenriffe,
Er schaut nur hinauf in die Höh.

Ich glaube, die Wellen verschlingen
Am Ende Schiffer und Kahn –,
Und das hat mit ihrem Singen
Die Lorelei getan.

Heinrich Heine (1797–1856)

Einigkeit und Recht und Freiheit

Das Lied der Deutschen

Deutschland, Deutschland über alles, über alles in der Welt,
Wenn es stets zu Schutz und Trutze brüderlich zusammenhält.
Von der Maas bis an die Memel, von der Etsch bis an den Belt,
Deutschland, Deutschland über alles, über alles in der Welt.

Deutsche Frauen, deutsche Treue, deutscher Wein und deutscher Sang
Sollen in der Welt behalten ihren alten schönen Klang,
Uns zu edler Tat begeistern unser ganzes Leben lang,
Deutsche Frauen, deutsche Treue, deutscher Wein und deutscher Sang.

Einigkeit und Recht und Freiheit für das deutsche Vaterland
Danach laßt uns alle streben brüderlich mit Herz und Hand!
Einigkeit und Recht und Freiheit sind des Glückes Unterpfand
Blüh im Glanze dieses Glückes, blühe, deutsches Vaterland!

August Heinrich Hoffmann von Fallersleben (1798–1874)

In der Fremde

Ich hatte einst ein schönes Vaterland.
Der Eichenbaum
Wuchs dort so hoch, die Veilchen nickten sanft.
Es war ein Traum.

Das küßte mich auf deutsch, und sprach auf deutsch
(Man glaubt es kaum
Wie gut es klang) das Wort: „ich liebe dich!"
Es war ein Traum.

Heinrich Heine (1797–1856)

An die Freude

Freude, schöner Götterfunken, Tochter aus Elysium,
Wir betreten feuertrunken, Himmlische, dein Heiligtum.
Deine Zauber binden wieder, was die Mode streng geteilt;
Alle Menschen werden Brüder, wo dein sanfter Flügel weilt.

Seid umschlungen, Millionen! Diesen Kuß der ganzen Welt!
Brüder überm Sternenzelt muß ein lieber Vater wohnen.

Wem der große Wurf gelungen, eines Freundes Freund zu sein,
Wer ein holdes Weib errungen, mische seinen Jubel ein!
Ja wer auch nur eine Seele sein nennt auf dem Erdenrund!
Und wer's nie gekonnt, der stehle weinend sich aus diesem Bund!

Was den großen Ring bewohnet, huldige der Sympathie!
Zu den Sternen leitet sie, wo der Unbekannte thronet.

Freude trinken alle Wesen an den Brüsten der Natur,
Alle Guten, alle Bösen folgen ihrer Rosenspur.
Küsse gab sie uns und Reben, einen Freund, geprüft im Tod;
Wollust ward dem Wurm gegeben, und der Cherub steht vor Gott.

Ihr stürzt nieder, Millionen? Ahnest du den Schöpfer, Welt?
Such ihn überm Sternenzelt! Über Sternen muß er wohnen.

Freude heißt die starke Feder in der ewigen Natur.
Freude, Freude treibt die Räder in der großen Weltenuhr.
Blumen lockt sie aus den Keimen, Sonnen aus dem Firmament,
Sphären rollt sie in den Räumen, die des Sehers Rohr nicht kennt.

Froh, wie seine Sonnen fliegen durch des Himmels prächt'gen Plan,
Wandelt, Brüder, eure Bahn, freudig wie ein Held zum Siegen.

Aus der Wahrheit Feuerspiegel lächelt sie den Forscher an.
Zu der Tugend steilem Hügel leitet sie des Dulders Bahn.
Auf des Glaubens Sonnenberge sieht man ihre Fahnen wehn,
Durch den Riß gesprengter Särge sie im Chor der Engel stehn.

Duldet mutig, Millionen! Duldet für die bessre Welt!
Droben überm Sternenzelt wird ein großer Gott belohnen.

Göttern kann man nicht vergelten; schön ist's, ihnen gleich zu sein.
Gram und Armut soll sich melden, mit den Frohen sich erfreun.
Groll und Rache sei vergessen, unserm Todfeind sei verziehn,
Keine Träne soll ihn pressen, keine Reue nage ihn.

Unser Schuldbuch sei vernichtet! Ausgesöhnt die ganze Welt!
Brüder – überm Sternenzelt richtet Gott, wie wir gerichtet.

Freude sprudelt in Pokalen, in der Traube goldnem Blut
Trinken Sanftmut Kannibalen, die Verzweiflung Heldenmut.
Brüder, fliegt von euren Sitzen, wenn der volle Römer kreist,
Laßt den Schaum zum Himmel spritzen: Dieses Glas dem guten Geist!

Den der Sterne Wirbel loben, den des Seraphs Hymne preist,
dieses Glas dem guten Geist überm Sternenzelt dort oben!

Festen Mut in schweren Leiden, Hilfe, wo die Unschuld weint,
Ewigkeit geschwornen Eiden, Wahrheit gegen Freund und Feind,
Männerstolz vor Königsthronen Brüder, gält es Gut und Blut:
Dem Verdienste seine Kronen, Untergang der Lügenbrut!

Schließt den heiligen Zirkel dichter, schwört bei diesem goldnen Wein,
Dem Gelübde treu zu sein, schwört es bei dem Sternenrichter!

Rettung von Tyrannenketten, Großmut auch dem Bösewicht,
Hoffnung auf den Sterbebetten, Gnade auf dem Hochgericht!
Auch die Toten sollen leben! Brüder, trinkt und stimmt mit ein,
Allen Sündern soll vergeben und die Hölle nicht mehr sein.

Eine heitre Abschiedsstunde! Süßen Schlaf im Leichentuch!
Brüder – einen sanften Spruch aus des Totenrichters Munde!

Friedrich Schiller (1759–1805)

Die Gedanken sind frei

Die Gedanken sind frei, wer kann sie erraten?
Sie fliehen vorbei wie nächtliche Schatten.
Kein Mensch kann sie wissen, kein Jäger erschießen
mit Pulver und Blei. Die Gedanken sind frei.

Ich denke, was ich will und was mich beglücket,
Doch alles in der Still und wie es sich schicket.
Mein Wunsch und Begehren kann niemand verwehren.
Es bleibet dabei: die Gedanken sind frei!

Und sperrt man mich ein im finsteren Kerker,
Das alles sind rein vergebliche Werke!
Denn meine Gedanken zerreißen die Schranken
Und Mauern entzwei: die Gedanken sind frei.

Drum will ich auf immer den Sorgen entsagen
Und will mich auch nimmer mit Grillen mehr plagen.
Man kann ja im Herzen stets lachen und scherzen
Und denken dabei: die Gedanken sind frei!

O lerne fühlen, welches Stamms du bist!
Wirf nicht für eiteln Glanz und Flitterschein
Die echte Perle deines Wertes hin!
Das Haupt zu heißen eines freien Volks,
Das dir aus Liebe nur sich herzlich weiht,
Das treulich zu dir steht in Kampf und Tod –
Das sei dein Stolz, des Adels rühme dich!
Die angebornen Bande knüpfe fest;
Ans Vaterland, ans teure, schließ dich an,
Das halte fest mit deinem ganzen Herzen!
Hier sind die starken Wurzeln deiner Kraft;
Dort in der fremden Welt stehst du allein,
Ein schwankes Rohr, das jeder Sturm zerknickt.

Friedrich Schiller (1759–1805)

Die Worte des Glaubens

Drei Worte nenn ich euch, inhaltschwer,
Sie gehen von Munde zu Munde,
Doch stammen sie nicht von außen her,
Das Herz nur gibt davon Kunde;
Dem Menschen ist aller Wert geraubt,
Wenn er nicht mehr an die drei Worte glaubt.
Der Mensch ist frei geschaffen, ist frei,
Und würd er in Ketten geboren!
Laßt euch nicht irren des Pöbels Geschrei,
Nicht den Mißbrauch rasender Toren;
Vor dem Sklaven, wenn er die Kette bricht,
Vor dem freien Menschen erzittert nicht.
Und die Tugend, sie ist kein leerer Schall,
Der Mensch kann sie üben im Leben!
Und sollt er auch straucheln überall,
Er kann nach der göttlichen streben;
Und was kein Verstand der Verständigen sieht,
Das übet in Einfalt ein kindlich Gemüt.
Und ein Gott ist, ein heiliger Wille lebt,
Wie auch der menschliche wanke!
Hoch über der Zeit und dem Raume webt
Lebendig der höchste Gedanke;
Und ob alles in ewigem Wechsel kreist,
Es beharret im Wechsel ein ruhiger Geist.
Die drei Worte bewahret euch, inhaltschwer,
Sie pflanzet von Munde zu Munde,
Und stammen sie gleich nicht von außen her,
Euer Innres gibt davon Kunde;
Dem Menschen ist nimmer sein Wert geraubt,
Solang er noch an die drei Worte glaubt.

Friedrich Schiller (1759–1805)

Die Teilung der Erde

„Nehmt hin die Welt!“ rief Zeus von seinen Höhen
Den Menschen zu. „Nehmt, sie soll euer sein!
Euch schenk’ ich sie zum Erb’ und ew’gen Lehen –
Doch teilt euch brüderlich darein.“

Da eilt, was Hände hat, sich einzurichten,
Es regte sich geschäftig jung und alt.
Der Ackermann griff nach des Feldes Früchten,
Der Junker birschte durch den Wald.

Der Kaufmann nimmt, was seine Speicher fassen,
Der Abt wählt sich den edlen Firnewein,
Der König sperrt die Brücken und die Straßen
Und sprach: „Der Zehente ist mein.“

Ganz spät, nachdem die Teilung längst geschehen,
Naht der Poet, er kam aus weiter Fern
Ach, da war überall nichts mehr zu sehen,
Und alles hatte seinen Herrn!

„Weh mir! so soll denn ich allein von allen
Vergessen sein, ich, dein getreuster Sohn?“
So ließ er laut der Klage Ruf erschallen
Und warf sich hin vor Jovis Thron.

„Wenn du im Land der Träume dich verweilet“,
Versetzt der Gott, „so hadre nicht mit mir.
Wo warst du denn, als man die Welt geteilet?“
„Ich war“, sprach der Poet, „bei dir.

Mein Auge hing an deinem Angesichte,
An deines Himmels Harmonie mein Ohr –
Verzeih dem Geiste, der, von deinem Lichte
Berauscht, das Irdische verlor!“

„Was tun?“ spricht Zeus. „Die Welt ist weggegeben,
Der Herbst, die Jagd, der Markt ist nicht mehr mein,
Willst du in meinem Himmel mit mir leben
So oft du kommst, er soll dir offen sein.“

Friedrich Schiller (1759–1805)

Die Forelle

In einem Bächlein helle, da schoß in froher Eil
Die launige Forelle vorüber wie ein Pfeil.
Ich stand an dem Gestade und sah in süßer Ruh
Des muntern Fisches Bade im klaren Bächlein zu.

Ein Fischer mit der Rute wohl an dem Ufer stand
Und sah's mit kaltem Blute, wie sich das Fischlein wand.
Solang dem Wasser Helle, so dacht ich, nicht gebricht,
So fängt er die Forelle mit seiner Angel nicht.

Doch plötzlich ward dem Diebe die Zeit zu lang. Er macht
Das Bächlein tückisch trübe, und eh ich es gedacht,
So zuckte seine Rute, das Fischlein zappelt dran,
Und ich mit regem Blute sah die Betrogne an.

Die ihr am goldnen Quelle der sichern Jugend weilt,
Denkt doch an die Forelle! Seht ihr Gefahr, so eilt!
Meist fehlt ihr nur aus Mangel der Klugheit. Mädchen, seht
Verführer mit der Angel! Sonst blutet ihr zu spät.

Christian Friedrich Daniel Schubart (1739–1791)

ASPERG

UNTERENSINGEN

UNTERSCHNEIDHEIM

Der Sänger

„Was hör' ich draußen vor dem Tor, was auf der Brücke schallen?
Laß den Gesang vor unserm Ohr im Saale widerhallen!“
Der König sprach's, der Page lief; der Knabe kam, der König rief:
„Laßt mir herein den Alten!“

„Gegrüßet seid mir, edle Herrn, gegrüßt ihr, schöne Damen!
Welch reicher Himmel! Stern bei Stern! Wer kennet ihre Namen?
Im Saal voll Pracht und Herrlichkeit schließt, Augen, euch:
hier ist nicht Zeit, sich staunend zu ergötzen.“

Der Sänger drückt die Augen ein und schlug in vollen Tönen;
Die Ritter schauten mutig drein und in den Schoß die Schönen.
Der König, dem das Lied gefiel, ließ, ihn zu ehren für sein Spiel,
Eine goldne Kette reichen.

„Die goldne Kette gib mir nicht, die Kette gib den Rittern,
Vor deren kühnem Angesicht der Feinde Lanzen splittern;
Gib sie dem Kanzler, den du hast, und laß ihn noch die goldne Last
Zu andern Lasten tragen.

Ich singe, wie der Vogel singt, der in den Zweigen wohnet;
Das Lied, das aus der Kehle dringt, ist Lohn, der reichlich lohnet.
Doch darf ich bitten, bitt ich eins: Laß mir den besten Becher Weins
In purem Golde reichen.“

Er setzt ihn an, er trank ihn aus, „O Trank voll süßer Labe!
O wohl dem hochbeglückten Haus, wo das ist kleine Gabe!
Ergeht's euch wohl, so denkt an mich, und danket Gott so warm, als ich
Für diesen Trunk euch danke.“

Johann Wolfgang von Goethe (1749–1832)

UNTERGRUPPENBACH

URBACH

VELLBERG

Heimat

Die Heimat

Froh kehrt der Schiffer heim an den stillen Strom,
Von Inseln fernher, wenn er geerntet hat;
So käm auch ich zur Heimat, hätt ich
Güter so viele wie Leid geerntet.

Ihr teuern Ufer, die mich erzogen einst,
Stillt ihr der Liebe Leiden, versprecht ihr mir,
Ihr Wälder meiner Jugend, wenn ich
Komme, die Ruhe noch einmal wieder?

Am kühlen Bache, wo ich der Wellen Spiel,
Am Strome, wo ich gleiten die Schiffe sah,
Dort bin ich bald; euch traute Berge,
Die mich behüteten einst, der Heimat

Verehrte sichre Grenzen, der Mutter Haus
Und liebender Geschwister Umarmungen
Begrüß ich bald und ihr umschließt mich,
Daß, wie in Banden, das Herz mir heile,

Ihr treugebliebnen! aber ich weiß, ich weiß,
Der Liebe Leid, dies heilet so bald mir nicht,
Dies singt kein Wiegensang, den tröstend
Sterbliche singen, mir aus dem Busen.

Denn sie, die uns das himmlische Feuer leihn,
Die Götter, schenken heiliges Leid uns auch,
Drum bleibe dies. Ein Sohn der Erde
Schein ich; zu lieben gemacht, zu leiden.

Friedrich Hölderlin (1770–1843)

Der Neckar

In deinen Tälern wachte mein Herz mir auf
Zum Leben, deine Wellen umspielten mich,
Und all der holden Hügel, die dich
Wanderer! kennen, ist keiner fremd mir.

Auf ihren Gipfeln löste des Himmels Luft
Mir oft der Knechtschaft Schmerzen; und aus dem Tal
Wie Leben aus dem Freudebecher,
Glänzte die bläuliche Silberwelle.

Der Berge Quellen eilten hinab zu dir,
Mit ihnen auch mein Herz und du nahmst uns mit,
Zum stillerhabnen Rhein, zu seinen
Städten hinunter und lust'gen Inseln.

Noch dünkt die Welt mir schön, und das Aug entflieht
Verlangend nach den Reizen der Erde mir,
Zum goldenen Paktol, zu Smyrnas
Ufer, zu Ilions Wald. Auch möcht ich

Bei Sunium oft landen, den stummen Pfad
Nach deinen Säulen fragen, Olympion!
Noch eh der Sturmwind und das Alter
Hin in den Schutt der Athenertempel

Und ihrer Gottesbilder auch dich begräbt,
Denn lang schon einsam stehst du, o Stolz der Welt,
Die nicht mehr ist. Und o ihr schönen
Inseln Ioniens! wo die Meerluft

Die heißen Ufer kühlt und den Lorbeerwald
Durchsäuselt, wenn die Sonne den Weinstock wärmt,
Ach! wo ein goldner Herbst dem armen
Volk in Gesänge die Seufzer wandelt,

Wenn sein Granatbaum reift, wenn aus grüner Nacht
Die Pomeranze blinkt, und der Mastixbaum
Von Harze träuft und Pauk und Cymbel
Zum labyrinthischen Tanze klingen.

Zu euch, ihr Inseln! bringt mich vielleicht, zu euch
Mein Schutzgott einst; doch weicht mir aus treuem Sinn
Auch da mein Neckar nicht mit seinen
Lieblichen Wiesen und Uferweiden.

Friedrich Hölderlin (1770–1843)

Am Neckar

Am Neckar, am Neckar, da isch a jedes gern,
Wer d'Hoimet hat am Neckar, der sehnt sich net en d'Fern.

Am Neckar, am Neckar, da grünt ond blüht es fei,
Juhe, am liebe Neckar, da wachst a gueter Wei.

Am Neckar, am Neckar der Vogel fliegt ond singt.
Er badet sich em Neckar, sei Liedle net verklingt.

Am Neckar, am Neckar bleib i mei ganze Zeit,
Ond won'r rauscht, dr Neckar, sei au mei Grab net weit.

An deines Neckars friedlich schönen Ufern,
Da dämmert eine stille Freude mir
Zum erstenmale wieder auf. Wie oft
Im Abendlichte stand ich auf dem Hügel
Mit dir, und sah das grüne Tal hinauf,
Wo zwischen Bergen, da die Rebe wächst,
An manchem Dorf vorüber, durch die Wiesen
Zu uns herab, von luft'ger Weid umkränzt,
Das goldne ruhige Gewässer wallte!
Mir bleibt die Stelle lieb, wo ich gelebt.

Friedrich Hölderlin (1770–1843)

Dr Necker

Ta'z ond Musek ghaöt zur Kirbe,
ond dr Haohzichstrauß zur Braut,
ond zur Fasnet ghaöret mürbe
Küachlen, wia dr Speck ens Kraut.

Ond zur Täufete ghaöt s Kendle,
ond zom Gaigel ghaöt dr Trompf,
ond dr Necker ghaöt ens Ländle
als sei' Heazstuck ond Triompf!

Sei' Erbtoal kriegt r halb ond halb
vom Schwaazwald ond vor Rauhe'-n-Alb.
Drom ist r ao toals zart, toals grob,
grad wia sei' Vatter ond sei' Muater,
mit oam Woat gsait: r ist e' guater
ond regelreachter Schwob.

Iatz gucket ao des Wässerle,
wias aus em Bode' spritzt,
ond wia e' silbrigs Messerle
so blank ond sauber glitzt!

Wias pflätscheret ond strudlet
ond wuselet ond hudlet,
wias läbberet ond motzet
ond Kieselbatze' schlotzet!

Sott ma's glaube', schla mes Blechle,
daß des wenzig, wonzig Bächle
mol en Necker geit?
Freilich, freilich geit es des,
narr, aus Bibberlen wearet Gäs
ond aus Kender Leut!

ROTTWEIL

SULZ/
NECKAR

NÜRTINGEN

Des ist doch en alte Sach:
eest viel Wässerlen gent en Bach.
So isch grad beim Necker ao
ond en Rottweil macht r schao'
a' dr eeste' Mühlebruck
als Athlet sei' Gsellestuck.

HEDELFINGEN

Iatz schwitisiert r s Täle ra,
iatz ist r uf dr Walz,
ond wenn r kö't, noh feng r a'
ond säng aus volem Hals!

r waalet en de Wiese' rom
ond babblet mit de Büsch,
r lachet älle Städtlen a'
ond schnalzget mit de Fisch.

WANGEN/
NECKAR

r karessiert mit Berg ond Wald
ond schmeichlet mit em Moos,
tuat Fangetles mit dr Eisebah'
ond Schlupfetles mit dr Stroß ...

Koa' Wonder, daß en s Täle ma',
ond daß ems so flattiert
ond lenks ond reachts de' ganze' Weag
mit Tannereis verziert!

MÜNSTER/
NECKAR

Ond r reckt se, ond r streckt se
ond braucht zmol en Haufe' Platz;
Stoa' ond Felse'-n überschwemmt r
ond de haögste Stauwuhr nemmt r
spielend mit me' Satz.

So isch reacht, so ka'-n-r bleibe!
Iatzet muaß r na' a's Britt,
iatzet hoaßts uf Schritt ond Tritt:
Mühle'-n-ond Fabrike' treibe',

MÜHLHAUSEN

Geite' hüate', Wendle' wäsche',
onter jede Bruck sich ducke'
ond dezuana' Dreck und Äsche',
Abfäll, Gschnipf ond Kutter schlucke' ...

Ist r schliaßlich noch em Schaffe'
obneds wieder glatt ond ebe,
muaß r noh em Mo', deam Affe',
stondelang de' Spiagel hebe'.

HOFEN/
NECKAR

Aber moast, de' Necker gheis?
Männdle, do bist et reacht briicht:
noa', iatz zeigt r eest mit Fleiß
überal e' freundlichs Gsiicht!

Freilich müaßt r bald verlechne',
kö't r et uf Zuaschuß rechne'.
Haörsch! do plätschrets schao' em Schilf!
Ond vo' älle Seite' sprenget
Wässerlen ond Bäch ond brenget
aosrem Necker Hilf:
Fils ond Rems ond Murr ond Enz,
Zaber, Sulm ond Jagst ond Kocher –
isch e' Wonder, wenn r nocher
vo' Heilbronn bis na a' d Grenz
wia e' Herr deherstolziert
ond mit Woaze', Obst ond Wei'
ond mit Dampfschiff renommiert,
grad als wär des älles sei'?

NECKARGRÖNINGEN

Iatz ist r stark, iatz ist r graoß,
iatz goht en anders Leabe' laos,
iatz muaß r naus en d Fremde!
(Wer wuud ao heule', schämm de!).

BESIGHEIM

r hot uf seire' Wanderschaft
en A'seah' kriagt ond Bärekraft,
r hot vom Leaba' manches gseah',
hot manches könne' haöre',
ond was noh fehlt, sell wuud se gea',
sell wuud en d Fremde laehre'.
So, do ist d Grenz. Adje!

HEILBRONN

Soweit wär älles reacht ond schö'.
Was aber tuat dear Stromer?
r lauft schnurstracks ens Badisch nei'
ond selt – vor lauter Jomer
versäuft r se em Rhei'!

Sebastian Blau alias Josef Eberle (1901–1986)

Gesang Weylas

Du bist Orplid, mein Land!
Das ferne leuchtet;
Vom Meere dampfet dein besonnter Strand
Den Nebel, so der Götter Wange feuchtet –

ERKENBRECHTS-
WEILER

Uralte Wasser steigen
Verjüngt um deine Hüften, Kind!
Vor deiner Gottheit beugen
Sich Könige, die deine Wärter sind.

Eduard Mörike (1804–1875)

Schwabenland

Seliges Land, kein Hügel in dir
wächst ohne den Weinstock,
nieder ins schwellende Gras
regnet im Herbste das Obst.
Fröhlich baden im Strome
den Fuß die glühenden Berge,
Kränze von Zweigen und Moos
kühlen ihr sonniges Haupt.
Aber unten im Tal, wo die Blume
sich nährt von der Quelle,
streckt das Dörfchen vergnügt
über die Wiesen sich aus.
Still ists hier, kaum rauschet
von fern die geschäftige Mühle,
und vom Berge herab
knarrt das gefesselte Rad.
Lieblich tönt die gehämmerte Sens
und die Stimme des Landmanns,
der am Pfluge dem Stier
lenkend die Schritte gebeut,
lieblich der Mutter Gesang,
die im Grase sitzt mit dem Söhnlein,
das die Sonne des Mai's
schmeichelt in lächelnden Schlaf.

Friedrich Hölderlin (1770–1843)

GEMMRIGHEIM

KOHLBERG

ASPACH

Württemberg

Was kann dir aber fehlen,
Mein teures Vaterland?
Man hört ja weit erzählen
Von deinem Segensstand.

Man sagt: du seist ein Garten,
Du seist ein Paradies;
Was kannst du mehr erwarten,
Wenn man dich selig pries?

Ein Wort, das sich vererbte,
Sprach jener Ehrenmann:
Wenn man dich gern verderbte,
Daß man es doch nicht kann.

Und ist denn nicht ergossen
Dein Fruchtfeld wie ein Meer?
Kommt nicht Most geflossen
Von tausend Hügeln her?

Und wimmeln dir nicht Fische
In jedem Strom und Teich?
Ist nicht dein Waldgebüsche
An Wild nur allzu reich?

Treibt nicht die Wollenherde
Auf deiner weiten Alb?
Und nährest du nicht Pferde
Und Rinder allenthalb?

Hört man nicht fernhin preisen
Des Schwarzwalds stämmig Holz?
Hast du nicht Salz und Eisen,
Und selbst ein Körnlein Golds?

BALINGEN

SCHORNDORF

WAIBLINGEN

Und sind nicht deine Frauen
So häuslich, fromm und treu?
Erblüht in deinen Gauen
Nicht Weinsberg ewig neu?

Und sind nicht deine Männer
Arbeitsam, redlich, schlicht?
Der Friedenswerke Kenner,
Und tapfer, wenn man ficht?

Du Land des Korns und Weines,
Du segenreich Geschlecht,
Was fehlt dir? – All und eines:
Das alte, gute Recht.

WEILHEIM/
TECK

Ludwig Uhland (1787–1862)

Schwarzwald

Seltsam schöne Hügelfluchten,
Dunkle Berge, helle Matten,
Rote Felsen, braune Schluchten,
Überflort von Tannenschatten!
Wenn darüber eines Turmes
Frommes Läuten mit dem Rauschen
Sich vermischt des Tannensturmes,
Kann ich lange Stunden lauschen.

Dann ergreift wie eine Sage,
Nächtlich am Kamin gelesen,
Das Gedächtnis mich der Tage,
Da ich hier zu Haus gewesen.
Da die Fernen edler, weicher,
Da die tannenforstbekränzten
Berge seliger und reicher
Mir im Knabenauge glänzten.

DORNSTETTEN

Hermann Hesse (1877–1962)

Kennt ihr das Land

Kennt ihr das Land in deutschen Gauen,
Das schönste dort am Neckarstrand?
Die grünen Rebenhügel schauen ins Tal von hoher Felsenwand.
Es ist das Land, das mich gebar, wo meiner Väter Wiege stand.
Drum sing ich heut und immerdar:
Das schöne Schwaben ist mein Heimatland.

Kennt ihr das Land in deutschen Gauen,
Mit Wald und Flur so reich bekränzt,
wo auf den weiten, reichen Auen im Sonnenschein die Ähre glänzt!

Kennt ihr das Land in deutschen Gauen, wo Tann und Efeu immer grün,
wo starke Männer, edle Frauen in deutscher Kraft und Sitte blühn?

Kennt ihr das Volk im deutschen Süden,
So oft bewährt in Kampf und Streit,
dem zwischen seiner Wälder Frieden so frisch die deutsche Kraft gedeiht?
Ja, wackre Deutsche laßt uns sein, drauf reichet euch die deutsche Hand;
Denn Schwabenland ist's nicht allein:
Das ganze Deutschland ist mein Heimatland!

Johann Georg Fischer (1816–1897)

Der Albbauer

Obe druf en schwarze Deckel,
dronter dont en braune Möckel,
e Blohemmed statt me Rock,
Lederhose vom e Bock,
e paar Stiefel onte dra
ond dren denn e Biederma,
ond e Jauner halb ond halb,
dees isch e Bauer von dr Alb.

LAICHINGEN

August Lämmle (1876–1962)

Auf einer Wanderung

In ein freundliches Städtchen tret ich ein,
In den Straßen liegt roter Abendschein.
Aus einem offnen Fenster eben
Über den reichsten Blumenflor
Hinweg hört man Goldglockentöne schweben,
Und eine Stimme scheint ein Nachtigallenchor,
Daß die Blüten beben,
Daß die Lüfte leben,
Daß in höherem Rot die Rosen leuchten vor.

Lang hielt ich staunend, lustbeklommen.
Wie ich hinaus vors Tor gekommen,
Ich weiß es wahrlich selber nicht.
Ach hier, wie liegt die Welt so licht!
Der Himmel wogt in purpurnem Gewühle,
Rückwärts die Stadt in goldnem Rauch;
Wie rauscht der Erlenbach, wie rauscht im Grund die Mühle!
Ich bin wie trunken irrgeführt:
O Muse, du hast mein Herz berührt
Mit einem Liebeshauch!

Eduard Mörike (1804–1875)

Auf einem Kirchturm

Ein Glockentonmeer wallet
Zu Füßen uns und hallet
Weit über Stadt und Land.
So laut die Wellen schlagen,
Wir fühlen mit Behagen
Uns hoch zu Schiff getragen
Und blicken schwindelnd von dem Rand.

Eduard Mörike (1804–1875)

Stuttgart

… Groß ist das Werden umher. Dort von den äußersten Bergen
Stammen der Jünglinge viel, steigen die Hügel herab.
Quellen rauschen von dort und hundert geschäftige Bäche,
Kommen bei Tag und Nacht nieder und bauen das Land.
Aber der Meister pflügt die Mitte des Landes, die Furchen
Ziehet der Neckarstrom, ziehet den Segen herab.
Und es kommen mit ihm Italiens Lüfte, die See schickt
Ihre Wolken, sie schickt prächtige Sonnen mit ihm.
Darum wächset uns auch fast über das Haupt die gewalt'ge
Fülle, denn hieher ward, hier in die Ebne das Gut
Reicher den Lieben gebracht, den Landesleuten, doch neidet
Keiner an Bergen dort ihnen die Gärten, den Wein
Oder das üppige Gras und das Korn und die glühenden Bäume,
Die am Wege gereiht über den Wanderern stehn.

Aber indes wir schaun und die mächtige Freude durchwandeln,
Fliehet der Weg und der Tag uns, wie den Trunkenen, hin.
Denn mit heiligem Laub umkränzt erhebet die Stadt schon,
Die gepriesene, dort leuchtend ihr priesterlich Haupt.
Herrlich steht sie und hält den Rebenstab und die Tanne
Hoch in die seligen purpurnen Wolken empor.
Sei uns hold! dem Gast und dem Sohn, o Fürstin der Heimat!
Glückliches Stuttgart, nimm freundlich den Fremdling mir auf!
Immer hast du Gesang mit Flöten und Saiten gebilligt,
Wie ich glaub, und des Lieds kindlich Geschwätz und der Mühn
Süße Vergessenheit bei gegenwärtigem Geiste,
Drum erfreuest du auch gerne den Sängern das Herz …

Friedrich Hölderlin (1770–1843)

Dort, im Thale versteckt, unfern von den Hügeln des Neckars,
Liegt eine Stadt, ein Garten vordem erzhufiger Stuten;
Badens Markgraf gründete sie, so lautet die Sage;
Reich an Gut ist der Ort und gesegnet durch Gaben des Bacchus,
Mauern gleich erheben sich rings weintragende Hügel,
Weit und breit grünt alles von üppigem Rebengeranke,
Nie auch versagt der Kelter den Most der schwellenden Traube.

Nikodemus Frischlin (1547–1590)

Stuttgart

STUTTGART

Da liegst Du nun im Sonnenglanz,
Schön, wie ich je Dich sah,
In Deiner Berge grünem Kranz,
Mein Stuttgart wieder da.

Liegst da, vom Abendgold umflammt,
Im Tale hingeschmiegt,
Gleich wie gefaßt in grünem Samt,
Ein güldnes Kleinod liegt …

Karl von Gerok (1815–1890)

So schön konnte die Haupt- und Residenzstadt des Königreichs Württemberg im 19.Jahrhundert noch besungen werden, ehe sie im 20.Jahrhundert von auswärtigen Bomberpiloten und einheimischen Kommunalpolitikern zerstört wurde.

Stuegert

Dahonne leit dui Sau
Ond frißt Steure.
Ond mir Bachel
Müeßet se fuettre.

Degerlocher Volksmund

Stuttgart 21

Der Hauptbahnhof – ach, läg er doch
Hier auf der Höh in Degerloch!

*Carl Friedrich Freiherr von Weizsäcker (*1912)*

Kindervers

Hotte, hotte Rößle,
En Stuegert stoht a Schlößle,
En Stuegert stoht a guldigs Haus,
gucket drei Mareie raus.
Die oi spennt Seide
Die ander spennt Weide,
Die dritt spennt en rote Rock
Für onsern liebe Herregott.

SILLENBUCH

Stuttgarts Wein- und Bäckerstuben

Vor dem heißen Ofen balgen
Katzen sich. Wie dumme Jungen.
Auf dem Tisch an kleinen Galgen
Hängen Brezel, schön geschwungen.

Würdebärte schlürfen kräftig
Wichtig diskutierte Weine.
Links im Laden bückt die kleine
Bäckerstochter sich geschäftig.

STAMMHEIM

Zinn blitzt von der Holzfassade.
Zeichnungen an allen Wänden.
(Stumm, mit mehlbestaubten Händen
Rückt der Wirt die schiefen grade.)

Setzte mich so ganz bescheiden hin
Und vergaß auch nicht, sehr laut zu grüßen.
Dennoch ließen Blicke mich leicht büßen,
Daß ich kein Stuttgarter bin.

Joachim Ringelnatz alias Hans Bötticher (1883–1934)

An das Eßlinger Tal

Eßlinger Tal! du liebe Flur
An Neckars lichtem Strande!
Wo blühet üppiger Natur
Im Württemberger Lande?
Eßlinger Tal! Eßlinger Tal!
Dich grüßt der Sänger tausendmal!

Justinus Kerner (1786–1862)

ESSLINGEN/
NECKAR

Dronten em Onterland

Dronten em Onterland, da isch's halt fei.
Schlehen em Oberland, Trauben em Onterland.
Dronten em Onterland möcht i wohl sei.

Dronten em Neckartal, da isch's halt guet.
Isch mr's da oberom manchmol au no so domm,
Han i doch älleweil dronte guets Bluet.

Kalt isch's em Oberland, onten isch's warm.
Obe send d'Leut so reich, d'Herze send gar net weich,
Sehnt mi net freundlich a, werdet net warm.

Aber da onte rom, da send d'Leut arm,
Aber so froh ond frei ond en dr Liebe treu,
Drom send em Onterland d'Herze so warm.

Gottfried Weigle (1816–1855)

Droben em Oberland

Droben em Oberland, ei da isch so wonderschee.
Da isch a Jägerei, da isch des Schieße frei,
Da möcht i Jäger, Jäger sei,
Schieße des wär au mei Freud.

Gestern isch Kirbe gwä, ei da isch sie au dabei.
Sie hat a Hütle auf, ond a wonderscheene Feder drauf,
Sie sieht so reizend, reizend aus
Ond i gang mit ihr nach Haus.

Lauter hübsche jonge Leut send mir, lauter hübsche jonge Leut.
Wenn mir hübsche jonge Leut net wärn,
Wer dät des ganze Geld verzehrn?
Lauter hübsche jonge Leut send mir, lauter hübsche jonge Leut.

Auf dr schwäbsche Eisebahne

Auf dr schwäbsche Eisebahne gibt's gar viele Haltstatione,
Stuegert, Ulm ond Biberach, Meckebeure, Durlesbach.
Trulla, trulla, trullala, trulla, trulla, trullala,
Stuegert, Ulm ond Biberach, Meckebeure, Durlesbach.

Auf dr schwäbsche Eisebahne wollt amol a Bäurle fahre,
Goht an Schalter, lupft de Hut: „Oi Billettle, send so gut!"
Trulla …

Einen Bock hat er sich kaufet ond daß der ihm net verlaufet,
Bendet ihn der gute Ma an de hentre Wage na.
Trulla …

„Böckle, tue no woidle sprenge, 's Fresse werd i dir scho brenge."
Hockt sich zu seim Weible na ond zönd sei stenkigs Pfeifle a.
Trulla …

An dr nächste Haltstatione, wo er will sei Böckle hole,
Fendet er no Kopf ond Soil an dem hentre Wagetoil.
Trulla …

Da packt den Baure Baurezore, er packt den Kopf mitsamt de Haare
Ond schmeißt en, was er schmeiße ka, dem Konduktör an Ranze na.
Trulla …

„So, du kascht den Schade zahle, warom bisch du so schnell gefahre!
Du alloi bisch schuld daran, daß i mei Goiß verlaure han!
Trulla …

So, jetz wär des Liedle gesonge, hat's euch recht en d'Aohre klonge.
Stoßet mit de Gläser a uffs Wohl dr schwäbsche Eisebah.
Trulla …

ULM

BIBERACH

MECKENBEUREN

Haus und Hof

Wir haben hier keine bleibende Stadt,
sondern die zukünftige suchen wir.

Hebräer 13,14

Wo der Herr nicht das Haus baut,
so arbeiten umsonst, die daran bauen.
Wo der Herr nicht die Stadt behütet,
so wacht der Wächter umsonst.

Psalm 127,1

Was hülfe es dem Menschen, so er die ganze Welt gewönne
Und nähme doch Schaden an seiner Seele?

Matthäus 16,26

Hausspruch

Dies Haus ist mein und doch nicht mein, wird nach mir eines andern sein,
War vor mir eines andern schon und bleibet stehn, geh ich davon.

Da ichs bekam in Heim und Hut, sein Herd bleib warm, sein Mauern gut,
Der Brunnen dran mir nie versieg und frei zu Dach die Taube flieg!

Geschafft sei, was darin getan, daß es der Nachbar wissen kann,
Doch guck er mir nicht jedenfalls mit seinem Fernrohr in den Hals!

Dies Haus sei all zu meiner Zeit dem Fleiße und der Kunst geweiht,
Und Liebe gehe für und für von Herz zu Herz durch jede Tür!

Es schließe ein, es halte fern, und frohe Gäste heg es gern,
Ein Krümel Brot, ein Schlüpfel Wein, da wird es wohl zum Guten sein.

Viel mehr steht nicht in unsrer Macht, so nutzet auch kein Vorbedacht:
In Gottes Hand stell ich dies Haus und die da gehen ein und aus.

Josef Weinheber (1892–1945)

Zimmerspruch

Das neue Haus ist aufgericht,
Gedeckt, gemauert ist es nicht,
Noch können Regen und Sonnenschein
Von oben und überall herein.
Drum rufen wir zum Meister der Welt,
Er wolle von dem Himmelszelt
Nur Heil und Segen gießen aus
Hier über dieses offne Haus.
Zu oberst woll er gut Gedeihn
In die Kornböden uns verleihn,
In die Stube Fleiß und Frömmigkeit,
In die Küche Maß und Reinlichkeit,
In den Stall Gesundheit allermeist,
In den Keller dem Wein einen guten Geist;
Die Fenster und die Pforten woll er weihn,
Daß nichts Unseligs komm herein,
Und daß aus dieser neuen Tür
Bald fromme Kindlein springen für.
Nun, Maurer, decket und mauret aus!
Der Segen Gottes ist im Haus.

GAMMELSHAUSEN

Ludwig Uhland (1787–1862)

Schimpflied auf Schwaben

Kennst du das Land, wo keiner lacht,
Wo man aus Weizen Spätzle macht,
Wo jeder zweite Eugen heißt,
Wo man noch übern Balken scheißt,
Wo jede Bank ein Bänkle ist
Und jeder Zug ein Zügle,
Wo man den Zwiebelkuchen frißt
Und Moscht sauft aus dem Krügle,
Wo „daube Sau“, „Leck mich am Arsch“
In keinem Satz darf fehlen;

WINNENDEN

Wo sich die Menschen pausenlos
Mit ihrer Arbeit quälen,
Wo jeder auf sein Häusle spart,
Hat er auch nichts zu kauen,
Und wenn er vierzig, fünfzig ist,
Dann fängt er an zu bauen.
Doch wenn er endlich fertig ist,
Schnappt, ihm das Arschloch zu!
O Schwabenland, gelobtes Land,
Wie wunderbar bist du!

JAGSTHAUSEN

Anonymus (2.Hälfte 20.Jahrhundert)

Traum

Es ist immer derselbe Traum:
Ein rotblühender Kastanienbaum,
Ein Garten voll von Sonnenflor,
Einsam ein altes Haus davor.

WOLFSCHLUGEN

Dort, wo der stille Garten liegt,
Hat meine Mutter mich gewiegt,
Vielleicht – es ist so lange her –
Steht Garten, Haus und Baum nicht mehr.

Vielleicht geht jetzt ein Wiesenweg
Und Pflug und Egge drüber weg,
Von Heimat, Garten, Haus und Baum
Ist nichts geblieben als ein Traum.

Hermann Hesse (1877–1962)

Kehrwoche

In dieser Woche ist reinigen zu lassen:
die Straße
die Einfahrt und der Hof
die Glockenzüge
Souterrain und Bühnentreppe

Im Sommer muß der polizeilichen Vorschrift gemäß
bei starker Hitze die Straße begossen
und im Winter das Trottoir vom Schnee gereinigt
und bestreut werden.

Rickele! Die Straße kehren!!
Soll das Zerfen ewig währen?
Gleich wird's wieder acht Uhr schlagen,
Laß dir's doch nicht täglich sagen!
Sieh, schon kommt die Polizei,
Da, der Rotbart macht Geschrei.

Steckt gewiß am Ende noch,
Ricke, dich ins schwarze Loch,
Denn statt deinen Arm zu rühren,
Kehrst immer du vor Andrer Thüren,
Schielst verliebt wie eine Katz
Stets nach einem neuen Schatz.

Diese Tafel ist am Ende der Woche
dem nächsten Hausbewohner,
an den die Reihe kommt, zu übergeben.

EBERSBACH/
FILS

EBERSTADT

WIESENSTEIG

Die Schwäbische Kehrwoche

„Laßt Euch nicht irren des Pöbels Geschrei"

Entgegen
allen blödsinnigen Behauptungen
hergelaufener Industrienomaden
im mittleren Management
südwestdeutscher Weltkonzerne
in der Region Mittlerer Neckar
ist die Schwäbische Kehrwoche
weder eine ortsübliche
fundamentalistische Nationalreligion
noch Ersatzbefriedigung
für frustrierte Putzteufel,
sondern eine segensreiche,
vom großen Grafen Eberhard im Bart
(dem der Vater und der Großvater
an der Pest weggestorben waren)
gnädigst verfügte,
in fünf Jahrhunderten bewährte
seuchenhygienische Präventionsmaßnahme
nach dem ökologisch wie soziologisch
sinnvollen Verursacherprinzip
unter strikter Anwendung
des basisdemokratischen Rotationsverfahrens.

*Gerhard Raff (*1946)*

WÄSCHENBEUREN

WÜSTENROT

HATTENHOFEN

Speis und Trank

Tischgebete

Komm, Herr Jesu Christ,
Sei unser Gast und segne,
Was du uns bescheret hast.

Jedes Tierlein hat sein Essen,
Jedes Blümlein trinkt von dir,
Hast auch unser nicht vergessen,
Lieber Gott, wir danken dir.

Vater, segne diese Speise,
Uns zur Kraft und dir zum Preise.

Alle guten Gaben,
Alles, was wir haben,
Kommt o Gott von dir.
Dank sei dir dafür.

Hallelu-, hallelu-, halleluja!
Danket dem Herrn!
Hallelu-, hallelu-, halleluja!
Danket dem Herrn!
Danket dem Herrn, halleluja!
Danket dem Herrn, halleluja!
Danket dem Herrn, halleluja!
Danket dem Herrn!

(Thank you my lord! Merci Seigneur!)

WEINSBERG

BERGATREUTE

REICHENBACH/
FILS

Kanon

Danket, danket dem Herrn, denn er ist sehr freundlich,
Seine Güt und Wahrheit währet ewiglich.

Lobet und preiset ihr Völker den Herrn,
freuet euch seiner und dienet ihm gern!
All ihr Völker lobet den Herrn!

Vom Aufgang der Sonne bis zu ihrem Niedergang
Sei gelobet der Name des Herrn!

Der Wirtemberger

Der Name Wirtemberg
Schreibt sich von Wirt am Berg
Ein Wirtemberger ohne Wein
Kann der ein Wirtemberger sein?

Friedrich Schiller (1759–1805)

Ursprung schwäbischer Klugheit

Der Schwaben Klugheit ist kein Rätsel.
Die Lösung heißt: die Laugenbrezel.
Schon trocken gibt dem Hirn sie Kraft.

Mit Butter wirkt sie fabelhaft.
Erleuchtet mit der Weisheit Fackel,
den Verstand vom größten Dackel.

*Manfred Rommel (*1928)*

ALTENRIET

Metzelsuppenlied

Wir haben heut nach altem Brauch ein Schweinchen abgeschlachtet;
Der ist ein seltsam heikler Gauch, wer solch ein Fleisch verachtet.
Es lebe zahm und wildes Schwein!
Sie leben alle, groß und klein, die blonden und die braunen!

So säumet denn, ihr Freunde, nicht, die Würste zu verspeisen
Und laßt zum würzigen Gericht die Becher fleißig kreisen!
Es reimt sich trefflich Wein und Schwein
Und paßt sich köstlich Wurst und Durst; bei Würsten gibt's zu bürsten.

Auch unser edles Sauerkraut, wir sollen's nicht vergessen;
Ein Deutscher hat's zuerst gebaut, drum ist's ein deutsches Essen.
Wenn solch ein Fleischchen,
weiß und mild im Kraute liegt, das ist ein Bild wie Venus in den Rosen.

Und wird von schönen Händen dann das schöne Fleisch zerleget,
Das ist, was einem deutschen Mann gar süß das Herz beweget.
Gott Amor naht und lächelt still
Und denkt: „Nur daß, wer küssen will, zuvor den Mund sich wische!"

Ihr Freunde, tadle keiner mich, daß ich von Schweinen singe!
Es knüpfen Kraftgedanken sich oft an geringe Dinge.
Ihr kennet jenes alte Wort,
ihr wißt: es findet hier und dort ein Schwein auch eine Perle.

Ludwig Uhland (1787–1862)

Wohlfeile Ratschläge

Ihr glaubet gar net, was en oin neigoht, wenn's nex kostet.

Kommet au glei nach'm Kaffee,
daß'r zom Nachtesse wieder drhoim send.

Wenn i meine Fasnetsküechle en Deim Schmalz bache därf,
no laß i Di drfür au Dei Floisch en meim Kraut koche.

Schwäbische Speisekarte

BERNECK

Knöchla, Sauerkraut ond Spätzla,
Nierla, Kuttla, Kipf ond Brezla,
Griabawurst ond Peitschastecka,
Schwartamaga, Laugawecka,

Gaisburger Marsch, viele Salätla,
Blonza, Soitawürstla, Flädla,
Schneiderfleck ond Zwetschgaschnitzla,
Metzelsupp ond Buabaspitzla.

Ochsamaulsalat ond Rippla,
Pfannakuacha, guate Süppla,
Oierstich, Pfitzauf, Mutschla, Sääla,
Ofaschlupfer, brennte Mehla.

MUSBERG

Guatsla, Hefakranz ond -zöpfla,
Fasnetsküechla, Gsälz ond Knöpfla,
Leberspatza, Brät ond Sooß,
Maultascha, Dampfnudla, riesagroß!

Guglhopf, Sprengerla ond Waffla,
Leber-, Backstoi-, Luckeleskäs ...
Älles dees, en Abständ gspachtelt,
Isch ons Schwoba „artgemäß“!

Friedrich E. Vogt (1905–1995)

Xöff

in vino veritas
in aqua claritas
in lacte sahnitas
in cola woisnetwas

*Gerhard Raff (*1946)*

Vatherländische Gedichte zur wirtembergischen Geschichte

Aber des Vaters Grab seh ich und weine dir schon?
Wein und halt und habe den Freund und höre das Wort, das
Einst mir in himmlischer Kunst Leiden der Liebe geheilt.
Andres erwacht! ich muß die Landesheroen ihm nennen,
Barbarossa! dich auch, gütiger Christoph, und dich,
Konradin! wie du fielst, so fallen Starke, der Efeu
Grünt am Fels und die Burg deckt das bacchantische Laub,
Doch Vergangenes ist, wie Künftiges, heilig den Sängern,
Und in Tagen des Herbsts sühnen die Schatten wir uns.

Friedrich Hölderlin (1770–1843)

Hohenstaufen

O denk an jenen Berg, der schlank und hoch
Sich aufschwingt, aller schwäbschen Berge schönster,
Und auf dem königlichen Gipfel kühn
Der Hohenstaufen alte Stammburg trägt!
Und weit umher, in milder Sonne Glanz
Ein grünend fruchtbar Land, gewundne Täler,
Von Strömen schimmernd, herdenreiche Triften,
Jagdlustig Waldgebirg und aus der Tiefe
Des nahen Klosters abendlich Geläut;
Dann fernhin in den Burgen, in den Städten
Gesegnetes Geschlecht, treueste Männer,
Die Frauen aber sittig und verschämt.

Ludwig Uhland (1787–1862)

HOHENSTAUFEN

Die Weiber von Winsperg

Der erste Hohenstaufen, der König Konrad, lag
Mit Heeresmacht vor Winsperg seit manchem langen Tag;
Der Welfe war geschlagen, noch wehrte sich das Nest,
Die unverzagten Städter, die hielten es noch fest.

Der Hunger kam, der Hunger! das ist ein scharfer Dorn;
Nun suchten sie die Gnade, nun fanden sie den Zorn.
„Ihr habt mir hier erschlagen gar manchen Degen wert,
Und öffnet ihr die Tore, so trifft euch doch das Schwert.“

Da sind die Weiber kommen: „Und muß es also sein,
Gewährt uns freien Abzug, wir sind vom Blute rein.“
Da hat sich vor den Armen des Helden Zorn gekühlt,
Da hat ein sanft Erbarmen im Herzen er gefühlt.

„Die Weiber mögen abziehn, und jede habe frei,
Was sie vermag zu tragen und ihr das Liebste sei!
Laßt ziehn mit ihrer Bürde sie ungehindert fort!
Das ist des Königs Meinung, das ist des Königs Wort.“

Und als der frühe Morgen im Osten kaum gegraut,
Da hat ein seltnes Schauspiel vom Lager man geschaut;
Es öffnet leise, leise sich das bedrängte Tor,
Es schwankt ein Zug von Weibern mit schwerem Schritt hervor.

Tief beugt die Last sie nieder, die auf dem Nacken ruht,
Sie tragen ihre Ehherrn, das ist ihr liebstes Gut.
„Halt an die argen Weiber!“ ruft drohend mancher Wicht;
Der Kanzler spricht bedeutsam: „Das war die Meinung nicht.“

Da hat, wie er’s vernommen, der fromme Herr gelacht:
„Und war es nicht die Meinung, sie haben’s gut gemacht;
Gesprochen ist gesprochen, das Königswort besteht,
Und zwar von keinem Kanzler zerdeutelt und zerdreht.“

So war das Gold der Krone wohl rein und unentweiht.
Die Sage schallt herüber aus halbvergessner Zeit.
Im Jahr elfhundertvierzig, wie ich's verzeichnet fand,
Galt Königswort noch heilig im deutschen Vaterland.

Adelbert von Chamisso (1781–1838)

Schwäbische Kunde

STAUFERKREIS
GÖPPINGEN

Als Kaiser Rotbart lobesam
Zum heil'gen Land gezogen kam,
Da mußt er mit dem frommen Heer
Durch ein Gebirge, wüst und leer.
Daselbst erhub sich große Not,
Viel Steine gab's und wenig Brot,
Und mancher deutsche Reitersmann
Hat dort den Trunk sich abgetan.
Den Pferden wars so schwach im Magen,
Fast mußt der Reiter die Mähre tragen.

Nun war ein Herr aus Schwabenland,
Von hohem Wuchs und starker Hand,
Des Rößlein war so krank und schwach,
Er zog es nur am Zaume nach:
Er hätt es nimmer aufgegeben,
Und kostet's ihn das eigne Leben.
So blieb er bald ein gutes Stück
Hinter dem Heereszug zurück;
Da sprengten plötzlich in die Quer
Fünfzig türkische Reiter daher:

Die huben an auf ihn zu schießen,
Nach ihm zu werfen mit den Spießen.
Der wackre Schwabe forcht sich nit,
Ging seines Weges Schritt vor Schritt,
Ließ sich den Schild mit Pfeilen spicken
Und tät nur spöttlich um sich blicken,
Bis einer, dem die Zeit zu lang,
Auf ihn den krummen Säbel schwang.

Da wallt dem Deutschen auch sein Blut,
Er trifft des Türken Pferd so gut,

OBERSTENFELD

Er haut ihm ab mit einem Streich
Die beiden Vorderfüß zugleich.
Als er das Tier zu Fall gebracht,
Da faßt er erst sein Schwert mit Macht,
Er schwingt es auf des Reiters Kopf,
Haut durch bis auf den Sattelknopf,
Haut auch den Sattel noch zu Stücken
Und tief noch in des Pferdes Rücken;
Zur Rechten sieht man wie zur Linken
Einen halben Türken heruntersinken.

Da packt die andern kalter Graus:
Sie fliehen in alle Welt hinaus,
Und jedem ist's, als würd ihm mitten
Durch Kopf und Leib hindurchgeschnitten.
Drauf kam des Wegs 'ne Christenschar,
Die auch zurückgeblieben war;
Die sahen nun mit gutem Bedacht,
Was Arbeit unser Held gemacht.
Von denen hat's der Kaiser vernommen.
Der ließ den Schwaben vor sich kommen;

Er sprach: „Sag an, mein Ritter wert!
Wer hat dich solche Streich gelehrt?"
Der Held bedacht sich nicht zu lang:
„Die Streiche sind bei uns im Schwang,
Sie sind bekannt im ganzen Reiche,
Man nennt sie halt nur Schwabenstreiche."

Ludwig Uhland (1787–1862)

Der Wirtemberg

BEUTELSBACH

Sei gegrüßt, erlauchter Hügel,
Herzblatt meines Schwabenlands!
Lieblich in des Neckars Spiegel
Malt sich ab dein Rebenkranz.

Fühlst den Hauch entschwundner Zeiten
Leis um deinen Scheitel wehn,
Sahst der Erde Herrlichkeiten
Kommen und vorübergehn.

Bist du doch die Königswiege,
Trugst das alte Grafenhaus,
Wo dereinst zu Kampf und Siege
Zog der Wirtemberger aus.

ROTENBERG

Nimmer wehn des Krieges Fahnen
Droben jetzt in stiller Luft;
Denn die Wiege hoher Ahnen
Ward geweiht zur Fürstengruft.

Doch die Traube reift noch immer
Frisch an deiner Rebenwand,
Und gekrönt vom Sonnenschimmer
Blickst du auf ein schönes Land.

Karl von Gerok (1815–1890)

Solang mir ons en Wirteberg onser Obrigkeit no vom liebe Gott
hend raussueche lasse, hend mr meh Glück ghet wie jetz,
wo mr se ons selber wähle därfet.

Thaddäus Troll (1914-1980)

Der letzte Pfalzgraf

TÜBINGEN

Ich Pfalzgraf Götz von Tübingen
Verkaufe Burg und Stadt
Mit Leuten, Gilten, Feld und Wald:
Der Schulden bin ich satt.

Zwei Rechte nur verkauf ich nicht,
Zwei Rechte gut und alt:
Im Kloster eins, mit schmuckem Turm,
Und eins im grünen Wald.

Am Kloster schenkten wir uns arm
Und bauten uns zu Grund:
Dafür der Abt mir füttern muß
Den Habicht und den Hund.

Im Schönbuch um das Kloster her
Da hab ich das Gejaid:
Behalt ich das, so ist mir nicht
Um all mein andres leid.

Und hört ihr Mönchlein eines Tags
Nicht mehr mein Jägerhorn,
Dann zieht das Glöcklein, sucht mich auf!
Ich lieg am schattgen Born,

Begrabt mich unter breiter Eich
Im grünen Vogelsang,
Und lest mir eine Jägermeß!
Die dauert nicht zu lang.

Ludwig Uhland (1787–1862)

Graf Eberhard der Greiner von Wirtemberg

Ihr – ihr dort außen in der Welt, die Nasen eingespannt!
Auch manchen Mann, auch manchen Held,
Im Frieden gut und stark im Feld,
Gebar das Schwabenland.

Prahlt nur mit Karl und Eduard, mit Friedrich, Ludewig;
Karl, Friedrich, Ludwig, Eduard, ist uns der Graf, der Eberhard,
Ein Wettersturm im Krieg.

Und auch sein Bub, der Ulerich, war gern, wo's eisern klang,
Des Grafen Bub der Ulerich, kein Fußbreit rückwärts zog er sich,
Wenn's drauf und drunter sprang.

Die Reutlinger, auf unsern Glanz erbittert, kochten Gift
Und buhlten um den Siegeskranz und wagten manchen Schwertertanz
Und gürteten die Hüft.

Er griff sie an und siegte nicht und kam gepantscht nach Haus;
Der Vater schnitt ein falsch Gesicht, der junge Kriegsmann floh das Licht,
Und Tränen drangen raus.

Das wurmt ihm: Ha! ihr Schurken, wart! und trugs in seinem Kopf.
Auswetzen, bei des Vaters Bart! Auswetzen wollt er diese Schart
Mit manchem Städtlerschopf.

Und Fehd entbrannte bald darauf, und zogen Roß und Mann
Bei Döffingen mit hellem Hauf, und heller gings dem Junker auf
Und hurrah! heiß gings an.

Und unsres Heeres Losungswort war die verlorne Schlacht,
Das riß uns wie die Windsbraut fort
Und schmiß uns tief in Blut und Mord
Und in die Lanzennacht.

Der junge Graf voll Löwengrimm schwung seinen Heldenstab,
Wild vor ihm ging das Ungestüm, Geheul und Winseln hinter ihm
Und um ihn her das Grab.

Doch weh! ach weh! ein Säbelhieb sank schwer auf sein Genick,
Schnell um ihn her der Helden Trieb, Umsonst! umsonst! erstarret blieb
Und sterbend brach sein Blick.

Bestürzung hemmt des Sieges Bahn, laut weinte Feind und Freund –
Hoch führt der Graf die Reiter an: Mein Sohn ist wie ein andrer Mann!
Marsch, Kinder, in den Feind!

Und Lanzen sausen feuriger, die Rache spornt sie all,
Rasch über Leichen gings daher, die Städtler laufen kreuz und quer
Durch Wald und Berg und Tal.

Und zogen wir mit Hörnerklang ins Lager froh zurück,
Und Weib und Kind im Rundgesang beim Walzer und beim Becherklang
Lustfeiern unser Glück.

Doch unser Graf – was tat er itzt? Vor ihm der tote Sohn
Allein in seinem Zelte sitzt der Graf, und eine Träne blitzt
Im Aug auf seinen Sohn.

Drum hangen wir so treu und warm am Grafen, unserm Herrn.
Allein ist er ein Heldenschwarm, der Donner rast in seinem Arm,
Er ist des Landes Stern.

Drum ihr dort draußen in der Welt, die Nasen eingespannt!
Auch manchen Mann, auch manchen Held,
Im Frieden gut und stark im Feld,
Gebar das Schwabenland.

Friedrich Schiller (1759–1805)

Graf Eberhard der Rauschebart (der Greiner)

Ist denn im Schwabenlande verschollen aller Sang,
Wo einst so hell vom Staufen die Ritterharfe klang?
Und wenn er nicht verschollen, warum vergißt er ganz
Der tapfren Väter Taten, der alten Waffen Glanz?

Man lispelt leichte Liedchen, man spitzt manch Sinngedicht,
Man höhnt die holden Frauen, des alten Liedes Licht;
Wo rüstig Heldenleben längst auf Beschwörung lauscht,
Da trippelt man vorüber und schauert, wenn es rauscht.

Brich denn aus deinem Sarge, steig aus dem düstern Chor
Mit deinem Heldensohne, du Rauschebart, hervor!
Du schlugst dich unverwüstlich noch greise Jahr entlang
Brich auch durch unsre Zeiten mit hellem Schwertesklang!

1. Der Überfall im Wildbad
(1367)

In schönen Sommertagen, wann lau die Lüfte wehn,
Die Wälder lustig grünen, die Gärten blühend stehn,
Da ritt aus Stuttgarts Toren ein Held von stolzer Art,
Graf Eberhard der Greiner, der alte Rauschebart.

Mit wenig Edelknechten zieht er ins Land hinaus,
Er trägt nicht Helm noch Panzer, nicht gehts auf blutgen Strauß:
Ins Wildbad will er reiten, wo heiß ein Quell entspringt,
Der Sieche heilt und kräftigt, der Greise wieder jüngt.

Zu Hirsau bei dem Abte, da kehrt der Ritter ein
Und trinkt bei Orgelschalle den kühlen Klosterwein.
Dann gehts durch Tannenwälder ins grüne Tal gesprengt,
Wo durch ihr Felsenbette die Enz sich rauschend drängt.

Zu Wildbad auf dem Markte, da steht ein stattlich Haus,
Es hängt daran zum Zeichen ein blanker Spieß heraus.
Dort steigt der Graf vom Rosse, dort hält er gute Rast,
Den Quell besucht er täglich, der ritterliche Gast.

Wann er sich dann entkleidet und wenig ausgeruht
Und sein Gebet gesprochen, so steigt er in die Flut.
Er setzt sich stets zur Stelle, wo aus dem Felsenspalt
Am heißesten und vollsten der edle Sprudel wallt.

Ein angeschossner Eber, der sich die Wunde wusch,
Verriet voreinst den Jägern den Quell in Kluft und Busch;
Nun ists dem alten Recken ein lieber Zeitvertreib,
Zu waschen und zu strecken den narbenvollen Leib.

Da kommt einstmals gesprungen sein jüngster Edelknab:
„Herr Graf! es zieht ein Haufe das obre Tal herab.
Sie tragen schwere Kolben, der Hauptmann führt im Schild
Ein Röslein rot von Golde und einen Eber wild.“

„Mein Sohn! das sind die Schlegler, die schlagen kräftig drein,
Gib mir den Leibrock, Junge! – das ist der Eberstein,
Ich kenne wohl den Eber, er hat so grimmen Zorn,
Ich kenne wohl die Rose, sie hat so scharfen Dorn.“

Da kommt ein armer Hirte in atemlosem Lauf:
„Herr Graf! es zieht ’ne Rotte das untre Tal herauf.
Der Hauptmann führt drei Beile, sein Rüstzeug glänzt und gleißt,
Daß mirs wie Wetterleuchten noch in den Augen beißt.“

„Das ist der Wunnensteiner, der gleißend Wolf genannt,
Gib mir den Mantel, Knabe! – Der Glanz ist mir bekannt,
Er bringt mir wenig Wonne, die Beile hauen gut,
Bind mir das Schwert zur Seite! – der Wolf, der lechzt nach Blut.

Ein Mägdlein mag man schrecken, das sich im Bade schmiegt,
Das ist ein lustig Necken, das niemand Schaden fügt,
Wird aber überfallen ein alter Kriegesheld,
Dann gilts, wenn nicht sein Leben, doch schweres Lösegeld.“

Da spricht der arme Hirte: „Des mag noch werden Rat,
Ich weiß geheime Wege, die noch kein Mensch betrat,
Kein Roß mag sie ersteigen, nur Geißen klettern dort,
Wollt Ihr sogleich mir folgen, ich bring Euch sicher fort."

Sie klimmen durch das Dickicht den steilsten Berg hinan,
Mit seinem guten Schwerte haut oft der Graf sich Bahn;
Wie herb das Fliehen schmecke, noch hatt er 's nie vermerkt,
Viel lieber möcht er fechten, das Bad hat ihn gestärkt.

In heißer Mittagsstunde bergunter und bergauf!
Schon muß der Graf sich lehnen auf seines Schwertes Knauf.
Darob erbarmts den Hirten des alten, hohen Herrn,
Er nimmt ihn auf den Rücken: „Ich tu 's von Herzen gern."

Da denkt der alte Greiner: „Es tut doch wahrlich gut,
So sänftlich sein getragen von einem treuen Blut;
In Fährden und in Nöten zeigt erst das Volk sich echt,
drum soll man nie zertreten sein altes, gutes Recht."

Als drauf der Graf gerettet zu Stuttgart sitzt im Saal,
Heißt er 'ne Münze prägen als ein Gedächtnismal,
Er gibt dem treuen Hirten manch blankes Stück davon,
Auch manchem Herrn vom Schlegel verehrt er eins zum Hohn.

Dann schickt er tüchtge Maurer ins Wildbad alsofort,
Die sollen Mauern führen rings um den offnen Ort,
Damit in künftgen Sommern sich jeder greise Mann,
Von Feinden ungefährdet, im Bade jüngen kann.

WILDBAD

BAD LIEBENZELL

2. Die drei Könige zu Heimsen
(1395)

Drei Könige zu Heimsen, wer hätt es je gedacht!
Mit Rittern und mit Rossen, in Herrlichkeit und Pracht!
Es sind die hohen Häupter der Schlegelbrüderschaft,
Sich Könige zu nennen, das gibt der Sache Kraft.

Da thronen sie beisammen und halten eifrig Rat,
Bedenken und besprechen gewaltge Waffentat:
Wie man den stolzen Greiner mit Kriegsheer überfällt
Und, besser als im Bade, ihm jeden Schlich verstellt,

Wie man ihn dann verwahret und seine Burgen bricht,
Bis er von allem Zwange die Edeln ledig spricht.
Dann fahre wohl. Landfriede! dann Lehndienst, gute Nacht!
Dann ists der freie Ritter, der alle Welt verlacht.

Schon sank die Nacht hernieder, die Kön'ge sind zur Ruh,
Schon krähen jetzt die Hähne dem nahen Morgen zu,
Da schallt mit scharfem Stoße das Wächterhorn vom Turm,
Wohlauf, Wohlauf, ihr Schläfer! das Horn verkündet Sturm.

In Nacht und Nebel draußen, da wogt es wie ein Meer
Und zieht von allen Seiten sich um das Städtlein her;
Verhaltne Männerstimmen, verworrner Gang und Drang,
Hufschlag und Rosseschnauben und dumpfer Waffenklang!

Und als das Frührot leuchtet und als der Nebel sinkt,
Hei! wie es da von Speeren, von Morgensternen blinkt!
Des ganzen Gaues Bauern stehn um den Ort geschart,
Und mitten hält zu Rosse der alte Rauschebart.

HEIMSHEIM

Die Schlegler möchten schirmen das Städtlein und das Schloß,
Sie werfen von den Türmen mit Steinen und Geschoß.
„Nur sachte!“ – ruft der Greiner – „euch wird das Bad geheizt,
Aufdampfen solls und qualmen, daß euchs die Augen beizt!“

Rings um die alten Mauern ist Holz und Stroh gehäuft,
In dunkler Nacht geschichtet und wohl mit Teer beträuft,
Drein schießt man glüh’nde Pfeile, wie raschelts da im Stroh!
Drein wirft man feur’ge Kränze, wie flackert’s lichterloh!

Und noch von allen Enden wird Vorrat zugeführt,
Von all den rüst’gen Bauern wird emsig nachgeschürt,
Bis höher, immer höher die Flamme leckt und schweift,
Und schon mit lust’gem Prasseln der Türme Dach ergreift.

Ein Tor ist freigelassen, so hat’s der Graf beliebt,
Doch hört man, wie der Riegel sich leise lose schiebt.
Dort stürzen wohl, verzweifelnd, die Schlegler jetzt heraus?
Nein! friedlich ziehts herüber, als wie ins Gotteshaus.

Voran drei Schlegelkön’ge, zu Fuß, demütiglich,
Mit unbedecktem Haupte, die Augen unter sich.
Dann viele Herrn und Knechte, gemachsam, Mann für Mann,
Daß man sie alle zählen und wohl betrachten kann.

„Willkomm!“ – so ruft der Greiner – „Willkomm in meiner Haft!
Ich traf euch gut beisammen, geehrte Brüderschaft!
So konnt ich wieder dienen für den Besuch im Bad.
Nur Einen miß ich, Freunde! den Wunnenstein, ’s ist schad!“

Ein Bäuerlein, das treulich am Feuer mitgefacht,
Lehnt dort an seinem Spieße, nimmt alles wohl in Acht:
„Drei Könige zu Heimsen“ – so schmollt es – „das ist viel!
Erwischt man noch den vierten, so ists ein Kartenspiel!“

3. Die Schlacht bei Reutlingen
(1377)

Zu Achalm auf dem Felsen, da haust manch kühner Aar,
Graf Ulrich, Sohn des Greiners, mit seiner Ritterschar;
Wild rauschen ihre Flüge um Reutlingen, die Stadt,
Bald scheint sie zu erliegen, vom heißen Drange matt.

Doch plötzlich einst erheben die Städter sich zu Nacht,
Ins Urachtal hinüber sind sie mit großer Macht;
Bald steigt von Dorf und Mühle die Flamme blutig rot,
Die Herden weggetrieben, die Hirten liegen tot.

Herr Ulrich hats vernommen, er ruft im grimmen Zorn:
„In eure Stadt soll kommen kein Huf und auch kein Horn!"
Da sputen sich die Ritter, sie wappnen sich in Stahl,
Sie heischen ihre Rosse, sie reiten stracks zu Tal.

Ein Kirchlein stehet drunten, Sankt Leonhard geweiht,
Dabei ein grüner Anger, der scheint bequem zum Streit;
Sie springen von den Pferden, sie ziehen stolze Reihn,
Die langen Spieße starren, wohlauf! Wer wagt sich drein?

Schon ziehn vom Urachtale die Städter fern herbei,
Man hört der Männer Jauchzen, der Herden wild Geschrei,
Man sieht sie fürder schreiten, ein wohlgerüstet Heer;
Wie flattern stolz die Banner! Wie blitzen Schwert und Speer!

Nun schließ dich fest zusammen, du ritterliche Schar!
Wohl hast du nicht geahnet so dräuende Gefahr.
Die übermächtgen Rotten, sie stürmen an mit Schwall,
Die Ritter stehn und starren wie Fels und Mauerwall.

REUTLINGEN

Zu Reutlingen am Zwinger, da ist ein altes Tor,
Längst wob mit dichten Ranken der Efeu sich davor;
Man hat es schier vergessen, nun krachts mit einmal auf,
Und aus dem Zwinger stürzet, gedrängt, ein Bürgerhauf!

Den Rittern in den Rücken fällt er mit grauser Wut,
Heut will der Städter baden im heißen Ritterblut,
Wie haben da die Gerber so meisterlich gegerbt!
Wie haben da die Färber so purpurrot gefärbt!

Heut nimmt man nicht gefangen, heut geht es auf den Tod,
Heut spritzt das Blut wie Regen, der Anger blümt sich rot.
Stets drängender umschlossen und wütender bestürmt,
Ist rings von Bruderleichen die Ritterschar umtürmt.

Das Fähnlein ist verloren, Herr Ulrich blutet stark,
Die noch am Leben bleiben, sind müde bis ins Mark.
Da haschen sie nach Rossen und schwingen sich darauf,
Sie hauen durch, sie kommen zur festen Burg hinauf.

„Ach Allm“ – stöhnt einst ein Ritter, ihn traf des Mörders Stoß
Allmächtger! wollt er rufen – man hieß davon das Schloß;
Herr Ulrich sinkt vom Sattel, halbtot, voll Blut und Qualm,
Hätt nicht das Schloß den Namen, man hieß es jetzt: Achalm.

Wohl kommt am andern Morgen zu Reutlingen ans Tor
Manch trauervoller Knappe, der seinen Herrn verlor.
Da auf dem Rathaus liegen die Toten all gereiht,
Man führt dahin die Knechte mit sicherem Geleit.

Dort liegen mehr denn sechzig, so blutig und so bleich,
Nicht jeder Knapp erkennet den toten Herrn sogleich.
Dann wird ein jeder Leichnam von treuen Dieners Hand
Gewaschen und gekleidet in weißes Grabgewand.

Auf Bahren und auf Wagen getragen und geführt,
Mit Eichenlaub bekränzet, wie's Helden wohl gebührt
So geht es nach dem Tore die alte Stadt entlang,
Dumpf tönet von den Türmen der Totenglocken Klang.

Götz Weißenheim eröffnet den langen Leichenzug:
Er war es, der im Streite des Grafen Banner trug,
Er hatt es nicht gelassen, bis er erschlagen war,
Drum mag er würdig führen auch noch die tote Schar.

Drei edle Grafen folgen, bewährt in Schildesamt,
Von Tübingen, von Zollern, von Schwarzenberg entstammt.
O Zollern! deine Leiche umschwebt ein lichter Kranz:
Sahst du vielleicht noch sterbend dein Haus im künft'gen Glanz?

Von Sachsenheim zween Ritter, der Vater und der Sohn,
Die liegen still beisammen in Lilien und in Mohn,
Auf ihrer Stammburg wandelt von Alters her ein Geist,
Der längst mit Klaggebärden auf schweres Unheil weist.

Einst war ein Herr von Lustnau vom Scheintod auferwacht,
Er kehrt im Leichentuche zu seiner Frau bei Nacht,
Davon man sein Geschlechte die Toten hieß zum Scherz
Hier bringt man ihrer einen, den traf der Tod ins Herz.

Das Lied, es folgt nicht weiter, des Jammers ist genug,
Will jemand alle wissen, die man von dannen trug:
Dort auf den Rathausfenstern, in Farben bunt und klar,
Stellt jeden Ritters Name und Wappenschild sich dar.

Als nun von seinen Wunden Graf Ulrich ausgeheilt,
Da reitet er nach Stuttgart, er hat nicht sehr geeilt;
Er trifft den alten Vater allein am Mittagsmahl;
Ein frostiger Willkommen; kein Wort ertönt im Saal.

Dem Vater gegenüber sitzt Ulrich an den Tisch,
Er schlägt die Augen nieder, man bringt ihm Wein und Fisch;
Da faßt der Greis ein Messer und spricht kein Wort dabei
Und schneidet zwischen beiden das Tafeltuch entzwei.

4. Die Döffinger Schlacht
(1388)

Am Ruheplatz der Toten, da pflegt es still zu sein,
Man hört nur leises Beten bei Kreuz und Leichenstein;
Zu Döffingen war's anders, dort scholl den ganzen Tag
Der feste Kirchhof wieder von Kampfruf, Stoß und Schlag.

Die Städter sind gekommen, der Bauer hat sein Gut
Zum festen Ort geflüchtet und hält's in tapfrer Hut;
Mit Spieß und Karst' und Sense treibt er den Angriff ab,
Wer tot zu Boden sinket, hat hier nicht weit ins Grab.

Graf Eberhard der Greiner vernahm der Seinen Not,
Schon kommt er angezogen mit starkem Aufgebot,
Schon ist um ihn versammelt der besten Ritter Kern,
Vom edeln Löwenbunde die Grafen und die Herrn.

Da kommt ein reis'ger Bote vom Wolf von Wunnenstein:
„Mein Herr mit seinem Banner will Euch zu Dienste sein."
Der stolze Graf entgegnet: „Ich hab sein nicht begehrt,
Er hat umsonst die Münze, die ich ihm einst verehrt."

Bald sieht Herr Ulrich drüben der Städte Scharen stehn,
Von Reutlingen, von Augsburg, von Ulm die Banner wehn,
Da brennt ihn seine Narbe, da gärt der alte Groll:
„Ich weiß, ihr Übermüt'gen, wovon der Kamm euch schwoll!"

DÖFFINGEN

Er sprengt zu seinem Vater: „Heut zahl ich alte Schuld,
Will's Gott, erwerb ich wieder die väterliche Huld!
Nicht darf ich mit dir speisen auf Einem Tuch, du Held!
Doch darf ich mit dir schlagen auf Einem blutgen Feld."

Sie steigen von den Gäulen, die Herrn vom Löwenbund,
Sie stürzen auf die Feinde, tun sich als Löwen kund,
Hei! wie der Löwe Ulrich so grimmig tobt und würgt!
Er will die Schuld bezahlen, er hat sein Wort verbürgt.

Wen trägt man aus dem Kampfe, dort auf den Eichenstumpf?
„Gott sei mir Sünder gnädig!" – er stöhnt's, er röchelt's dumpf.
O königliche Eiche, dich hat der Blitz zerspellt!
O Ulrich, tapfrer Ritter, dich hat das Schwert gefällt.

Da ruft der alte Recke, den nichts erschüttern kann:
„Erschreckt nicht! der gefallen, ist wie ein andrer Mann!
Schlagt drein! die Feinde fliehen!« – er ruft's mit Donnerlaut;
Wie rauscht sein Bart im Winde! hei! wie der Eber haut!

Die Städter han vernommen das seltsam list'ge Wort.
„Wer flieht?" so fragen alle, schon wankt es hier und dort.
Das Wort hat sie ergriffen gleich einem Zauberlied,
Der Graf und seine Ritter durchbrechen Glied auf Glied.

Was gleißt und glänzt da droben und zuckt wie Wetterschein?
Das ist mit seinen Reitern der Wolf von Wunnenstein.
Er wirft sich auf die Städter, er sprengt sich weite Bucht,
Da ist der Sieg entschieden, der Feind in wilder Flucht.

Im Erntemond geschah es, bei Gott, ein heißer Tag!
Was da der edlen Garben auf allen Feldern lag!
Wie auch so mancher Schnitter die Arme sinken läßt!
Wohl halten diese Ritter ein blutig Sichelfest.

Noch lange traf der Bauer, der hinterm Pfluge ging,
Auf rost'ge Degenklinge, Speereisen, Panzerring,
Und als man eine Linde zersägt und niederstreckt,
Zeigt sich darin ein Harnisch und ein Geripp versteckt.

Als nun die Schlacht geschlagen und Sieg geblasen war,
Da reicht der alte Greiner dem Wolf die Rechte dar:
„Hab Dank, du tapfrer Degen, und reit mit mir nach Haus,
Daß wir uns gütlich pflegen nach diesem harten Strauß!"

„Hei!" – spricht der Wolf mit Lachen –
„gefiel Euch dieser Schwank?
ich stritt aus Haß der Städte und nicht um Euren Dank.
Gut Nacht und Glück zur Reise! es steht im alten Recht."
Er sprichts und jagt von dannen mit Ritter und mit Knecht.

Zu Döffingen im Dorfe, da hat der Graf die Nacht
Bei seines Ulrichs Leiche, des einz'gen Sohns, verbracht.
Er kniet zur Bahre nieder, verhüllet sein Gesicht,
Ob er vielleicht im Stillen geweint, man weiß es nicht.

Des Morgens mit dem Frühsten steigt Eberhard zu Roß,
Gen Stuttgart fährt er wieder mit seinem reis'gen Troß;
Da kommt des Wegs gelaufen der Zuffenhauser Hirt
„Dem Mann ist's trüb zu Mute, was der uns bringen wird?"

„Ich bring Euch böse Kunde, nächt ist in unsern Trieb
Der gleißend Wolf gefallen, er nahm so viel ihm lieb:"
Da lacht der alte Greiner in seinen grauen Bart:
„Das Wölflein holt sich Kochfleisch, das ist des Wölfleins Art."

Sie reiten rüstig fürder, sie sehn aus grünem Tal
Das Schloß von Stuttgart ragen, es glänzt im Morgenstrahl;
Da kommt des Wegs geritten ein schmucker Edelknecht;
„Der Knab will mich bedünken, als ob er Gutes brächt."

„Ich bring Euch frohe Märe: Glück zum Urenkelein!
Antonia hat geboren ein Knäblein, hold und fein.“
Da hebt er hoch die Hände, der ritterliche Greis:
„Der Fink hat wieder Samen, dem Herrn sei Dank und Preis!“

Ludwig Uhland (1787–1862)

Das Mahl zu Heidelberg

Von Württemberg und Baden die Herren zogen aus;
Von Metz des Bischofs Gnaden vergaß das Gotteshaus;
Sie zogen aus zu kriegen wohl in die Pfalz am Rhein,
Sie sahen da sie liegen im Sommersonnenschein.

Umsonst die Rebenblüte sie tränkt mit mildem Duft,
Umsonst des Himmels Güte aus Ährenfeldern ruft:
Sie brannten Hof und Scheuer, daß heulte Groß und Klein;
Da leuchtete vom Feuer der Neckar und der Rhein.

Mit Gram von seinem Schlosse sieht es der Pfälzer Fritz:
Heißt springen auf die Rosse zwei Mann auf einem Sitz.
Mit enggedrängtem Volke sprengt er durch Feld und Wald,
Doch ward die kleine Wolke zum Wetterhimmel bald.

Sie wollen seiner spotten, da sind sie schon umringt,
Und über ihren Rotten sein Schwert der Sieger schwingt.
Vom Hügel sieht man prangen das Heidelberger Schloß,
Dorthin führt er gefangen die Fürsten samt dem Troß.

Zu hinterst an der Mauer da ragt ein Turm so fest,
Das ist ein Sitz der Trauer, der Schlang und Eule Nest;
Dort sollen sie ihm büßen im Kerker trüb und kalt,
Es gähnt zu ihren Füßen ein Schlund und finstrer Wald.

Hier lernt vom Grimme rasten der Württemberger Utz,
Der Bischof hält ein Fasten, der Markgraf läßt vom Trutz.
Sie mochten schon in Sorgen um Leib und Leben sein.
Da trat am andern Morgen der stolze Pfälzer ein.

„Herauf, ihr Herrn, gestiegen in meinen hellen Saal!
Ihr sollt nicht fürder liegen in Finsternis und Qual.
Ein Mahl ist euch gerüstet, die Tafel ist gedeckt,
Drum wenn es euch gelüstet, versucht, ob es euch schmeckt."

Sie lauschen mit Gefallen, wie er so lächelnd spricht,
Sie wandeln durch die Hallen ans goldne Tageslicht.
Und in dem Saale winket ein herrliches Gelag,
Es dampfet und es blinket, was nur das Land vermag.

Es setzten sich die Fürsten; da mocht es seltsam sein:
Sie hungern und sie dürsten beim Braten und beim Wein.
„Nun will's euch nicht behagen? Es fehlt doch, deucht mir, nichts?
Worüber ist zu klagen? An was, ihr Herrn, gebricht's?

Es schickt zu meinem Tische der Odenwald das Schwein,
Der Neckar seine Fische, den frommen Trank der Rhein!
Ihr habt ja sonst erfahren, was meine Pfalz beschert!
Was wollt ihr heute sparen, wo keiner es euch wehrt?"

Die Fürsten sahn verlegen den andern jeder an,
Am Ende doch verwegen der Ulrich da begann:
„Herr, fürstlich ist dein Bissen, doch eines tut ihm Not,
Das mag kein Knecht vermissen: Wo ließest du das Brot?"

„Wo ich das Brot gelassen?" sprach da der Pfälzer Fritz,
Er traf, die bei ihm saßen, mit seiner Augen Blitz;
Er tat die Fensterpforten weit auf im hohen Saal,
Da sah man aller Orten ins offne Neckartal.

Sie sprangen von den Stühlen und blickten in das Land,
Da rauchten alle Mühlen rings von des Krieges Brand;
Kein Hof ist da zu schauen, wo nicht die Scheune dampft,
Von Rosses Huf und Klauen ist alles Feld zerstampft.

„Nun sprecht, von wessen Schulden ist so mein Mahl bestellt?
Ihr müßt euch wohl gedulden, bis ihr besät mein Feld,
Bis in des Sommers Schwüle mir reifet eure Saat,
Und bis mir in der Mühle sich wieder dreht ein Rad.

Ihr seht, der Westwind fächelt in Stoppeln und Gesträuch;
Ihr seht, die Sonne lächelt, sie wartet nur auf euch!
Drum sendet flugs die Schlüssel, und öffnet euren Schatz,
So findet bei der Schüssel das Brot den rechten Platz!"

Gustav Schwab (1792–1850)

Eberhard im Bart

So mogen wir doch leid verstan,
so jetz dem heilig römisch Reich
vnd teutschen nacion desgleich
geschehen ist in dieser fart
durch abgang herczog Eberhart
von Wirtemberg, des fürsten milt,
der des reichs sturmfan in sim schilt
mit großen eren hat gefürt,
durch des vernunft pillich regiert
wern alle land vnd künigreich.
Gott geb dem fürsten tugendreich
pei Jhm freudt in des himmelstron!
Worlich ist er den Teutschen Kron
vnd spiegel aller tugend gesin.
Gott geb im die ebig rue! er ist dahin.

Heinrich Bebel (1472–1518)

Graf Eberhards Weißdorn

Graf Eberhard im Bart vom Württemberger Land,
Er kam auf frommer Fahrt zu Palästinas Strand.

Daselbst er einsmals ritt durch einen frischen Wald;
Ein grünes Reis er schnitt von einem Weißdorn bald.

Er steckt es mit Bedacht auf seinen Eisenhut;
Er trug es in der Schlacht und über Meeres Flut.

Und als er war daheim, er's in die Erde steckt,
Wo bald manch neuen Keim der milde Frühling weckt.

Der Graf, getreu und gut, besucht es jedes Jahr,
Erfreute dran den Mut, wie es gewachsen war.

Der Herr war alt und laß, das Reislein war ein Baum,
Darunter oftmals saß der Greis in tiefem Traum.

Die Wölbung, hoch und breit, mit sanftem Rauschen mahnt
Ihn an die alte Zeit und an das ferne Land.

Ludwig Uhland (1787–1862)

„Die Mutter aller Schul. Der freyen Künsten edler Buhl."

in schwaben, da ein fürstin ist, namlich frow mechilt geborne
pfaltzgreuin by ryne und ertzhertzogin zu österrich wytwe
ain grosse liebhaberin aller künsten, dero guter lümde aller
wyshait tugend und menschlichkait so grosz ist, das der mit
loben nit mag werden gemeret noch mit schelten gemindert.

Nikolaus von Wyle (um 1410–1478)

Der reichste Fürst

Preisend mit viel schönen Reden
Ihrer Länder Wert und Zahl,
Saßen viele deutsche Fürsten
Einst zu Worms im Kaisersaal.

„Herrlich“, sprach der Fürst von Sachsen,
„Ist mein Land und seine Macht,
Silber hegen seine Berge
Wohl in manchem tiefen Schacht.“

„Seht mein Land in üppger Fülle“,
Sprach der Kurfürst von dem Rhein,
„Goldne Saaten in den Tälern,
Auf den Bergen edlen Wein!“

„Große Städte, reiche Klöster“,
Ludwig, Herr zu Bayern, sprach,
„Schaffen, daß mein Land dem Euren
Wohl nicht steht an Schätzen nach.“

Eberhard, der mit dem Barte,
Württembergs geliebter Herr,
Sprach: „Mein Land hat kleine Städte,
Trägt nicht Berge silberschwer;

Doch ein Kleinod hälts verborgen:
Daß in Wäldern noch so groß,
Ich mein Haupt kann kühnlich legen
Jedem Untertan in Schoß.“

Und es rief der Herr von Sachsen,
Der von Bayern, der vom Rhein:
„Graf im Bart! Ihr seid der Reichste,
Euer Land trägt Edelstein!“

Justinus Kerner (1786–1862)

BONLANDEN

ERDMANNHAUSEN

HEUBACH

Herzog Christophs Ende

BERNHAUSEN

Sie hatten lang an ihm kurieret,
Dem edlen Vater, der so krank,
Sie hatten allerlei probieret:
Bald starken Apothekertrank,
Bald ihn im Wildbad warm gewaschen,
Bald ihn nach Göppingen geschickt,
Den Quell zu trinken dort, den raschen –
Und doch war alles nur geflickt.
Da sprach der Herzog: „Dank euch allen!
Ihr flicket eben, wie ihr könnt,
Doch würd ich in Verzweiflung fallen,
Wüßt ich kein besser Element!
Mein Leib sinkt unter keinem Schwertstreich,
Und doch muß es gestorben sein:
Drum lasset ab! Ein kühles Erdreich
Wird bald mein bester Doktor sein."
Dann hat der Hort des Vaterlandes,
Er, der mit Gott und Volk vertraut,
Und nie sein Haus auf leichten Sandes,
Nein, auf der Felsen Grund gebaut,
Dann hat er jenen goldnen Anker
Ergriffen mild und glaubensvoll,
Mit dem noch stets ein Tödlichkranker
Den Himmelsport erreichen soll.
Er sprach zuletzt: „Wenn ich gestorben,
Dann singt das Lied nach meinem Sinn:
Im Namen des, der mich erworben,
Mit Fried und Freud fahr ich dahin!"
Er schied. Sie haben's ihm gesungen;
Sein Leben, Sterben wirket fort,
Und heute noch ist unverklungen
Sein Fürstenwerk, sein Christenwort.

SIELMINGEN

ECHTERDINGEN

Albert Knapp (1798–1864)

Kaplied

Auf, auf, ihr Brüder, und seid stark!
Der Abschiedstag ist da.
Schwer liegt er auf der Seele, schwer,
Wir sollen über Land und Meer
Ins heiße Afrika!

Ein dichter Kreis von Lieben steht,
Ihr Brüder, um uns her;
Uns knüpft so manches teure Band
An unser deutsches Vaterland,
Drum fällt der Abschied schwer.

Dem bieten graue Eltern noch
Zum letztenmal die Hand,
Den kosen Bruder, Schwester, Freund,
Und alles schweigt, und alles weint,
Todblaß von uns gewandt.

Und wie ein Geist schlingt um den Hals
Das Liebchen sich herum:
Willst mich verlassen, liebes Herz,
Auf ewig? – und der bittre Schmerz
Machts arme Liebchen stumm.

Ist hart, drum wirble du, Tambour,
Den Generalmarsch drein!
Der Abschied macht uns sonst zu weich,
Wir weinten kleinen Kindern gleich –
Es muß geschieden sein.

Lebt wohl, ihr Freunde! sehn wir uns
Vielleicht zum letztenmal,
So denkt: nicht für die kurze Zeit,
Freundschaft ist für die Ewigkeit,
Und Gott ist überall.

ALTENSTEIG

BAD HERRENALB

DAGERSHEIM

An Deutschlands Grenze füllen wir
Mit Erde unsre Hand
Und küssen sie – das sei der Dank
Für deine Pflege, Speis und Trank,
Du liebes Vaterland!

WURMBERG

Wenn dann die Meereswoge sich
An unsern Segeln bricht,
So segeln wir gelassen fort;
Denn Gott ist hier und Gott ist dort,
Und der verläßt uns nicht.

Und ha, wenn sich der Tafelberg
Aus blauen Düften hebt,
So strecken wir empor die Hand
Und jauchzen: Land, ihr Brüder, Land!
Daß unser Schiff erbebt.

OEFFINGEN

Und wenn Soldat und Offizier
Gesund ans Ufer springt,
Dann jubeln wir, ihr Brüder, ha!
Nun sind wir ja in Afrika!
Und alles dankt und singt.

Wir leben drauf in fernem Land
Als Deutsche brav und gut,
Und sagen soll man weit und breit:
Die Deutschen sind doch brave Leut,
Sie haben Geist und Mut.

Und trinken auf dem Hoffnungskap
Wir seinen Götterwein,
So denken wir, von Sehnsucht weich,
Ihr fernen Freunde, dann an euch,
Und Tränen fließen drein.

Christian Friedrich Daniel Schubart (1739–1791)

Das alte gute Recht

ROTFELDEN

Wo je bei altem, gutem Wein
Der Württemberger zecht,
Da soll der erste Trinkspruch sein
„Das alte, gute Recht!“
Das Recht, das unsres Fürsten Haus
Als starker Pfeiler stützt,
Und das im Lande ein und aus
Der Armut Hütten schützt;
Das Recht, das uns Gesetze gibt,
Die keine Willkür bricht,
Das offene Gerichte liebt
Und gültig Urteil spricht;
Das Recht, das mäßig Steuern schreibt
Und wohl zu rechnen weiß,
Das an der Kasse sitzen bleibt
Und kargt mit unserem Schweiß;

MAULBRONN

Das Recht, das jedem freien Mann
Die Waffen gibt zur Hand,
Damit er stets verfechten kann
Den Fürsten und das Land;
Das Recht, das jedem offen läßt
Den Zug in alle Welt,
Das uns allein durch Liebe
Fest am Mutterboden hält;
Das Recht, das eine schlimme Zeit
Lebendig uns begrub,
Das jetzt mit neuer Regsamkeit
Sich aus dem Grab erhub.
Ja, wenn auch wir von hinnen sind,
Besteh' es fort und fort
Und sei für Kind und Kindeskind
Des schönsten Glückes Hort!

ALFDORF

Ludwig Uhland (1787–1862)

Auf Königin Catharinas Tod

… Nimm hin, Verklärte, die du früh entschwunden!
Nicht Gold noch Kleinod ist dazu verwendet,
Auch nicht aus Blumen ist der Kranz gebunden,
In rauher Zeit hast du die Bahn vollendet:
Aus Feldesfrüchten hab ich ihn gewunden,
Wie du in Hungertagen sie gespendet;
Ja! Gleich der Ceres Kranze, flocht ich diesen,
Volksmutter, Nährerin, sei mir gepriesen! …

Ludwig Uhland (1787–1862)

O sel'ge Herrin! Stern aus Norden,
Der sich einst mild zu uns gewandt,
Du, die zum Liebesstern geworden
Dem hoffenden, dem armen Land.

Bist schon verschwunden, kaum gekommen,
Ein Morgen über Tal und Höh'n
Und deine Saat, des Lichts benommen,
Muß nun im Keime trauernd stehn.

Wie liegt es bang auf jedem Herzen!
Wie thun es tausend Thränen kund!
Und wer da spricht, der spricht von Schmerzen,
Und wie sein Inn'res tödlich wund.

Ihr Glocken mit geweihtem Schalle!
Ruft durch die trauernd stille Luft:
„Ihr Armen! Kniet und betet alle!
Hört's! eure Mutter deckt die Gruft!"

Justinus Kerner (1786–1862)

Hie gut Wirtemberg allewege!

Geburt Graf Eberhards des Erlauchten 1265

jtem ein herre der hieß Graue Eberhart von Wirttemberg,
des muter waz ein Hertzogin von Bolland
Von der selben frowen siner muter
ward der selb Graue Eberhart von Wirtemberg,
do er geborn solt werden geschnitten,
die was ein frome frowe
Als bald sie den herren gesach
do sprach sie tund hin das kinde,
die wyle es lept so gibt es allem lande
zuschwaben zuschaffen mit kriegen
als bald sie daz gesprach do starb sie zuhand,
vnd ward ouch solichjr sag war
Er ward wol achtzig jar alt
vnd kriegt mit allen Romschen keysern vnd küngen
die wyle er lebt.

Loblied auf Mechthild von der Pfalz (1419–1482)

Mutter des Grafen Eberhard im Bart

Frauw Mechthild hat für alle fürstin des teutsch lands, so diser zeit gelept, disen rum, eer und lob hinder ier verlassen, daß durch ier anstifften und fürdern hertzog Albrecht von Osterreich, ier gemachel. die hoch schul zu Freyburg anno 1457 gestifft, desgleichen die hoch schul zu Tubingen durch graff Eberhart, iern sun, den bardthern zugenant, anno 1477 aufgericht ist worden, um welcher baider sachen willen sie als ein hochverstendige frauw von allen liebhabern guter künsten billich zu loben und, so lang solche künsten im schwanck gangen, sie zu riemen und zu preisen baider schulen studenten nitt underlassen sollen.

Sebastian Küng 1554

Graf Eberhard im Bart

Du hochherzig und weise, der Weisen erhabener Gönner,
Treuer Verehrer des Rechts, der Sitte strenger Bewahrer,
Der du der Religion ein frischeres Leben,
Der Hochschul Blüte verliehen,
Du Wirtembergs Sohn,
Durch Tugend sein Herzog,
Keiner ist edler als du.

Jacob Wimpfeling (1450–1528)

Der Tübinger Vertrag zwischen Herzog Ulrich und Prälaten und Landschaft

8.Juli 1514

Des Allerdurchleuchtigsten, Großmechtigsten Fürsten vnnd Herren Hern Maximilian von Gotes gnaden Römischer kaysers zu Allen Zytten Merer des Rychs etc. vnnsers Allergnedigsten hern gesandt Räte mit Namen Wir Jörig Grave zu Montfortt Her zu Bregentzs Cristoff Herr zu Limppurg des Hailigen Rychs Erbschenckh semperfry vnnd Johann Schad baider Rechten Doctor, vnd von gottes gnaden Wir Wilhälme Bischoffe zu Straßburg Landtgrafe Jn Elsäss, Ouch von denselben gnadenWir Hug Bischoff zu Constantzs, Ouch Wir Nachbenanten Schenckh Valentin Her zu Erbach, Florentz von Veningen baider Rechten Doctor Cantzler vnnd Franciscus von Sickhingen, von Unsern gnedigsten vnnd gnedigen Hern hern Ludwig Churfürsten, vnnd Hern Friderichen. Baiden pfalzgrafen by Reyn vnd Hertzogen Jn Bayrn Gebrüder, Petter von Vffseß zu Bomberg vnnd Wirtzburg Thumbherr probst zu Chomberg, vnnd Ludwig von Hutten Ritter von vnnserm gnedigen Hern hern Lourentzen bischoffen zu Wirtzburg vnnd Hertzogen zu Francken, Vnnd Pleycker Landtschade von mins gnedigen hern Hern Philipsen Marggrafen zu Baden vnd Rötteln, gesandt vnnd verordnet Rätte Bekhennen ofennlich Jnn disem Brieffe vnnd thund kund allermennigklich Nachdem sich zwischent dem Durchleüchtigen Hochgebornen fürsten vnnd Hern hern Vlrichen Herzogen zu Wirttemberg vnnd zu Teckh Grafen zu Mümpelgart etc. vnnserm lieben Hern Freund

vnnd gnedigen Hern Ains, vnnd den Erwirdigen vnnd Ersamen Prellaten vnnd gemainer Landtschafft siner lieb, vnd gnaden, Fürstenthumbs verwannten vnnd vnterthanen annders tails, Ettlich spenn vnnd gebrechen gehallten, derenhalb ettwas vfruren vnder gemainer Landtschafft sich erwegt vnnd begeben, Aber darzwischent sovil Jn der güttin fürgenommen vnnd gehandelt Das dieselbige zu gemainem siner lieb vnnd gnaden vßgeschriben Lanndtag alher vnnd zu ferrer Handlung gebracht, ouch ettwas vil tag her zwischent Jnen baidersyts gehandelt worden Aber zu letzst für vns zu gütlicher Handlung kommen, darJnn wir so vil arbait vnnd flys fürgewent vnnd gethon, Das Wir sie, solicher aller vnnd sonnderlich, mit baidertailen gutem Wissen vnnd willen Jnn der Güte entschaiden vnnd vertragen haben wie hernach folgt.
(Der volle Wortlaut des Vertrages ist abgedruckt bei August Ludwig Reyscher, Württembergische Gesetze 1,40–45)
zu Tüwingen vff Sampstag Kylian des Hailigen Bischoffs vnnd Martterers tag nach der Geburt Cristi vnsers lieben Herren im fünffzehnhundertsten vnd Vierzehenden Jaren.

Testament des Herzogs Christoph von Württemberg

19.Januar 1566

Wir haben auch vnnsern Sönen Vätterlichen eingebunden, stettigs erinnerlichen zu hertzen zufüren, Wie sie von Gott dem Herrn, Lanndt vnnd Leüthen, fur Vätter des geliebten Vatterlandts fürgestelt, vnnd gegeben werden, Auch jnen Lanndt vnnd Leüth von seiner Allmechtigkeit vertrawt seien, nicht Darumben, Das sie Jren Aignen Wollust, Bracht, vnd dergleichen Wäldtliche yppigkait suchen, Sonnder Alß Gottsförchtige, Christliche fromme, getrewe, vnnd sorgfeltige Fürsten, den gemeinen nutzen, vor Jrem Aignen zubefürdern, Auch gar keinen Krieg, Jn einichen Wege Anfahen, oder Auch Kein Ainiche Vrsach darzu geben, Sonnder den geliebten Hochnützlichen friden vnnd darzu recht vnnd gerechtigkeit zuerhalten.

Testament des Herzogs Friedrich von Württemberg-Neuenstadt

27.August 1675

Vnßere Liben Söhne, Sollen ihnen, die alte getrewe Diener lassen wohlbefohlen seyn, Vnd sie wehrt halten, dann sie wissen nicht, wie noch die newe gerathen, Vndt wann sie so weit kommen, selbsten Zue ihren Sachen sehen, nicht Viel ohnnüz gesind halten; Vielweniger sich mit pferdten vndt hunden, beschwehren; dieweil es ein gemeinschafft ist, hatt keiner an Pferdten vndt Dienern mehr Zu halten, alß waß die gemeinschafft erduldet, Sonsten ihnen solches abgewehret werden solle. Jn summa, Sich bey so gestalt der Sachen aller Spahrsahmkeit Zue befleißigen. Es sollen auch dießelbe vnßere lieben Söhn hiemit Vätterlich erinnert seyn die Vnderthanen, mit lieb vnd freundlichkeit Zu Regieren; Sich auch mit dem Jagen vnd frohnen dergestalt moderiren; damit die arme leüthe nicht darüber, Zu dem Allmächtigen Gott im Himmel Zue seuffzen haben; Vnd sich hauptsächlichen, in allem gegen ihnen Zue erweißen, wie es Christlichen Obrigkeiten gebühret, Vndt von Rechts wegen Zustehet. Von welchem allem Sie Gottes augenscheinlichen Reichen Seegen, Vnd allen empfindlichen nuzen, Heil vnd Wohlfahrt, haben und geniessen werden.

König Friedrich II. von Preußen Fürstenspiegel zur Mündigsprechung des Herzogs Carl Eugen 1744

Denken Sie ja nicht, daß das Land Württemberg für Sie geschaffen worden ist, vielmehr, daß die Vorsehung Sie auf die Welt hat kommen lassen, um dieses Volk glücklich zu machen. Ziehen Sie immer dessen Wohlsein Ihrer eigenen Annehmlichkeit vor, und wenn Sie in Ihrem zarten Alter Ihre Wünsche dem Wohl Ihrer Untertanen opfern können, werden Sie nicht nur von diesen schwärmerisch geliebt, sondern auch von der Welt bewundert werden.

Kanzelreskript zum 50.Geburtstag des Herzogs Carl Eugen

Mit diesen gemeinschaftlichen Gesinnungen, mit diesem festen, unabänderlichen Vorsatz muß es Herrn und Land wohl gehen. Wir als Landesherr wiederholen es nochmals und wiederholen es mit dem allergrößten Vergnügen aus der reinen Quelle der Gott gefälligen Wahrheit, daß der heutige Tag unserer zweiten Lebensperiode ein Tag der Freude für uns sein solle, wenn wir von neuem die Herzen aller unserer lieben und getreuen Diener und Untertanen an uns gezogen zu haben glauben können. Und wie getrost muß jeder Untertan leben, wenn er in seinem Landesherrn einen sorgenden, einen getreuen Vater verehren kann.
Ja, Württemberg, muß es wohl gehen! Dies sei für das Künftige auf immer die Losung zwischen Herrn, Dienern und Untertanen.
Stuttgart, den 11.Februar 1778.

Aus dem Tagbuch der Franziska Reichsgräfin von Hohenheim

Zur Einweihung der von Herzog Carl Eugen gestifteten, von dessen Sohn Reinhard Ferdinand Heinrich Fischer erbauten Birkacher Franziskakirche.

Samstag am glieckliche Carlstag d. 4. Nov. 1780.
Ich wachde mit wenschen vor Ihro Durchleicht auf; um halb 9. uhr herten der Herzog Meß, in dem Kammen der Prentz Louis u. die Berufene, die zu der Einweihung von der Kirch gehörten, alstan geng es dan das aller Erste mahl in Birgach in die Kirch, u. Gott Erhöre die Wönsche, die bey diesser Einweihung vor Ihro Durchleicht den Besten Herzog gedan wurten, er gebe seinen gnätigen Seegen zu diessem Seinem haus, u. Lasse Sein wort recht unter uns Wachsen u. zu nehmen zu unserm Ewigen heil, Seelich Keidt u. zu Seiner Ere in Ewigkeidt. Die Ceremonie wahr ser schen, alle Pfarrer von der Diotzes wahren da bey Benebst alle geheimderadt u. welche von dem Consisdorio; ein Kend hebden der Herzog u. der Prentz Selbsten, auch ich, aus der Tauf; zwei wurden copulierdt, auch der neihe Pfarrer installierdt, um 12 uhr

geng es aus der Kirch, Ihro Durchleicht ließen die gantze Bürger schaft im hof speisen, gengen zu Ihnen u. sprachen auf das gnädigste mit Ihnen; alle die Pfarrers wurden ebenfals gespeist, u. so auch alle benachbarde schultzen, es wahr alles herrlich u. vergniegdt u. dank bahr gerierdt ... Nach der Tafel fengen die Leide an zu dantzen, die von allen filderorden da wahren, man sahe Ihnen zu; die Pfarrers wahren auch alle nach der Tafel da, der Prentz wurden auch in das schlößle u. auf den Frucht u. Hey boden gefierdt u. nach diessem gengen Sie benebst den anderen anwesenden baldt henweck, u. Ihro Durchleicht liesen, noch in Ihrer gegen wardt die fier Hanen ausdantzen, damit wahr es nacht, u. es geng alles nach haus. Gott schreibe alles, was der Herzog vor gutte handlongen don, Ihnen zum Ewigen Seegen an. Ich bekam auch nachricht, daß meine Mutter mit sack u. pack in Stuttgardt angekommen wehre.

So kam es, daß, während kurz zuvor Frankreichs Volk den Thron blutig umstieß, und seinen Fürsten mit wilder Freude auf das Schaffot brachte, des Herzogs Tod, der in den Armen Franziska's entschlief, am 24.Oktober 1793, sein Land in eine tiefere Trauer und Klage versezte, als sie zu seyn pflegt, wenn ein Vater aus dem Kreise seiner Kinder scheidet. Die lezte schöne Zeit seiner Regierung warf eine blendende Decke über das Frühere, und noch jetzt leben die Namen Carl und Franziska im Munde des Volkes in liebender Erinnerung der Alten, und ihre Zeit wird von diesen als ein goldnes Zeitalter gepriesen.

Wilhelm Zimmermann (1807–1878)

Franziska Reichsgräfin von Hohenheim, Herzogin von Württemberg

Durch Frömmigkeit und Wohlthätigkeit
Zeichnete sie sich aus.
Ihr Herz schlug warm
Für Gott und Menschen.

Nachruf auf Königin Catharina von Württemberg (1788–1819)

In Zeiten voller Nacht
Wandelte sie unter uns,
Leuchtend, wärmend,
Bis wieder die Sonne kam.
Da ging sie.

Ludwig Uhland Rede gegen das Erbkaisertum

am 22.Januar 1849 in der Frankfurter Paulskirche

Die deutsche Einheit soll geschaffen werden: diese Einheit ist aber nicht eine Ziffer, sonst könnte man fort und fort den Reichsapfel abschälen, bis zuletzt Deutschland in Liechtenstein aufginge. Eine wahre Einigung muß alle deutschen Ländergebiete zusammenfassen. Das ist eine stümperhafte Einheit, die ein Drittel der deutschen Länder außerhalb der Einigung läßt. Daß es schwierig ist, Oesterreich mit dem übrigen Deutschland zu vereinigen, wissen wir alle. Aber es scheint, manche nehmen es auch zu leicht, auf Oesterreich zu verzichten. Manchmal, wenn in diesem Saale österreichische Abgeordnete sprachen, und wenn sie gar nicht in meinem Sinne redeten, war mir doch, als ob ich eine Stimme von den Tiroler Bergen vernähme oder das Adriatische Meer rauschen hörte. Wie verengt sich unser Gesichtskreis, wenn Oesterreich von uns geschieden ist! Die westlichen Hochgebirge weichen zurück, die volle und breite Donau spiegelt nicht mehr deutsche Ufer. Es genügt nicht, staatsmännische Pläne auszusinnen und abzumessen, man muß sich in die Anschauung, in das Land selbst versetzen, man muß sich vergegenwärtigen die reiche Lebensfülle Deutsch-Oesterreichs.

Zum Schlusse, meine Herren, verwerfen Sie die Erblichkeit, schaffen Sie keinen herrschenden Einzelstaat, stoßen Sie Oesterreich nicht ab, retten Sie das Wahlrecht, dieses kostbare Volksrecht, dieses letzte fortwirkende Wahrzeichen des volksmäßigen Ursprungs der neuen Gewalt. Glauben Sie, es wird kein Haupt über Deutschland leuchten, das nicht mit einem vollen Tropfen demokratischen Oels gesalbt ist!

Bundeslied für den Allgemeinen Deutschen Arbeiterverein

1863

METZINGEN

Bet und arbeit! ruft die Welt
Bete kurz! denn Zeit ist Geld.
An die Türe pocht die Not –
Bete kurz! denn Zeit ist Brot.

Und du ackerst und du säst,
Und du nietest und du nähst,
Und du hämmerst und du spinnst –
Sag, o Volk, was du gewinnst!

Wirkst am Webstuhl Tag und Nacht,
Schürfst im Erz- und Kohlenschacht,
Füllst des Überflusses Horn,
Füllst es hoch mit Wein und Korn.

MÜNSINGEN

Doch wo ist dein Mahl bereit?
Doch wo ist dein Feierkleid?
Doch wo ist dein wamer Herd?
Doch wo ist dein scharfes Schwert?

Alles, ist dein Werk! o sprich,
Alles, aber nichts für dich!
Und von allem nur allein,
Die du schmiedst, die Kette, dein?

Kette, die den Leib umstrickt,
Die dem Geist die Flügel knickt,
Die am Fuß des Kindes schon
Klirrt – o Volk, das ist dein Lohn.

NELLINGEN/
ALB

Was ihr hebt ans Sonnenlicht,
Schätze sind es für den Wicht.
Was ihr webt, es ist der Fluch
Für euch selbst – ins bunte Tuch.

Was ihr baut, kein schützend Dach
Hat's für euch und kein Gemach,
Was ihr kleidet und beschuht,
Tritt auf euch voll Übermut.

MUNDERKINGEN

Menschenbienen, die Natur,
Gab sie euch den Honig nur?
Seht die Drohnen um euch her!
Habt ihr keinen Stachel mehr?

Mann der Arbeit, aufgewacht!
Und erkenne deine Macht!
Alle Räder stehen still,
Wenn dein starker Arm es will,

VERINGENSTADT

Deiner Dränger Schar erblaßt,
Wenn du, müde deiner Last,
In die Ecke lehnst den Pflug,
Wenn du rufst: Es ist genug!

Brecht das Doppeljoch entzwei!
Brecht die Not der Sklaverei!
Brecht die Sklaverei der Not!
Brot ist Freiheit, Freiheit Brot!

Georg Herwegh (1817–1875)

Deutscher Freiheitsgeist

Der Teufel hol, sprach Metzger Pfund,
Den ganzen Rat! – Er sprach's mit tobendem Gebrülle.
Doch plötzlich kam – des Bürgermeisters Hund;
Der Prahler Pfund stand auf – beugt sich – war mäusleinsstille.

Christian Friedrich Daniel Schubart (1739–1791)

Letzte Worte König Wilhelms I. von Württemberg (1781–1864)

Es thut doch weh,
von einem so schönen und guten Lande scheiden zu müssen.

Thronverzichtserklärung König Wilhelms II. von Württemberg (1848–1921)

Bebenhausen, am 30.November 1918

Wie ich schon erklärt, soll meine Person niemals ein Hindernis sein für die freie Entwicklung der Verhältnisse des Landes und dessen Wohlergehen. Geleitet von diesem Gedanken, lege ich mit dem heutigen Tage meine Krone nieder. Allen, die mir in 27 Jahren treu gedient oder mir sonst Gutes erwiesen haben, vor allem auch unseren heldenmütigen Truppen, die durch 4 Jahre schwersten Ringens mit größtem Opfermut den Feind vom Vaterlande ferngehalten haben, danke ich aus Herzensgrund, und erst mit meinem letzten Atemzug wird meine Liebe zur teuren Heimat und ihrem Volke erlöschen.
Ich spreche hierbei zugleich im Namen meiner Gemahlin, die nur schweren Herzens ihre Arbeit zum Wohle der Armen und Kranken im bisherigen Umfang niederlegt.
Gott segne, behüte und schütze unser geliebtes Württemberg in alle Zukunft!
Dies ist mein Scheidegruß!
Wilhelm

Wirtemberg

Seitmrkoinkeenichmaihenischsnexmai.

Dem wahrhaft liberalen Landesvater. Seine getreuen Württemberger.

Inschrift der Schleife auf dem Lorbeerkranz, den der Sozialdemokrat Thaddäus Troll an König Wilhelms II. Grab in Ludwigsburg zu dessen 130.Geburtstag niederlegte

Blutzeugen des deutschen Widerstands gegen Hitler mit württembergischen Wurzeln

Eugen Bolz *15.12.1881 †23.1.1945 Plötzensee
Dietrich Bonhoeffer *4.2.1906 †9.4.1945 Flossenbürg
Klaus Bonhoeffer *5.1.1901 †23.4.1945 Berlin
Hans von Dohnanyi *1.1.1902 †9.4.1945 Sachsenhausen
Fritz Elsaß *11.7.1890 †18.1.1945 Plötzensee
Georg Elser *4.1.1903 †9.4.1945 Dachau
Eberhard Finckh * 7.11.1899 †30.8.1944 Plötzensee
Hans-Bernd von Haeften *18.12.1905 †15.8.1944 Plötzensee
Werner von Haeften *9.10.1908 †20.7.1944 Berlin Bendlerblock
Caesar Freiherr von Hofacker *11.3.1896 †20.12.1944 Plötzensee
Kurt Huber *24.10.1893 †13.7.1943 München
Hans Scholl *22.9.1916 †22.2.1943 München
Sophie Scholl *9.5.1921 †22.2.1943 München
Berthold Graf Schenk von Stauffenberg
*15.3.1905 †10.8.1944 Plötzensee
Claus Graf Schenk von Stauffenberg
*15.11.1907 †20.7.1944 Berlin Bendlerblock
Nikolaus Graf von Uxkull-Gyllenband
*14.2.1877 †14.9.1944 Plötzensee

Freiheit, dich suchten wir lange
In Zucht und in Tat und in Leiden.
Sterbend erkennen wir nun
Im Angesicht Gottes dich selbst.

Dietrich Bonhoeffer (1906–1945)

Was Carl Goerdeler (31.7.1884 – 2.2.1945) als Ideal vorschwebte (nach der Beseitigung des nationalsozialistischen Terrorstaates), war Württemberg:
„Die Umbildung der deutschen Industriegebiete in die Lebensformen Württembergs ist die entscheidende Aufgabe.“

Fabian von Schlabrendorff,
Offiziere gegen Hitler, Zürich 1946

Das letzte Flugblatt der „Weißen Rose" (18. Februar 1943)

Kommilitonen! Kommilitoninnen!
Erschüttert steht unser Volk vor dem Untergang der Männer von Stalingrad. Dreihundertdreißigtausend deutsche Männer hat die geniale Strategie des Weltkriegsgefreiten sinn- und verantwortungslos in Tod und Verderben gehetzt.
Führer wir danken dir!
Es gärt im deutschen Volk: Wollen wir weiter einem Dilettanten das Schicksal unserer Armeen anvertrauen? Wollen wir den niederen Machtinstinkten einer Parteiclique den Rest der deutschen Jugend opfern?
Nimmermehr! Der Tag der Abrechnung ist gekommen, der Abrechnung der deutschen Jugend mit der verabscheuungswürdigsten Tyrannis, die unser Volk je erduldet hat. Im Namen der deutschen Jugend fordern wir vom Staat Adolf Hitlers die persönliche Freiheit, das kostbarste Gut des Deutschen zurück, um das er uns in der erbärmlichsten Weise betrogen.
In einem Staat rücksichtslosester Knebelung jeder freien Meinungsäußerung sind wir aufgewachsen. HJ, SA, SS haben uns in den fruchtbarsten Bildungsjahren unseres Lebens zu uniformieren, zu revolutionieren, zu narkotisieren versucht. „Weltanschauliche Schulung" hieß die verächtliche Methode, das aufkeimende Selbstdenken in einem Nebel leerer Phrasen zu ersticken. Eine Führerauslese, wie sie teuflischer und bornierter zugleich nicht gedacht werden kann, zieht ihre künftigen Parteibonzen auf Ordensburgen zu gottlosen, schamlosen und gewissenlosen Ausbeutern und Mordbuben heran, zur blinden, stupiden Führergefolgschaft. Wir „Arbeiter des Geistes" waren gerade recht, dieser neuen Herrenschicht den Knüppel zu machen. Frontkämpfer werden von Studentenführern und Gauleiteraspiranten wie Schuljungen gemaßregelt, Gauleiter greifen mit geilen Späßen den Studentinnen an die Ehre. Deutsche Studentinnen haben an der Münchner Hochschule auf die Besudelung ihrer Ehre eine würdige Antwort gegeben, deutsche Studenten haben sich für ihre Kameradinnen eingesetzt und standgehalten …

Das ist ein Anfang zur Erkämpfung unserer freien Selbstbestimmung, ohne die geistige Werte nicht geschaffen werden können. Unser Dank gilt den tapferen Kameradinnen und Kameraden, die mit leuchtendem Beispiel vorangegangen sind!
Es gibt für uns nur eine Parole: Kampf gegen die Partei! Heraus aus den Parteigliederungen, in denen man uns weiter politisch mundtot halten will! Heraus aus den Hörsälen der SS-Unter- und Oberführer und Parteikriecher! Es geht uns um wahre Wissenschaft und echte Geistesfreiheit! Kein Drohmittel kann uns schrecken, auch nicht die Schließung unserer Hochschulen.
Es gilt den Kampf jedes einzelnen von uns um unsere Zukunft, unsere Freiheit und Ehre in einem seiner sittlichen Verantwortung bewußten Staatswesen ...

Stuttgarter Schuldbekenntnis (19. Oktober 1945)

vor Vertretern des Ökumenischen Rates der Kirchen
in der Markuskirche.

Wir sind für diesen Besuch um so dankbarer, als wir uns mit unserem Volk nicht nur in einer großen Gemeinschaft der Leiden wissen, sondern auch in einer Solidarität der Schuld.
Mit großem Schmerz sagen wir: Durch uns ist unendliches Leid über viele Völker und Länder gebracht worden. Was wir in unseren Gemeinden oft bezeugt haben, das sprechen wir jetzt im Namen der ganzen Kirche aus: Wohl haben wir lange Jahre hindurch im Namen Jesu Christi gegen den Geist gekämpft, der im nationalsozialistischen Gewaltregiment seinen furchtbaren Ausdruck gefunden hat; aber wir klagen uns an, daß wir nicht mutiger bekannt, nicht treuer gebetet, nicht fröhlicher geglaubt und nicht brennender geliebt haben.
Nun soll in unseren Kirchen ein neuer Anfang gemacht werden. Gegründet auf die Heilige Schrift, mit ganzem Ernst ausgerichtet auf den alleinigen Herrn der Kirche, gehen sie daran, sich von glaubensfremden Einflüssen zu reinigen und sich selber zu ordnen. Wir hoffen zu dem Gott der Gnade und Barmherzigkeit, daß er unsere Kirchen als sein Werkzeug brauchen und ihnen Vollmacht geben wird, sein Wort zu verkündigen und seinem Willen Gehorsam zu schaffen bei uns selbst und bei unserem ganzen Volk.

Geburtstagswunsch

Gott schütze das neue Bundesland,
Gott schütze die Deutsche Bundesrepublik,
und er bringe uns wieder unser geliebtes, verlorengegangenes,
in Einigkeit und Gerechtigkeit wieder zu vereinigendes,
großes deutsches Vaterland!

Ministerpräsident Reinhold Maier (1889–1972)
unmittelbar nach der Gründung
des Bundeslandes Baden-Württemberg
am 25.April 1952 um 12.30 Uhr

Präambel und Artikel 1 der Verfassung des Landes Baden-Württemberg

vom 11.November 1953

Im Bewußtsein der Verantwortung vor Gott und den Menschen, von dem Willen beseelt, die Freiheit und Würde des Menschen zu sichern, dem Frieden zu dienen, das Gemeinschaftsleben nach dem Grundsatz der sozialen Gerechtigkeit zu ordnen, den wirtschaftlichen Fortschritt aller zu fördern, und entschlossen, ein neues demokratisches Bundesland als lebendiges Glied der Bundesrepublik Deutschland zu gestalten, hat sich das Volk von Baden-Württemberg in feierlichem Bekenntnis zu den unverletzlichen und unveräußerlichen Menschenrechten und den Grundrechten der Deutschen kraft seiner verfassunggebenden Gewalt durch die Verfassunggebende Landesversammlung diese Verfassung gegeben.

Der Mensch ist berufen, in der ihn umgebenden Gemeinschaft seine Gaben in Freiheit und in Erfüllung des christlichen Sittengesetzes zu seinem und der anderen Wohl zu entfalten. Der Staat hat die Aufgabe, den Menschen hierbei zu dienen. Er faßt die in seinem Gebiet lebenden Menschen zu einem geordneten Gemeinwesen zusammen, gewährt ihnen Schutz und Förderung und bewirkt durch Gesetz und Gebot einen Ausgleich der wechselseitigen Rechte und Pflichten.

Aus dem Schatzkästlein des Rheinischen Hausfreundes

Kannitverstan

Der Mensch hat wohl täglich Gelegenheit, in Emmendingen und Gundelfingen so gut als in Amsterdam, Betrachtungen über den Unbestand aller irdischen Dinge anzustellen, wenn er will, und zufrieden zu werden mit seinem Schicksal, wenn auch nicht viel gebratene Tauben für ihn in der Luft herumfliegen. Aber auf dem seltsamsten Umweg kam ein deutscher Handwerksbursche in Amsterdam durch den Irrtum zur Wahrheit und zu ihrer Erkenntnis. Denn als er in diese große und reiche Handelsstadt voll prächtiger Häuser, wogender Schiffe und geschäftiger Menschen gekommen war, fiel ihm sogleich ein großes und schönes Haus in die Augen, wie er auf seiner ganzen Wanderschaft von Tuttlingen bis nach Amsterdam noch keines erlebt hatte. Lange betrachtete er mit Verwunderung dies kostbare Gebäude, die sechs Kamine auf dem Dach, die schönen Gesimse und die hohen Fenster, größer als an des Vaters Haus daheim die Tür. Endlich konnte er sich nicht enthalten, einen Vorübergehenden anzureden. „Guter Freund“, redete er ihn an, „könnt Ihr mir nicht sagen, wie der Herr heißt, dem dieses wunderschöne Haus gehört mit den Fenstern voll Tulipanen, Sternenblumen und Levkoien?“ – Der Mann aber, der vermutlich etwas Wichtigeres zu tun hatte, und zum Unglück gerade so viel von der deutschen Sprache verstand, als der Fragende von der holländischen, nämlich nichts, sagte kurz und schnauzig: „Kannitverstan“, und schnurrte vorüber. Dies war ein holländisches Wort oder drei, wenn man's recht betrachtet, und heißt auf deutsch soviel als: „Ich kann Euch nicht verstehn.“ Aber der gute Fremdling glaubte, es sei der Name des Mannes, nach dem er gefragt hatte. Das muß ein grundreicher Mann sein, der Herr Kannitverstan, dachte er und ging weiter. Gaßaus, gaßein kam er endlich an den Meerbusen, der da heißt: Het Ey oder auf deutsch: das Ypsilon. Da stand nun Schiff an Schiff und Mastbaum an Mastbaum, und er wußte anfänglich nicht, wie er es mit seinen zwei einzigen Augen durchfechten werde, alle diese Merkwürdigkeiten genug zu sehen und zu betrachten, bis endlich ein großes

Schiff seine Aufmerksamkeit an sich zog, das vor kurzem aus Ostindien angelangt war und jetzt eben ausgeladen wurde. Schon standen ganze Reihen von Kisten und Ballen auf- und nebeneinander am Lande. Noch immer wurden mehrere herausgewälzt und Fässer voll Zucker und Kaffee, voll Reis und Pfeffer und salveni Mausdreck darunter. Als er aber lange zugesehn hatte, fragte er endlich einen, der eben eine Kiste auf der Achsel heraustrug, wie der glückliche Mann heiße, dem das Meer alle diese Waren an das Land bringe. „Kannitverstan", war die Antwort. Da dachte er: "Haha, schaut's da heraus? Kein Wunder, wem das Meer solche Reichtümer an das Land schwemmt, der hat gut solche Häuser in die Welt stellen und solche Tulipanen vor die Fenster in vergoldeten Scherben." Jetzt ging er wieder zurück und stellte eine recht traurige Betrachtung bei sich selbst an, was er für ein armer Mensch sei unter so viel reichen Leuten in der Welt. Aber als er eben dachte: „Wenn ich's doch auch einmal so gut bekäme, wie dieser Herr Kannitverstan es hat", kam er um eine Ecke und erblickte einen großen Leichenzug. Vier schwarz vermummte Pferde zogen einen ebenfalls schwarz überzogenen Leichenwagen langsam und traurig, als ob sie wüßten, daß sie einen Toten in seine Ruhe führten. Ein langer Zug von Freunden und Bekannten des Verstorbenen folgte nach, Paar und Paar, verhüllt in schwarze Mäntel und stumm. In der Ferne läutete ein einsames Glöcklein. Jetzt ergriff unsern Fremdling ein wehmütiges Gefühl, das an keinem guten Menschen vorübergeht, wenn er eine Leiche sieht, und blieb mit dem Hut in den Händen andächtig stehen, bis alles vorüber war. Doch machte er sich an den Letzten vom Zug, der eben in der Stille ausrechnete, was er an seiner Baumwolle gewinnen könnte, wenn der Zentner um 10 Gulden aufschlüge, ergriff ihn sachte am Mantel und bat ihn treuherzig um Exküse. „Das muß wohl auch ein guter Freund von Euch gewesen sein", sagte er, „dem das Glöcklein läutet, daß Ihr so betrübt und nachdenklich mitgeht." – „Kannitverstan!" war die Antwort. Da fielen unserm guten Tuttlinger ein paar große Tränen aus den Augen, und es ward ihm auf einmal schwer und wieder leicht ums Herz. „Armer Kannitverstan", rief er aus, „was hast du nun von allem deinem Reichtum? Was ich einst von meiner Armut auch bekomme: ein Totenkleid und ein Leintuch und von allen deinen schönen Blumen vielleicht einen Rosmarin auf die kalte Brust oder eine Raute." Mit diesen Gedanken begleitete er die

Leiche, als wenn er dazu gehörte bis ans Grab, sah den vermeinten Herrn Kannitverstan hinabsenken in seine Ruhestätte und ward von der holländischen Leichenpredigt, von der er kein Wort verstand, mehr gerührt als von mancher deutschen, auf die er nicht achtgab. Endlich ging er leichten Herzens mit den andern wieder fort, verzehrte in einer Herberge, wo man Deutsch verstand, mit gutem Appetit ein Stück Limburger Käse, und wenn es ihm wieder einmal schwerfallen wollte, daß so viele Leute in der Welt so reich seien und er so arm, so dachte er nur an den Herrn Kannitverstan in Amsterdam, an sein großes Haus, an sein reiches Schiff und an sein enges Grab.

Johann Peter Hebel (1760–1826)

Dankbarkeit

In der Seeschlacht von Trafalgar, während die Kugeln sausten und die Mastbäume krachten, fand ein Matrose noch Zeit zu kratzen, wo es ihn biß, nämlich auf dem Kopf. Auf einmal streifte er mit zusammengelegtem Daumen und Zeigefinger bedächtig an einem Haare herab und ließ ein armes Tierlein, das er zum Gefangenen gemacht hatte, auf den Boden fallen. Aber indem er sich niederbückte, um ihm den Garaus zu machen, flog eine feindliche Kanonenkugel ihm über den Rücken weg, paff, in das benachbarte Schiff. Da ergriff den Matrosen ein dankbares Gefühl, und überzeugt, daß er von dieser Kugel wäre zerschmettert worden, wenn er sich nicht nach dem Tierlein gebücket hätte, hob er es schonend von dem Boden auf und setzte es wieder auf den Kopf. „Weil du mir das Leben gerettet hast", sagte er, „aber laß dich nicht zum zweitenmal attrappieren, denn ich kenne dich nimmer."

Johann Peter Hebel (1760–1826)

TUTTLINGEN

Unverhofftes Wiedersehen

In Falun in Schweden küßte vor guten fünfzig Jahren und mehr ein junger Bergmann seine junge, hübsche Braut und sagte zu ihr: „Auf Sankt Luciä wird unsere Liebe von des Priesters Hand gesegnet. Dann sind wir Mann und Weib und bauen uns ein eigenes Nestlein." „Und Friede und Liebe soll darin wohnen", sagte die schöne Braut mit holdem Lächeln, „denn du bist mein einziges und alles, und ohne dich möchte ich lieber im Grab sein als an einem andern Ort." Als sie aber vor St. Luciä der Pfarrer zum zweitenmal in der Kirche ausgerufen hatte. „So nun jemand Hindernis wüßte anzuzeigen, warum diese Personen nicht möchten ehelich zusammenkommen", da meldete sich der Tod. Denn als der Jüngling den andern Morgen in seiner schwarzen Bergmannskleidung an ihrem Haus vorbeiging – der Bergmann hat sein Totenkleid immer an –, da klopfte er zwar noch einmal an ihrem Fenster und sagte ihr guten Morgen, aber keinen guten Abend mehr. Er kam nimmer aus dem Bergwerk zurück, und sie säumte vergeblich selbigen Morgen ein schwarzes Halstuch mit rotem Rand für ihn zum Hochzeitstag, sondern als er nimmer kam, legte sie es weg und weinte um ihn und vergaß ihn nie. Unterdessen wurde die Stadt Lissabon in Portugal durch ein Erdbeben zerstört, und der Siebenjährige Krieg ging vorüber, und Kaiser Franz der Erste starb, und der Jesuitenorden wurde aufgehoben und Polen geteilt, und die Kaiserin Maria Theresia starb, und der Struensee wurde hingerichtet, Amerika wurde frei, und die vereinigte französische und spanische Macht konnte Gibraltar nicht erobern. Die Türken schlossen den General Stein in der Veteraner Höhle in Ungarn ein, und der Kaiser Joseph starb auch. Der König Gustav von Schweden eroberte Russisch-Finnland, und die französische Revolution und der lange Krieg fing an, und der Kaiser Leopold der Zweite ging auch ins Grab.

Napoleon eroberte Preußen, und die Engländer bombardierten Kopenhagen, und die Ackerleute säeten und schnitten. Der Müller mahlte, und die Schmiede hämmerten, und die Bergleute gruben nach den Metalladern in ihrer unterirdischen Werkstatt. Als aber die Bergleute in Falun im Jahr 1809 etwas vor oder nach Johannis zwischen zwei Schachten eine Öffnung durchgraben wollten, gute dreihundert Ellen tief unter dem Boden, gruben sie aus dem Schutt und Vitriolwasser den Leichnam eines Jünglings heraus, der ganz mit Eisenvitriol durchdrungen, sonst aber unverwest und unverändert war; also daß man seine Gesichtszüge und sein Alter noch völlig erkennen konnte, als wenn er erst vor einer Stunde gestorben oder ein wenig eingeschlafen wäre an der Arbeit. Als man ihn aber zu Tag ausgefördert hatte, Vater und Mutter, Gefreundte und Bekannte waren schon lange tot, kein Mensch wollte den schlafenden Jüngling kennen oder etwas von seinem Unglück wissen, bis die ehemalige Verlobte des Bergmanns kam, der eines Tages auf die Schicht gegangen war und nimmer zurückkehrte. Grau und zusammengeschrumpft kam sie an einer Krücke an den Platz und erkannte ihren Bräutigam; und mehr mit freudigem Entzücken als mit Schmerz sank sie auf die geliebte Leiche nieder, und erst als sie sich von einer langen, heftigen Bewegung des Gemüts erholt hatte, „es ist mein Verlobter", sagte sie endlich, „um den ich fünfzig Jahre lang getrauert hatte und den mich Gott noch einmal sehen läßt vor meinem Ende. Acht Tage vor der Hochzeit ist er unter die Erde gegangen und nimmer heraufgekommen." Da wurden die Gemüter aller Umstehenden von Wehmut und Tränen ergriffen, als sie sahen die ehemalige Braut jetzt in der Gestalt des hingewelkten, kraftlosen Alters und den Bräutigam noch in seiner jugendlichen Schöne, und wie in ihrer Brust nach 50 Jahren die Flamme der jugendlichen Liebe noch einmal erwachte; aber er öffnete den Mund nimmer zum Lächeln oder die Augen zum Wiedererkennen; und wie sie ihn endlich von den Bergleuten in ihr Stüblein tragen ließ, als die einzige, die ihm angehöre und ein Recht an ihn habe, bis sein Grab gerüstet war auf dem Kirchhof und ihn die Bergleute holten, schloß sie ein Kästlein auf, legte sie ihm das schwarzseidene Halstuch mit roten Streifen um und begleitete ihn alsdann in ihrem Sonntagsgewand, als wenn es ihr Hochzeitstag und nicht der Tag seiner Beerdigung wäre. Denn als man ihn auf dem Kirchhof ins Grab legte, sagte sie: „Schlafe nun wohl, noch einen Tag oder zehn im kühlen Hochzeitbett, und laß dir die Zeit nicht lange werden. Ich habe nur noch wenig zu tun und komme bald, und bald wird's wieder Tag. – Was die Erde einmal wiedergegeben hat, wird sie zum zweitenmal auch nicht behalten", sagte sie, als sie fortging und noch einmal umschaute.

Johann Peter Hebel (1760–1826)

Drei schwäbische Extra-Bombole

St. Nepomuk

En Raoteburg stoht uf dr Bruck
e' Heiliger Sankt Nepomuk.
Komm, so pressant hosch-s ete',
mr wend gschwend zua-n-em bette':

TROSSINGEN

„O Heiliger Sankt Nepomuk,
bewahr me ao vor Schade'
beim Schwemme-n-ond beim Bade';
gib uf de' Necker acht ond guck,
daß dren koa' Ga's ond Geit versauft,
ond daß r jo et überlauft,
et daß r
mit seim Wasser
de' Weag en d Stadt ond d Häuser nemmt,
ond aos de' Wei' em Kear romschwemmt.
O Heiliger Sankt Nepomuk,
do tätest aos en baöse' Duck!

HERBERTINGEN

Ond loht se halt
mit äller Gwalt
s Hochwasser et verklemme',
noh hao' en Ei'seah', guater Ma'
ond fang mit überschwemme'
e bißle weiter donne' a':
dia Goge' nemmets et so gnau,
en deane ihren saure' Wei'
därf wohl e' bißle Wasser nei'
ond evangelisch send se ao ..."

ROTTENACKER

Sebastian Blau alias Josef Eberle (1901–1986)

ISNY/ALLGÄU

LEUTKIRCH/
ALLGÄU

TETTNANG

Kennedy

HORNBERG

I han amol oin kennt kett,
der hot oine kennt kett,
die hot a Kent kett.
Des hot se aber et von sellem kett,
der hot nemme kennt kett.
Se hot no an andere kennt kett,
der hot no kennt kett,
von dem hot se des Kent kett.
Ond wenn se den net kennt kett hett,
no hett se au des Kent net kett.

Fritz Rahn (1891–1964)

Leichapredigt für a Muck

SCHILTACH

Guck, Muck,
jaz bischt he'.
Vrsoffa en dr Tent.
Kohlschwarz isch dei' Grend;
wia vrbrennt en dr Hölla.
Wear wuurd au Tent saufa wölla!

Siehsch grad aus wia braota.
Mei' Rettungsvrsuoch isch vrgraota.
Dao leischt, e ma pechschwarza Rock.
I vrgrab de en ama Bloamastock.

Wann d geboara bisch, ka' e et saga,
bloß wann dei' letzts Stendle hot gschlaga.
Ob d an Vatter bisch gwea
oder Muotter vo etliche Kend,
i ao en koim Regischter et fend,
bloß dei' traurigs End: en dr Tent
vrschieda. Ruoh en Frieda!

Fritz Butz (1879–1951)

Schlußchoral der Johannes-Passion von Johann Sebastian Bach

Ach Herr, laß dein lieb Engelein
am letzten End die Seele mein
in Abrahams Schoß tragen!

Den Leib in seim Schlafkämmerlein
gar sanft, ohn einge Qual und Pein,
ruhn bis am Jüngsten Tage!

Alsdann vom Tod erwecke mich,
daß meine Augen sehen dich
in aller Freud, o Gottes Sohn,
mein Heiland und Genadenthron!

Herr Jesu Christ, erhöre mich, erhöre mich,
ich will dich preisen ewiglich!

Vermißtenanzeige

In diesem Buch werden unter anderem schmerzlich vermißt:

Das Hohelied Salomos
Das Gleichnis vom verlorenen Sohn
Das Gleichnis von den Arbeitern im Weinberg
Es ist das Heil uns kommen her von Paul Speratus
Ostern von Johann Wolfgang von Goethe
Die Glocke & Die Bürgschaft von Friedrich Schiller
Das Glück von Edenhall & Bertran de Born von Ludwig Uhland
Der Feuerreiter & Auf das Grab von Schillers Mutter
  von Eduard Mörike
Still mein Kind schlaf leis von Ludwig Pfau
Ach du klarblauer Himmel von Robert Reinick
Die Füße im Feuer von Conrad Ferdinand Meyer
Archibald Douglas & John Maynard von Theodor Fontane
Die Geschichten vom Herrn K. von Bertolt Brecht
D Fuierwehr vo Plattahardt & Dr Büschelesma von Martin Lang
Dr Gsangverei von Sebastian Blau
Aus dem Hohenlied Salomonis von Thaddäus Troll
Lyrik noch lebender schwäbischer Autoren

Verzeichnis der Dichter und Verfasser

Auf ein Verzeichnis der Gedicht- und Liedanfänge wurde einerseits aus Platzgründen verzichtet, andererseits soll die liebe Leserin, der geneigte Leser zum Stöbern und Entdecken gezwungen werden, eingedenk des Bibelworts:

„Suchet, so werdet ihr (noch viele schöne Sachen) finden!“

Quellennachweis

Dietrich Bonhoeffer, Von guten Mächten treu und still umgeben,
aus: D. B., Widerstand und Ergebung.
© Chr. Kaiser/Gütersloher Verlagshaus GmbH, Gütersloh.
Bertolt Brecht, Karsamstagslegende.
© Suhrkamp Verlag, Frankfurt am Main
Josef Eberle, s Weggetaler Kripple, Dr Necker, St. Nepomuk,
aus: Schwobespiagel. Altes und Neues. Gedichte.
© Deutsche Verlags-Anstalt GmbH, Stuttgart 1981.
Albrecht Goes, Die Schritte, Sieben Leben, Grabschrift,
aus: A. G., Lichtschatten du.
© S. Fischer Verlag GmbH, Frankfurt am Main 1978.
Hermann Hesse, Jeden Abend, Im Nebel, Stufen, Allein,
Tod eines Kindes, Schwarzwald, Traum.
© Suhrkamp Verlag, Frankfurt am Main
Jochen Klepper, Er weckt mich alle Morgen (Morgenlied),
Die Nacht ist vorgedrungen (Weihnachtslied), Der du die Zeit
in Händen hast (Neujahrslied), aus: J. K., Ziel der Zeit.
Die gesammelten Gedichte. © Luther-Verlag, Bielefeld 2003.
August Lämmle, Der Albbauer. © Stieglitz-Verlag, Mühlacker.
Rüdeger Lüders, Gib uns Frieden jeden Tag (1. Strophe),
Kurt Rommel (2.-3. Strophe), © Gustav Bosse Verlag, Kassel.
Gerhard Raff, Erstkläßler! Tentefäßler!,
Die schwäbische Kehrwoche, aus: G. R., Mehr Hirn!
© Deutsche Verlags-Anstalt GmbH, Stuttgart 1995
Gerhard Raff, Xöff, aus: G. R., Herr, schmeiß Hirn ra.
© Deutsche Verlags-Anstalt GmbH, Stuttgart 1985
Joachim Ringelnatz, Stuttgarts Wein- und Bäckerstuben,
Die Ameisen, aus: J. R., Das Gesamtwerk in sieben Bänden.
© Diogenes Verlag AG, Zürich 1994.
Manfred Rommel, Ursprung schwäbischer Klugheit, aus:
Manfred Rommels gesammelte Gedichte. Engelhorn Verlag, Stuttgart
© Deutsche Verlags-Anstalt GmbH, Stuttgart/München 2001.
Rudolf Alexander Schröder, Abend ward, bald kommt die Nacht,
© Suhrkamp Verlag, Frankfurt am Main
Thaddäus Troll, O Heimatland, aus: O Heimatland.
Verse in schwäbischer Mund-Art.
© Silberburg-Verlag Titus Häussermann, Tübingen.
Kurt Tucholsky, Mutterns Hände, aus: K. T., Gesammelte Werke.
© Rowohlt Verlag GmbH, Reinbek bei Hamburg 1960.
Lothar Zenetti, Segne dieses Kind, aus: Lieder vom neuen Leben,
© Fidula-Verlag, Boppard/Rhein.

Dankschee!

Liebes Landeskind, Du hast als Angehörige(r) der intellektuellen Elite des Schwabenlandes und Abendlandes, und damit der Menschheit, mit dem Kauf dieses „Schatzkästleins" nicht nur Deinem Hirn, Deinem Herzen und Deiner Seele viel Gutes getan, sondern auch im Verein mit Göthe, Schöller, Hölderlin, Mörike, Gös & Cö mitgeholfen, eines der schönsten Gotteshäuser der Christenheit, unser schwäbisches Nationalheiligtum und potentielles Weltkulturerbe, das Ulmer Münster mit seinem höchsten Kirchturm auf Erden, vor dem Zerfall zu bewahren. Dafür sei Dir schon jetzt, und nicht erst am Jüngsten Tage, ein herzliches Dankschee gesagt.

Dieses „Meisterwerk schwäbischer Spätgotik", mit der Grundsteinlegung nach der Schlacht von Reutlingen (s. S. 220) anno 1377 begonnen, in Jahrhunderten von so berühmten Baumeisterfamilien wie Parler, Ensinger, Böblinger aufgerichtet und erst 1890 nach Plänen des Dellmensinger Bauernsohns Joseph von Egle von dessen Schüler August Beyer vollendet, das wie ein Wunder die Bombennächte des Zweiten Weltkriegs, in denen zwei Drittel der Stadt Ulm in Schutt und Asche sanken, heil überstanden hat, ist nun aber dank der von vielen großen und kleinen zweibeinigen Drecksäuen so versauten und verpesteten Luft und des darob vom Himmel herabfallenden sauren Regens in seiner Substanz so dramatisch gefährdet, dass es ohne aufwändige und kostenträchtige Sanierung vollends verwittern und verbröseln und eines nicht allzu fernen Tages einstürzen würde.

Du „edle Seele Württembergs", wenn Du inmitten dieser gschuckten Geiz- und Raffgesellschaft weiter mithelfen möchtest, dies zu verhindern, hier ist die Kontonummer vom ***Münsterbauverein Ulm:***

Sparkasse Ulm
Konto: 990
Bankleitzahl: 630 500 00
Stichwort: Württemberg

Vergelt's Gott ond bleib xond!